Anna Gerding
Die Bernsteinschwestern

PIPER

Zu diesem Buch

Als Kathrin den Auftrag erhält, einen Artikel über die Ostseebäder zu schreiben, ist die Journalistin zunächst wenig begeistert. Zwar ist sie selbst an der Küste aufgewachsen, hat aber nach einer schmerzhaften Trennung ihrem geliebten Heimatdorf den Rücken gekehrt und in Hamburg den Neuanfang gewagt. Ihre Recherchen wecken ihre Sehnsucht nach der Ostsee. Und als sie schließlich auf ein altes Foto stößt, auf dem sie den Bernsteinanhänger ihrer Großmutter am Hals einer fremden Frau wiederzuerkennen glaubt, erwacht auch ihre Neugier. Kathrin brennt darauf, mehr über die Frau auf dem Bild zu erfahren. Doch dafür muss sie in ihr Heimatdorf zurückkehren – und sich ihren Erinnerungen stellen.

Anna Gerding wurde 1977 in Norddeutschland geboren. Nach einigen Jahren in Hamburg zog es sie wieder zurück auf das Land. Gemeinsam mit ihrem Mann lebt sie dort heute in einem alten Fachwerkhaus, umgeben von Feldern und Wiesen. Ihre Leidenschaft gehört dem Schreiben, dem Reisen und ihren Tieren.

Anna Gerding

Die Bernstein-schwestern

Roman

PIPER

Mehr über unsere Autoren und Bücher:
www.piper.de

Wenn Ihnen dieser Roman gefallen hat, schreiben Sie uns unter Nennung des Titels »Die Bernsteinschwestern« an *empfehlungen@piper.de*, und wir empfehlen Ihnen gerne vergleichbare Bücher.

FSC
www.fsc.org
MIX
Papier aus verantwortungsvollen Quellen
FSC® C083411

Originalausgabe
ISBN 978-3-492-31568-5
April 2021

Redaktion: Friedel Wahren
Umschlaggestaltung und -abbildung: Johannes Wiebel | punchdesign
unter Verwendung von Motiven von shutterstock.com
Satz: psb, Berlin
Gesetzt aus der Aldus Nova
Druck und Bindung: CPI books GmbH, Leck
Printed in the EU

Personen, Gebäude und Handlung sind frei erfunden.
Ähnlichkeiten mit lebenden oder toten Personen
sind rein zufällig und nicht beabsichtigt.

Prolog

Am Strand von Laboe im Herbst 1910

Mit raschen Schritten lief Ella den schmalen Sandweg zwischen den Sanddornbüschen entlang. Der Wind war noch garstig, und sie musste sich immer wieder gegen die Böen anstemmen. Eigentlich war es kein Tag, an dem sie gern zum Strand ging, doch genau der Wind, der in der letzten Nacht noch als Sturm an den Fensterläden gerüttelt hatte, machte diesen Tag zu einem guten Tag. Daher beeilte sie sich an diesem Morgen noch mehr als sonst. Mit ihren neun Jahren war sie noch recht schmächtig. Sie trug den viel zu großen Wollmantel ihrer Mutter, der ihr in der feuchten Luft schwer auf den Schultern lastete. Obwohl der Wind sie wie eine unsichtbare Hand zurückzuhalten schien, eilte sie weiter. Bald hatte sie den Strand erreicht. Der Sturm hatte die Ostsee aufgewühlt, die Wellen brandeten gegen das Land. Im Sommer war dieser Strand friedlich; feiner Sand kitzelte zwischen den Zehen, und Sommergäste flanierten am Wasserrand. Jetzt sah es fast so aus, als hätte der Meeresgott sein Zuhause aufräumen wollen. Treibgut und Schwemmholz lagen zu Haufen aufgetürmt, der Sand war mit Tang, Muscheln und Kies bedeckt. Ella würde nicht lange allein bleiben, das wusste sie. Bald schon würden auch andere Bewohner aus dem Dorf kommen, um nachzusehen, was das Meer während der Nacht an den Strand gespült hatte.

Am Wasser angekommen und den Blick zu Boden gerichtet, folgte Ella den langen Strängen der angespülten Meerespflanzen. Damit der Wind nicht noch ungestümer an ihrem Mantel zerren konnte, hatte sie die Arme vor dem Körper verschränkt. »Pass auf dich auf! Geh nicht zu dicht ans Wasser!«, hatte ihre Mutter sie ermahnt und ihr noch eine Mütze übers Haar gezogen. Wer am Meer lebte, wusste, dass sich das Meer ab und zu einen Menschen holte. Erst im vergangenen Sommer war Karl, der Sohn des Bauern Lehmann, mit seiner Jolle verschwunden. Nur sechzehn Jahre alt war er geworden und am Meer aufgewachsen. Das Unglück war an einem ganz gewöhnlichen Sommertag ohne allzu heftigen Wind geschehen. Doch dann hatte ein Fischer die Jolle entdeckt, mit dem Kiel nach oben. Den Karl hatte man jedoch nicht gefunden. Die Förde sei besonders tückisch, munkelten die Schiffer. Starke Strömungen und plötzliche Winde waren nicht selten. Zudem schoben sich auch die großen Dampfschiffe von der offenen See zum Kieler Hafen hin und brachten mit ihren großen Bugwellen den Seegang durcheinander.

Ella bückte sich, und dabei rutschte ihr die Mütze fast über das Gesicht. Ihr dunkles Haar wehte im Wind. Mit einer Hand versuchte sie, Mütze und Haar zu bändigen, mit der anderen durchwühlte sie den Tang am Boden. Dort lag zwischen dem Grün ein Häuflein mit Muscheln und Steinen. In solchen Ansammlungen fand sich oft auch das, wonach sie suchte. Bernstein. Das Gold der Ostsee. Ganz genau untersuchte sie jeden verdächtigen Stein. Es waren die stürmischen Nächte, die das begehrte Gut an Land spülten. Im Sommer war Bernstein nur selten zu finden. Dann hatte Ella kaum Zeit, sich auf die Suche zu begeben. Aber ab Herbst, wenn die Winde zunahmen, fand man den gelben Schmuckstein wieder öfter. Dieses Häuflein enthielt jedoch keinen Schatz. Ella richtete sich auf und ging weiter.

Schon als kleines Kind war sie mit ihrer Mutter auf Bernsteinsuche gegangen. Inzwischen war sie alt genug, um allein loszuziehen. Der Bernstein bescherte ihrer Familie ein kleines Zubrot. Ihr Vater war Fischer, oft tagelang auf See. Die Mutter kümmerte sich zu Hause um das Räuchern des Fangs und brachte den Fisch zum Markt oder zum Händler Nigges, der ihn dann nach Kiel lieferte. Im Sommer gab es rege Nachfrage nach frischem und geräuchertem Fisch. Laboe war beliebt bei den Sommerfrischlern aus Hamburg, und manche blieben gar wochenlang in den Hotels oder Pensionen. In diesen Monaten hatte Ellas Familie ein gutes Auskommen. Doch der Winter war jedes Jahr lang, es wurde weniger Fisch benötigt, und oft wurde das Geld knapp. Die Jansens waren schließlich nicht die einzige Fischerfamilie in Laboe. Ellas Mutter hatte schon als junge Frau mit der Bernsteinsuche begonnen und ihren Fund dann an einen Händler weitergegeben oder selbst kleine Schmuckstücke daraus gefertigt. Die verkaufte sie im Sommer an Feriengäste. Wenn in der kalten Jahreszeit der Regen gegen die kleinen Fenster der Fischerkate der Jansens trommelte, saß Ella mit ihrer Mutter dicht am Ofenfeuer. Dann schliffen und polierten sie den Bernstein mit feinem Sandpapier, das ihre Mutter vom Händler Nigges bekam, der die Fische mit nach Kiel nahm.

»Hallo.«

Ella erschrak so heftig, dass sie einige Schritte rückwärtstaumelte und fast über ein Stück Treibholz gefallen wäre. Sie war tief in ihre Suche und ihre Gedanken versunken gewesen und hatte gar nicht bemerkt, dass sie am Strand nicht mehr allein war. Sie musste mit den Armen rudern, um nicht zu stürzen. Dabei löste sich der Gürtel des Mantels, der sich im Wind so stark blähte, dass Ella unsanft auf ihrem Hinterteil landete und ihr die Mütze über das Gesicht rutschte.

Ein helles Lachen erklang. »Oh, das tut mir leid, ich … ich wollte dich nicht erschrecken!«

Wie Ella gleich merkte, war dies auf keinen Fall einer der anderen Treibholzsammler, die an einem Morgen wie diesem den Strand absuchten.

Während Ella die Mütze zurückschob, spürte sie, wie sie jemand am Ärmel zupfte.

»Komm, ich helfe dir auf!«

Ella kam wieder auf die Beine und blickte in das blasse, aber muntere Gesicht eines jungen Mädchens. Sie brauchte einen Augenblick, um ihr Gegenüber zu erkennen. Eigentlich kannte sie alle Einwohner von Laboe, hier aber musste sie überlegen.

Das Mädchen kam ihr zuvor und streckte ihr höflich die Hand zum Gruß entgegen. »Annemarie. Annemarie Konrad. Wir kennen uns doch, du bist die Ella Jansen, die Tochter vom Fischer Jansen, nicht wahr?«

Ella nickte verwirrt, und jetzt erkannte sie Annemarie. Gesehen hatte sie das Mädchen aber schon lange nicht mehr. Annemarie war etwa zwei Jahre älter als sie und auch schon etwas größer. »Ja, die bin ich. Warum … bist du hier am Strand?«

»Das wollte ich dich auch gerade fragen. Du hast so beharrlich auf den Boden gestarrt, das sah aus, als würdest du einen Schatz suchen.« Annemarie Konrad trug ebenfalls eine Mütze, allerdings aus wesentlich feinerem Strickstoff. Dazu einen akkurat sitzenden Mantel in Dunkelrot und passende Handschuhe. Eine einzelne kleine Locke ihres blonden Haars lugte unter der Mütze hervor. Ihre Füße steckten in Schnürstiefelchen, an denen Ellas Blick einen Augenblick lang hängen blieb.

»Geh nicht zu dicht ans Wasser!«, warnte sie. »Die Salzränder bekommst du sonst nie wieder aus deinen Schuhen heraus.«

Verwirrt blickte Annemarie nach unten. »Ach die, die sind sowieso vom letzten Jahr.«

Ella betrachtete die eigenen Füße. Ihre Stiefel waren das einzige Schuhwerk, das sie besaß. Inzwischen passten sie ihr. Die letzten drei Winter hatte ihre Mutter noch Schafwolle in die Spitzen gestopft, damit Ella nicht dauernd stolperte. Im Sommer lief sie meist barfuß. Ihre Sommerschuhe waren ihr zu klein geworden, und noch hatte ihre Mutter keine passenden neuen erwerben können.

»Also … was suchst du hier, Ella Jansen? Komm, sag es mir!« Annemarie musterte sie auffordernd.

Ella zuckte mit den Achseln. »Bernstein. Ich suche Bernstein.«

»Ach … ich weiß, deine Mutter fertigt daraus so hübsche Ketten und Anhänger. Einige unserer Gäste haben schon welche gekauft.«

Die Familie Konrad führte ein angesehenes Hotel in Laboe. Ein stattliches Haus mit großer Terrasse. Die Köchin des Hauses kaufte oft Fisch bei Ellas Vater. Aber nur den jungen, den mit wenig Gräten, aus denen sie dann … Ella fiel nicht mehr ein, wie ihre Mutter die Speise genannt hatte … so etwas wie Mus herstellte.

»Und warum bist du hier?« Ella empfand Annemaries Anwesenheit am Strand inzwischen als ziemlich unpassend. In Laboe gab es Bewohner, die gingen an den Strand, um sich dort irgendwie zu betätigen, Strandgut zu sammeln oder in der Brandung zu fischen. Andere wiederum spazierten am Strand entlang, wenn das Meer sanft und die Luft lau waren. Das taten sie der Kurzweil und der Erholung wegen, nicht weil sie einer Arbeit nachgingen. Annemarie gehörte eindeutig zu Letzteren.

Missmutig zog Annemarie die Mundwinkel nach unten und machte eine Schnute. »Ich soll an die Seeluft und tief atmen. Also bin ich hier.«

»Aber du kommst doch sonst nie an den Strand.« Ella wollte langsam weitergehen, denn sie hatte schon viel zu lange untätig herumgestanden.

Annemarie wandte sich in dieselbe Richtung wie Ella und machte Anstalten, sie zu begleiten. »Ich bin eigentlich die meiste Zeit bei meiner Tante in Hamburg. Meine Mutter ist gestorben, als ich noch klein war.« Traurig senkte sie den Blick. »Mein Vater meint, in Hamburg sei es besser für mich. Aber ich hatte den ganzen Sommer Husten. Da hat der Professor gesagt, ich solle lieber für einige Zeit nach Hause, die Luft sei hier gesünder für mich.«

Ella musterte Annemarie von der Seite. »Ist die Luft in Hamburg nicht so gut?«

Das Lachen des Mädchens wurde von einer Windbö davongetragen. »Nein, wahrlich nicht. Hamburg ist eng, die Straßen sind voll. Es staubt, die Automobile stinken und qualmen. Und einen Lärm machen die, das glaubst du nicht!«

»Gibt es dort schon viele Automobile?« Ella kannte diese Gefährte, doch oft sah man sie hier nicht. Im Sommer kamen die Gäste damit angefahren, ja. Angeblich war das Reisen darin bequemer als mit der Kutsche. Die Pferde der hiesigen Kutscher scheuten immer, wenn die tuckernden Fahrzeuge an ihnen vorbeiratterten und dabei qualmten wie Lastenkähne unter Volldampf auf der Förde.

»Jeder, der etwas auf sich hält, besitzt in Hamburg ein Automobil. Aber die Straßen sind gefährlicher geworden. Also, wenn du mich fragst, ein Pferd ist einfacher zu bändigen als eine Maschine. Hier ist es ruhiger, wenn auch langweiliger. Aber mein Husten ist schon besser geworden. Unsere Edda, Edda Hansen, die Kinderfrau, die jagt mich jeden Tag vor die Tür, außer es regnet in Strömen. Mein Vater findet das unpassend, aber Edda meint, wenn der Professor in Hamburg es so verordnet hat, soll es so sein.«

Ella nickte nur. Sie konnte dazu nichts sagen, sie hatte keine Kinderfrau, keinen Husten und keinen Professor. Annemarie und sie waren zwar Kinder aus Laboe, aber es lagen Weltmeere zwischen ihren beiden Leben. Dass sie eigentlich nebeneinander aufgewachsen waren, sich dennoch kaum kannten, sagte alles. Ella fühlte sich plötzlich unwohl neben Annemarie. Wahrscheinlich war es sogar ungebührlich, dass sie miteinander sprachen. Womöglich beobachtete sie noch jemand, und Annemarie bekam Ärger. Annemarie schien daran aber keinen Gedanken zu verschwenden und plapperte fröhlich weiter.

»Jetzt zum Herbst wird es ja fürchterlich langweilig hier in Laboe. In Hamburg habe ich zwei ältere Cousinen. Die sollen diesen Winter in die Gesellschaft eingeführt werden. Da gibt es immer große Bälle. Ach, da wäre ich gern dabei gewesen! Gut, man hätte mich nicht mitgenommen, aber daheim hätte ich die Kleider sehen können … und was die dann alles zu erzählen hätten. Hier …« Sie machte eine winkende Geste mit dem Arm. »Hier passiert ja nichts Aufregendes. Im Hotel gibt es kaum Gäste, und unser Hauslehrer kommt erst zurück, wenn mein Bruder wieder da ist.«

»Wo ist dein Bruder denn?« Ella erinnerte sich an den dunkelhaarigen, schmächtigen Heinrich.

»Der ist in Kiel auf der Kadettenschule.«

»Oh, bei der Marine?« Ella hob anerkennend das Kinn.

»Nein, erst einmal Schule. Ich glaube nicht, dass er zur Marine gehen wird, er wird schnell seekrank. Obwohl mein Vater es wohl gern sähe.«

»Dann wäre der Beruf für ihn nicht so gut geeignet, da hast du recht.« Ella bückte sich und schob mit der Hand eine Ansammlung von Tang, Muscheln und Sand auseinander.

»Besuchst du auch die Dorfschule?« Annemarie musterte Ella und blickte zur Promenade hinüber.

Ella zögerte. »Hm, ja. Manchmal.« Sehr oft ging sie nicht zur Schule. Inzwischen konnte sie ja schreiben und ein wenig rechnen. Aber ihre Eltern brauchten sie bei der Kate, sie musste bei den Fischen helfen, im Haushalt, im Garten, bei den Hühnern und eben auch bei der Suche nach Bernstein. »Hier, sieh nur!« Ella hob ein Stück auf und hielt es stolz auf der flachen Hand. »Das ist ein Bernstein, sogar ein besonders schöner.«

Annemarie zog einen ihrer Handschuhe aus und nahm

das Stück Bernstein zwischen Daumen und Zeigefinger. »O ja, der ist hübsch.«

»Und groß, den nimmt der Händler sicher gern.«

»Welcher Händler?« Annemarie hielt den Bernstein gegen das fahle Sonnenlicht.

»Der Kesselflicker, der alle Vierteljahr zu uns kommt. Kennst du den nicht? Der mit der Glocke und dem bunten Karrengaul.«

»Doch, den kenne ich. Unser Koch lässt sich immer die Messer von ihm schärfen.«

»Genau der, und der kauft von meiner Mutter den Bernstein und nimmt ihn mit, irgendwohin, wo Schmuck daraus gemacht wird. Aber wir bearbeiten ihn auch selbst.«

»Aha, Bernstein ist also wertvoll?«

»Er bringt gutes Geld, ja.«

Annemarie gab Ella den Stein zurück, zog ihren Handschuh wieder an und stemmte die Hände in die Hüften. »Dann will ich dir ab jetzt helfen, Bernstein zu finden.«

Unwillkürlich rümpfte Ella die Nase.

Annemarie lachte wieder. »Nicht für mich, du Dummchen. Für dich! Wenn ich dir helfe, bekommst du mehr Steine und deine Familie zusätzliches Geld. Und ich … ich muss nicht allein am Strand herumlaufen und immer nur tief atmen, weil der Professor es befohlen hat.«

Ella betrachtete den Bernstein, hob den Kopf und musterte Annemarie. »Gut. Aber du weißt doch gar nicht, wie du Bernstein findest, stimmt's?«

»Das kannst du mir ja erklären. Komm, zeig mir, wo ich fündig werde!«

Ella lächelte schüchtern. »Du … du machst dir aber die Finger und die Schuhe schmutzig.«

»Das ist doch ganz egal.« Annemarie ging in die Hocke und schob mit der Hand den Seetang zur Seite, ohne auf ihre Handschuhe zu achten. »Darunter liegt also der Bernstein?«

Ella bückte sich, und die Mädchen stießen fast mit den Köpfen zusammen. Beide mussten kichern. »Ja«, erklärte Ella, »der Bernstein wird angespült. Vor allem, wenn es nachts gestürmt hat. Dann fängt er sich im Tang oder im Seegras und landet am Strand.«

»Woher weißt du das?« Angestrengt begutachtete Annemarie das Sammelsurium an Muscheln und Grünzeug.

»Das hat mir meine Mutter beigebracht.«

»Und woher weiß ich, dass es wirklich Bernstein ist und nicht irgendein beliebiger Stein?«

Ella musste überlegen. Sie selbst wusste es einfach. »Das … das erkennst du an der goldenen Farbe.«

Annemarie richtete sich auf und ging ein Stück weiter. »Das sind übrigens keine Steine, hat mir unser Lehrer erklärt.«

Ella folgte ihr. »Aber Bernstein ist doch hart wie Stein.«

Annemarie schüttelte den Kopf. »Es ist ganz altes Baumharz, hat der Lehrer gesagt. Wie das der Strandkiefern, nur dass es schon viele Tausend Jahre im Meer gelegen hat.«

Ella neigte den Kopf. »Meine Mutter hat mir aber eine andere Geschichte erzählt.«

»Die möchte ich hören«, verlangte Annemarie.

Während Ella sich wieder hinabbeugte, begann sie zu erzählen. »Meine Mutter sagt, jeden Abend, wenn die Sonne im Meer versinkt, verliert sie vor Trauer eine Träne.

Am Morgen, wenn sie am Horizont aufsteigt, freut sie sich dann so, dass sie wieder eine Träne ins Meer fallen lässt. Diese Tränen werden zu Bernstein.«

Annemarie nickte. »Diese Geschichte ist viel schöner. Sonnentränen. Oh, schau, da! Ist das eine Träne?« Sie deutete auf einen Stein.

Ella begutachtete den Fund und lachte. »Ja, du hast etwas gefunden! Und hier ist sogar noch ein Stück. Wir haben heute richtig Glück.«

Annemarie hakte sich bei Ella unter, als diese sich mit ihrem Schatz wieder aufrichtete, und strahlte. »Das ist schön. Dies ist der erste nicht so langweilige Tag, den ich hier erlebe. Ich werde dich jetzt so oft wie möglich begleiten, und zusammen werden wir ganz viel Bernstein finden. Wir … wir sind Bernsteinschwestern.«

1

Hamburg, im Mai 2019

Kathrin unterdrückte ein Gähnen und versuchte, unter dem viel zu kleinen Tisch noch Platz für ihre Beine zu finden. Während ihr Chef, Reinhard Foppe, bequem an seinem Schreibtisch saß, mussten sich die vier Mitarbeiter des *Wandsbeker Kuriers* zur monatlichen Redaktionsbesprechung an diesem eigens dafür aufgebauten Klapptisch einfinden, und es war jedes Mal eine unangenehm enge Situation für alle.

Mit einer Schreibmappe unter dem Arm und zwei großen Tassen Kaffee kam Julia als Letzte in Foppes Büro. Sie setzte sich neben Kathrin auf den letzten freien Platz und nuschelte ein »'tschuldigung«.

»Können wir endlich anfangen?« Ungeduldig klapperte Foppe mit einem Kugelschreiber auf dem Tisch. Er war ein untersetzter kleiner Mann mit Halbglatze. Um überhaupt aufrecht an seinem Schreibtisch sitzen zu können, musste er sich immer etwas recken. Er nannte sich zwar Chefredakteur, ob er aber überhaupt schon einmal selbst etwas geschrieben hatte, wusste Kathrin nicht. Gut, der *Wandsbeker Kurier* verkaufte sich ordentlich, obwohl es sich nur um ein Stadtteilblatt handelte, das vierteljährlich erschien und ausschließlich von Werbekunden lebte. Doch die Auflage stieg jedes Jahr um einige Tausend. Dies lag wohl eher an den vielen Neubaugebieten und den steigenden Einwohnerzahlen sowie an deren Eignung als Kundschaft für Anzeigenpartner wie Küchenstudios, Möbelhäuser und alle Gewerke, die für mittelständische Familien von Interesse sein mochten, als an wirklicher Schreibkunst in dieser Redaktion.

Kathrin nippte an ihrem Kaffee und verbrannte sich dabei fast die Lippen. Aber sie brauchte jetzt dringend etwas Anschub, sonst würde sie womöglich wieder einschlafen. Die Redaktionsbesprechungen beim *Wandsbeker Kurier* waren ähnlich spannend wie das Nachtprogramm eines Shoppingsenders. Nur das erste Treffen in jedem Quartal, so auch an diesem Tag, war wichtig, denn dann wurden die neuen Themen für die nächste Ausgabe festgelegt. Änderungen ergaben sich nur dann, wenn etwas Wichtiges in den Stadtteilen passierte. Alle anderen Sitzungen verliefen weniger aufregend und dienten lediglich dazu, Foppe über den Fortschritt der Artikel und Themen zu unterrichten.

Kathrin erwartete auch diesmal nicht allzu viel. Das Team war eingespielt, jeder hatte seine Bereiche, und selten gab es Neuerungen. Dieses Gleichmaß empfand sie als beruhigend. Julia hingegen rutschte auf ihrem Stuhl schon wieder hin und her, als ginge es darum, den wichtigsten redaktionellen Teil oder einen überragend spannenden Artikel zu ergattern. Kathrin bedachte sie mit einem strafenden Blick. Julia hatte immer Hummeln unterm Hintern, und still zu sitzen fiel ihr schwer. An ihrem Schreibtisch war sie stets in Bewegung, tippte wie eine Wilde auf ihrer Tastatur herum, meist noch mit dem Telefonhörer zwischen Kopf und Schulter und einem zusätzlichen Laptop daneben. Julia betreute die spannenden Ressorts des Stadtteilblattes – Veranstaltungen, Mode, Behördenmeldungen und die Kinderseite. Heike kümmerte sich um die Gartenseiten, während Dennis die Artikel, die die Frauen geschrieben hatten, sowie die unzähligen großformatigen Anzeigen der Finanziers so in Form brachte, dass eine Zeitung daraus wurde.

Kathrin war für die Reiseseiten zuständig und durfte über kleinere örtliche Geschehnisse berichten. Die Reiseseiten hatten aber mehr Gewicht, denn – und das betonte Foppe immer wieder – die Bewohner der Hamburger Walddörfer wie Duvenstedt, Volksdorf, Wohldorf und Bergstedt gehörten zum wohlhabenden Mittelstand und reisten gern. Kathrin schrieb also über die Kanaren, die Küsten Portugals, Frankreichs Weingüter, Sylt und Paris und war selbst bisher noch nie viel weiter südlich gekommen als bis kurz hinter Hannover. Ihre Themen richteten sich eher nach den Wünschen und Angeboten der Anzeigensetzer. Wollte ein örtlicher Weinhändler eine Charge Bordeaux loswerden, gab es einen schicken Bericht über die Stadt, gepaart mit der dezenten Einladung zu einer Weinprobe in Hamburg. Bot ein örtlicher Gartenausstatter gerade Strandkörbe an, dann passte Sylt wunderbar zum Thema, und die Leser wurden dazu verführt, sich so ein sperriges Ding auf die Terrasse zu stellen. Dies war Kathrins Thema für die gerade erschienene Sommerausgabe gewesen. Geschickt hatte sie Sylter Geschehnisse mit verlockenden Strandbildern kombiniert. Hier und da hatte sie dann noch den einen oder anderen prominenten Namen aus der Hamburger High Society einfließen lassen, und schon hatte sie die

Leser, aber auch die Interessen des Strandkorbanbieters auf ihrer Seite glücklich vereint. Schließlich konnte nicht jeder nach Sylt reisen wie vielleicht die Hamburger Nachbarn aus Harvestehude oder Eimsbüttel. Trotz dieser profanen Themenauswahl versuchte Kathrin, ihren Artikeln einen gewissen Anspruch zu verleihen. Nicht dass Foppe dies bisher aufgefallen wäre, aber nachdem es derzeit wenig Druck hinter ihrer Schreibtätigkeit gab, fühlte sich Kathrin einigermaßen beruhigt. Bisher hatte sie schon in weit aufreibenderen Jobs gearbeitet. Sie nahm einen großen Schluck des heißen Kaffees und strich sich eine verirrte Haarsträhne aus dem Gesicht. Foppe räusperte sich und blickte mit ernstem Gesicht in die Runde. Augenblicklich verstummten alle, und eine gewisse Spannung lag in der Luft. Die Themen selbst konnte sich Kathrin nicht aussuchen, denn Foppe gab den Takt vor. Kathrin rieb sich die Augen. In den letzten Nächten hatte sie schlecht geschlafen. Die Wochenenden waren insgeheim ein Graus für sie. Sie war jetzt sechsunddreißig Jahre alt, fühlte sich aber seit einiger Zeit wesentlich älter. Irgendwie war ihr Leben in eine Sackgasse geraten. Unauffällig und still. Sie sehnte sich nicht nach Abenteuern, aber das tägliche Einerlei wirkte ermüdend auf sie. Die Arbeit beim *Wandsbeker Kurier* bot ihr das Geld, mit dem sie sich eine kleine Wohnung in Ohlsdorf leisten konnte. Dachgeschoss mit Aussicht auf den großen Ohlsdorfer Friedhof. Aber immerhin mit Blick ins Grüne. An jedem Arbeitstag fuhr sie mit der S-Bahn die wenigen Stationen nach Wandsbek, stieg dort aus und ging zu Fuß weiter zum Redaktionsbüro. Dieses lag in Poppenbüttel, in der Nähe des großen Einkaufszentrums. Nach der Arbeit besorgte sie sich dort oft noch etwas zu essen, schaute sich auf dem Weg ein paar Schaufenster an und fuhr wieder zu ihrer Wohnung. Die Wochenenden verbrachte sie meist zwischen Bett und Sofa. Gut, bei schönem Wetter unternahm sie öfter einen Spaziergang über den Friedhof, aber alles in allem war ihr Leben nicht sonderlich spannend. Dennoch saß sie an Tagen wie diesem, am Montagmorgen, in der Redaktionssitzung und war hundemüde. Vielleicht sollte sie mehr Sport treiben oder abends mal ausgehen. Aber dazu fehlte ihr irgendwie der Elan.

»Hey!«

Julia stieß sie mit dem Ellbogen an und riss sie aus ihren Gedanken. Kathrin straffte sich.

»… und aufgrund dieser erfreulichen Nachrichten, denn wir brauchen nach wie vor gute Anzeigenkunden, hoffe ich, Frau Broecker …« Foppe richtete den Blick unverwandt auf Kathrin, die wie ein Reh im Lichtkegel erstarrte.

Kathrin sah Hilfe suchend zu Julia hinüber. Hatte sie etwas Wesentliches verpasst? Verdammt!

»… dass Sie unseren neuen Kunden mit einer schönen Serie über die holsteinischen Ostseebäder erfreuen. Der Herbst ist schließlich eine geeignete Reisezeit, um noch einmal Erholung in der näheren Umgebung zu suchen. Frank, die Automobilseiten müssen wir überarbeiten …«

So schnell, wie sich Foppes Lichtkegel auf sie gerichtet hatte, so schnell verschwand er wieder. Kathrin atmete tief durch und umklammerte ihre Kaffeetasse.

Nach der Besprechung verzogen sich die Mitarbeiter rasch wieder an ihre Schreibtische.

Der *Wandsbeker Kurier* verfügte weder über einen eigenen Besprechungsraum noch über genügend Platz, damit die Mitarbeiter ein Mindestmaß an privater Arbeitsatmosphäre bekamen. Neben dem Büro von Reinhard Foppe, das er für sich allein beanspruchte, gab es noch einen weiteren Raum, in dem die Schreibtische so dicht wie möglich neben- und hintereinander angeordnet waren. Alle hatten mit der Zeit eine Strategie entwickelt, wie sie sich ein wenig abschirmen konnten. Heikes Schreibtisch, gleich links neben der Tür, sah aus wie ein kleiner Schrebergarten. Aus irgendwelchen Grünpflanzen, deren Namen Kathrin nicht kannte, hatte sich Heike eine Hecke aufgebaut, über die sie sich weit hinüberbeugen musste, wenn sie mit Heike sprechen wollte. Dennis hingegen, er saß ganz rechts in der Ecke und war für das Layout zuständig, hatte ringsum so viele Papierstapel drapiert, dass man sich ihm nicht nähern konnte, ohne einen davon umzustoßen. Julia und Kathrin hingegen hatten ihre Schreibtische vor dem Fenster einander gegenüberstehen. So saßen sie nun seit vier Jahren, und da beide gut miteinander auskamen, hatten sie noch nie den Drang verspürt, sich voneinander abzuschirmen.

»Ist doch toll.« Begeistert ließ sich Julia auf ihrem Bürostuhl nieder, und Kathrin fragte sich zum wiederholten Mal, woher ihre Kollegin immer diesen Drive hatte. Julia war nur drei Jahre jünger als Kathrin, aber wenn Kathrin sie jetzt so ansah, die strahlenden Augen, den immer lustig wippenden Pferdeschwanz, fühlte sie sich wie achtzig.

»Ostseebäder ...«, murmelte Kathrin nur, als sie sich an ihrem Platz niederließ.

»Ja, super! Du kennst dich doch dort aus. Schließlich kommst du von der Küste. Das ergibt bestimmt einige gute Seiten, die du locker füllst. Dann ist Foppe glücklich, und der Anzeigenkunde – der mit den Individual- und Busreisen – wird immer passend dazu inserieren, mindestens ein Jahr lang. Vier Ausgaben, Kathrin, das ist doch eine sichere Bank für dich.«

Kathrin kippte ihren Bürostuhl nach hinten und fuhr sich mit beiden Händen über das Gesicht. »Äh ja, genau, Busreisen. Aber Ostseebäder sind doch etwas für Senioren. Sonst fährt da keiner mehr hin, außer Dauercampern oder Leuten, die ein Boot dort liegen haben. Heute ist Erlebnisurlaub viel angesagter. Rafting, Hiking …«

»Hi… was?«

»Das ist Neudeutsch für wandern.« Kathrin verzog das Gesicht.

»Na, wandern kann man da oben doch auch. Der Anzeigenkunde bietet ja nicht nur Busreisen an. Schau dir mal seine Unterlagen an!« Während sie sprach, starrte Julia schon wieder auf ihren Monitor. »Ich finde, dass die nahen Urlaubsziele viel mehr im Kommen sind als Fernreisen. Viele wollen nur Urlaub im eigenen Land machen, und gerade im Herbst bietet sich das an …«

»Ja, aber Ostsee? Da sind wir doch viel zu dicht dran. Die Gegend kennt hier schließlich jeder. Allgäu vielleicht nicht … oder die Eifel.«

Nun wandte Julia den Blick vom Monitor und bedachte Kathrin mit einem vorwurfsvollen Blick. »Ich weiß echt nicht, was du hast. Ist doch ein Superthema. Hab dich nicht so! Ich meinerseits muss wieder über Baustellen, Vereinsjubiläen und diesen neuen Kindergarten in Lemsahl-Mellingstedt schreiben. Die Leiterin dort ist ziemlich schräg. Die redet immer so singend und sieht aus wie Pippi Langstrumpf in den Fünfzigern.«

Hinter Heikes Hecke rührte sich etwas, und sie meldete sich zu Wort. »Die ist aber total nett und führt ganz tolle ökologische Gartenprojekte mit den Kindern durch.«

Julia spähte auf die grüne Wand aus Zimmerpflanzen und verzog das Gesicht. Das konnte Heike allerdings nicht sehen. »Dann geh doch zu Foppe und sag, dass du den Kindergarten-Artikel schreibst. Das ist jetzt schon der dritte dieses Jahr. Kriegt die Öko-Langstrumpf nicht genug Kinder für ihren Hort?«

Kathrin prustete los.

Hinter der Hecke raschelte es vorwurfsvoll. Ein Zeichen dafür, dass Heike nichts mehr sagen wollte.

Julia linste wieder zu Kathrin hinüber. »Also los! Ich finde, bei dem Thema Ostsee bist du zumindest mal dichter dran als bei deinen anderen Reiseartikeln.«

»Was soll das denn heißen?«

Julia legte den Kopf schief. »Na, dass du zumindest wirklich weißt, worüber du schreibst, und dir nicht alles nach Bildern aus dem Internet zusammenreimen musst.«

Dennis räusperte sich. »Kathrin, schöne Bilder, bitte! Wenn du die nicht liefern kannst, dann sag früh genug Bescheid.«

»Hallo, was wollt ihr mir heute eigentlich alles anhängen?« Kathrin riss die Arme hoch und kippte mit ihrem Stuhl wieder nach vorn. »Wollt ihr behaupten, dass ich nicht anständig recherchiere?«

Julia lächelte freundschaftlich. »Aber nein, so war das nicht gemeint. Ich dachte nur, du freust dich, über deine alte Heimat schreiben zu dürfen.«

Die alte Heimat. Am späten Nachmittag saß Kathrin in der S-Bahn und sah die Häuser vorbeiziehen. Seit zehn Jahren lebte sie nun in Hamburg. Sie war im Dörfchen Stein in Holstein aufgewachsen. Dort oben an der Ostsee, in der Probstei im Kreis Plön, wo die kleinen Siedlungen noch zwischen weiten Feldern lagen und es nirgends weit war bis zum Ostseestrand. Es war eine unbeschwerte Kindheit gewesen, das konnte sie nicht bestreiten. Doch spätestens, als die Zeit der weiterführenden Schule gekommen war, rächte sich die abgeschiedene Lage. Zum Gymnasium nach Oldenburg in Holstein musste Kathrin immer lange mit dem Bus fahren. Wenn sie daran zurückdachte, kam es ihr vor, als hätte sie ihre halbe Jugend in einem dieser Busse verbracht. Sie spürte förmlich noch die abgewetzten Sitze, erinnerte sich an jedes Schlagloch, wie oft sie aus dem Fenster gestarrt und, wie jetzt, von der großen weiten Welt geträumt hatte. Sie hatte viele Stunden in einem Campingplatzkiosk gejobbt, um den Führerschein zu finanzieren, und zum achtzehnten Geburtstag einen alten kleinen Fiat von ihrem Großvater bekommen. Opa. Kathrin lächelte liebevoll. Dann hatte sie in Kiel studiert. Kiel, damals für sie fast eine Weltstadt. Natürlich war sie ab und zu nach Hamburg gefahren, um mit Freunden und Kommilitonen Party zu machen. Aber Hamburg war da noch so weit weg und ein eher exklusives Ausflugsziel gewesen. Von Kiel aus war es nicht weit nach Hause gewesen, und Kathrin hatte eigentlich gern zu Hause gelebt. Bei ihrem Großvater in Laboe oder bei ihren Eltern in Stein. Bis sich ein seit Langem nicht mehr spürbarer Dorn schmerzhaft in ihr Herz bohrte. Bis das mit Kai gewesen war. Wie Blitzlichter flammten sofort alle Erinnerungen wieder auf. Sie versuchte, sie einzufangen, zu verscheuchen, wegzusperren, ganz tief in ihre Seele, dorthin, wo die Erinnerungen seit ihrem Fortgang aus Stein geschlummert hatten. Sie fuhr sich mit den Händen über das Gesicht und bemerkte, dass sie gleich aussteigen musste. Himmel, dass sie das immer noch so aufwühlte! Würde das überhaupt irgendwann einmal aufhören?

Angekommen in ihrer kleinen Dachgeschosswohnung, öffnete sie die Fenster in der Schräge. Draußen war es angenehm warm, der Frühling hatte die Stadt grün gesprenkelt, und überall blühte es bereits üppig. Doch unter dem Dach hatte sich die Wärme zu fast unerträglicher Hitze gestaut. Das waren die Momente, in denen sie sich gelegentlich nach der frischen Ostseeluft sehnte, ohne gleich von dunklen Erinnerungen heimgesucht zu werden. Sie ließ sich aufs Sofa fallen und streckte sich. Natürlich konnte sie über die Ostseebäder Holsteins schreiben. Und die Gegend zwischen Kiel, Laboe und Stein war auch nur ein kleiner Abschnitt der gesamten Küste. Grömitz, Heiligenhafen, Strande und Damp – da fiele ihr schon genug Stoff ein, um Foppe und den Reisebusveranstalter für einige Ausgaben glücklich zu machen. Gerade Laboe war eine schöne Ecke. Kathrin seufzte leise. Hatte sie doch Heimweh? Ihr Leben damals war fast perfekt gewesen. Bei einer großen Kreiszeitung hatte sie einen tollen und sicheren Job gehabt. Zusammen mit Kai hatte sie ihre Zukunft geplant, doch dann hatte er alles zerstört. Kathrin war Hals über Kopf abgehauen. Sie musste damals weg aus ihrem Umfeld, sonst wäre sie womöglich geplatzt vor Wut, Ärger und Scham. Mit zwei Reisetaschen war sie bei ihrer alten Studienfreundin Steffi in Hamburg gelandet und hatte sich für einige Wochen regelrecht verkrochen, bis der schlimmste Schmerz abgeflaut war. Dann hatte sie sich aufgerafft, in Hamburg nach einem Job gesucht und ihre erste kleine Wohnung gefunden. Sie war Journalistin, und der Ehrgeiz, es auch allein zu schaffen und erfolgreich zu werden, hatte sie für einige Jahre beflügelt. Kurzum, sie hatte tierisch hart gearbeitet. Sechs Jahre lang war alles gut gelaufen, sie hatte eine Superstelle in einem Verlag gehabt und für einige Magazine geschrieben. Dann wurde der Verlag an ein größeres Medienunternehmen verkauft, und viele Stellen wurden gestrichen. Auch die von Kathrin. Dass sie damals recht schnell beim *Wandsbeker Kurier* anfangen konnte, war Glück gewesen, wenngleich sie die Arbeitsstelle eigentlich nur als vorübergehende Lösung angesehen hatte. Aber jetzt, nach vier Jahren, saß sie immer noch dort. Mit ihrem Studium und ihren beruflichen Erfahrungen war sie maßlos überqualifiziert, doch – und das musste sie sich wieder einmal eingestehen – sie mochte die Ruhe und Beständigkeit, die dort herrschten. Die Kollegen waren nett, vom Gehalt konnte sie leben, und jeder Tag verlief in angenehmem Gleichmaß. Die Jahre in dem großen Verlag waren hektischer gewesen und hatten vor allem dazu beigetragen, dass sie vergessen konnte.

Sie erhob sich vom Sofa und betrat die zum Wohnraum hin offene kleine Küche. Sie stellte den Wasserkocher an, nahm ihre große Tasse und hängte einen Teebeutel hinein. Während das Wasser leise zu blubbern begann, besah sie sich ihre Pinnwand neben dem Kühlschrank. Dort hingen unzählige Karten und Einladungen, die sie in den letzten Jahren von ehemaligen Freunden aus Stein, Laboe und Kiel bekommen hatte. Geburtstage, Hochzeiten, Geburten, Taufen … Kathrin sah schnell wieder in ihre Teetasse. Ihr Leben war damals genau an dem Punkt aus den Fugen geraten, wo sie sich diesem Reigen hätte anschließen sollen.

Nachdenklich goss sie heißes Wasser in die Tasse. Dann nahm sie diese mit zum Sofa und setzte sich wieder. Unter der Dachschräge, auf einem kleinen Sideboard, stand das gerahmte Foto von ihrem Großvater und ihr selbst. Ihr wurde ganz warm ums Herz. Es war an ihrem fünfundzwanzigsten Geburtstag aufgenommen worden. Im Garten ihrer Eltern. Ihre Mutter war in Laboe geboren, dann hatte sie ihren Vater geheiratet, der aus Stein stammte. Seitdem führten sie eine kleine Bäckerei und eine Pension mit sechs Ferienzimmern in Stein, welche ihr Vater wiederum von seinen Eltern übernommen hatte. Ihre Eltern hatten immer viel gearbeitet, und so war der Großvater für Kathrin zu einer wichtigen und jederzeit ansprechbaren Bezugsperson geworden. Fast täglich war sie als Kind mit dem Rad von Stein nach Laboe gefahren. Am Campingplatz vorbei, bis hinauf zu der Stelle, wo der kleine Bach Hagener Au in die Ostsee mündete, ganz unromantisch durch ein Betonrohr. Dann ging es weiter am *Koffiehuis* vorbei, wo im Sommer die Gäste auf der Terrasse saßen, die Strandpromenade entlang, vorbei am Marinedenkmal und dann links ab in Richtung Kurpark. Der Großvater hatte damals noch in seiner alten Fischerkate im Oberdorf gewohnt, in einem urigen Häuschen mit Reetdach, Fachwerkgiebel und kleinen Sprossenfenstern. Dieses Haus hatte im Lauf der Jahrhunderte den Geruch der Ostsee und den der Räucherglut angenommen. Die knarrenden Dielen erzählten alte Seemannsgeschichten, und auf Opas Bett hatten so dicke Daunendecken gelegen, dass sie sich bei jedem Sturm sicher und wohlig aufgehoben gefühlt hatte. Kathrin durchfuhr ein Schauer. Liebevoll und traurig zugleich, denn vor einigen Jahren hatte ihr Großvater die alte Fischerkate verkauft und war in eine praktische, seniorengerechte Wohnung umgezogen. Diese lag weitab vom alten Ortskern, südlich des Friedhofs, dort, wo Laboe sich langsam zum Land hin ausbreitete, wo Discountläden eröffnet worden waren und kaum noch etwas an das alte Seebad erinnerte. Nach wie vor war der Großvater zwar fit und agil, das würde sich aber – so meinte er – sicher irgendwann einmal ändern. Und dann würde die enge, winkelige Kate, an der es immer etwas zu reparieren gab, wohl ungeeignet für ihn werden. Kathrins Eltern hatten dieser Entscheidung einhellig zugestimmt. Kathrin hingegen hatte es tief getroffen, dass die Kate, die für sie immer ein sicherer Zufluchtsort gewesen war, nicht mehr der Familie gehörte.

Kathrin zog ihren Laptop auf dem Tisch zu sich heran und schaltete ihn ein. Wenige Klicks, und sie landete auf der offiziellen Touristikseite von Laboe. Was hätte sie jetzt dafür gegeben, wieder einmal am Strand zu sitzen und die Zehen in den feinen, weichen Sand zu vergraben! Ihre letzten Besuche in der alten Heimat waren immer kurz und voller Hektik gewesen. Hingefahren war sie nur zu Anlässen, die sie nicht absagen konnte. An Weihnachten zu ihren Eltern, zu ganz besonderen Geburtstagen und zur Beerdigung von Nicoles Mutter. Nicole war früher ihre beste Freundin gewesen. Inzwischen telefonierten sie noch ab und an, aber Nicole hatte einen Mann, inzwischen vier Kinder und lebte zusammen mit den Schwiegereltern auf einem großen Milchbauernhof bei Brodersdorf. Außerdem hielt Nicole ihr immer wieder genau das Gleiche vor wie die eigene Mutter. *Wärst du nicht davongelaufen, hätte sich vielleicht alles wieder eingerenkt.* Kathrin verzog das Gesicht. Ja, ja. Dabei hatte sie doch keine Schuld gehabt! Was hätte sie denn tun sollen? Missmutig nahm sie einen großen Schluck von ihrem Tee und verbrannte sich dabei fast wieder die Zunge. Ihr Blick fiel auf das Bild des Großvaters. Er hatte sie damals verstanden. Sie seufzte noch einmal tief auf. Aber vielleicht wurde es auch wirklich Zeit, sich den alten Schatten zu stellen. Laboe eignete sich wirklich hervorragend, damit würde sie ihre Artikelserie beginnen. Dort kannte sie sich aus, und darüber konnte sie wunderbar schreiben. Und ihr Großvater wäre sicherlich stolz, wenn sie über seinen Heimatort berichtete. Früher hatte er immer alles von ihr gelesen und ihre Artikel gesammelt. Seit sie aber beim *Wandsbeker Kurier* arbeitete, lohnte sich das kaum noch. Julia hatte recht, sie war eine Schreibtischleiche. Recherchierte nur im Internet, naschte dabei Kekse und Schokolade und versteckte sich hinter ihrem Bildschirm. Sie straffte sich und fühlte eine ganz neue Motivation. Sie würde Foppe so gute Artikel liefern, dass der Reiseunternehmer gar nicht mehr nachkam vor Anfragen.

2

Du siehst heute so fröhlich aus.« Julia betrachtete Kathrin über die Schreibtische hinweg.

Kathrin zuckte mit den Achseln. »Alles gut. Es ist nichts anders als gestern.«

»Nicht?« Julia hob die Brauen. »Warst du weg gestern Abend?«

»Ich?« Kathrin lachte auf. »O nein! Fernsehen, Tee. Wie immer.«

»Hm.« Julia wandte sich wieder ihrem Bildschirm zu. »Weißt du schon, wie du das Ostseethema angehen willst?«

»Ich werde mir nach und nach die wichtigsten und schönsten Orte vornehmen. Ist ja nicht so schwierig.«

Julia reckte sich kurz. »Ja, ich könnte auch mal wieder Urlaub gebrauchen. Felix will wieder nach Kroatien. Ich hätte aber Lust auf Italien. Ein bisschen Dolce Vita und so …«

Kathrin nickte nur und schürzte die Lippen. Julia und ihr Freund Felix reisten dauernd an Orte, die Kathrin nur aus dem Internet oder Fernsehen kannte. »Ich bin einfach nicht so der südländische Typ, viel zu warm, wobei … Hier wird es ja auch jeden Sommer heißer, wie ich finde.« Draußen hatte die Temperatur an diesem Morgen schon wieder ordentlich zugelegt, und Kathrin hatte bereits an der S-Bahn-Station ihre leichte Strickjacke ausgezogen.

»Eben, und deswegen fahren viele gar nicht mehr weiter weg. Hab neulich im Radio gehört, dass die Urlaubsziele in Deutschland, Holland und Dänemark so häufig gebucht werden wie schon lange nicht mehr. Ich hab Felix auch schon Schweden vorgeschlagen, aber alles nördlich der Elbe kommt für ihn als Urlaubsziel einfach nicht infrage.« Julia ließ sich auf ihrem Bürostuhl nach hinten kippen. »Ach du, da hab ich was Tolles gesehen neulich! Warte mal …« Sie kippte wieder nach vorn und tippte auf ihrer Tastatur herum. »Ich hab dir den Link geschickt, guck dir den mal an. Ist zwar Nordsee, aber vielleicht inspiriert dich das.«

Kathrin klickte den Link an. Er führte sie zu einem Fernsehbericht. Es ging um Sylt. Kathrin verzog das Gesicht. Sicherlich nur wieder Strandkörbe und Promis, dann stöpselte sie die Kopfhörer in den PC. Heike ertrug es nicht, wenn irgendwelches Tonmaterial durch den Büroraum hallte. Um Heike hinter ihrer Hecke nicht zu belästigen, nutzten alle anderen artig einen Kopfhörer, wenn es darum ging, Medien, Tonträger oder einfach nur Radio zu hören.

Sylt einst und heute … Kathrin sah sich den Beitrag an. Keine Promis, keine Klischees. Kathrin war überrascht. Auf interessante Weise wurde hier dargestellt, wie sich die Insel durch den Tourismus verändert hatte. Mit vielen alten Fotografien und Filmmaterial wurden die Veränderungen verdeutlicht. Sie linste zu Julia hinüber und zeigte ihr einen erhobenen Daumen. Julia lächelte. In der Tat war dies ein spannender Ansatz.

Nach vierzig Minuten Beitrag hatte Kathrin schon einige Ideen, die sie in ihre Artikel einbauen wollte. Gerade in Laboe gab es alteingesessene Hotels und Pensionen, wunderschöne Jugendstilgebäude, über die sicherlich noch altes Bildmaterial vorhanden war. Laboe war einst ein mondänes Seebad gewesen. So etwas interessierte die Leser sicherlich. Fotos aus den ersten Jahrzehnten des 20. Jahrhunderts und dazu moderne Aufnahmen, denn diese Häuser gab es ja noch. Eine Mischung aus Nostalgie und verträumtem, modernem Shabby Chic. Kathrin war hoch motiviert und begann sofort, im Internet zu recherchieren.

»Kaffee?«

»Hm?«

»Kathrin, möchtest du einen Kaffee?«

Kathrin sah auf, es war inzwischen schon nach Mittag. Julia stand in der Tür und musterte sie fragend.

»Ja, wie immer bitte.« Sie rieb sich die Augen.

Julia kam kurz darauf zurück und lächelte. »Nicht nur, dass deine Laune heute Morgen so gut war, jetzt hast du auch noch stundenlang totenstill an deinem PC gesessen … Das hast du schon lange nicht mehr so konsequent durchgezogen. Muss ich mir Sorgen machen?« Sie stellte Kathrin die Tasse Kaffee auf den Schreibtisch.

»Danke. Nein, du, das ist wirklich spannend. Ich hab mich damit ja auch noch nie so intensiv befasst, aber viele der alten Hotels in Laboe – dort kenne ich jedes Haus – wurden vor über hundertfünfzig Jahren erbaut. Dazu gibt's tolle Bilder, und die sehen heute wirklich noch so aus wie damals. Ich hab vieles wiedererkannt. Irgendwie komisch, aber total interessant.« Kathrin nippte an ihrem heißen Kaffee. »Dennis?« Sie wandte den Kopf. So versunken, wie sie auf den Bildschirm gestarrt hatte, war sie gar nicht sicher, ob Dennis gerade im Büro war.

»Hm?« Er hob den Kopf.

»Sag, kann man für einen Artikel alte Bilder mit neuen zusammenfügen? Also zum Beispiel ein Haus von früher und dann, wie es heute aussieht? Nebeneinander, in einem Bild? Eine Seite alt, eine Seite neu?«

»Klar geht das, kein Problem. Du musst nur möglichst passende Abbildungen haben.«

»Inwiefern passend?« Sie wandte sich in seine Richtung.

»Na, die sollten vom Aufnahmewinkel möglichst identisch sein. Wenn du ein altes Bild hast und das neue danebenlegen willst.« Er reckte die Arme und schob in der Luft beide Hände aufeinander zu. »Und dann muss das möglichst von der gleichen Stelle aus aufgenommen sein, dann sieht's am besten aus.«

»Okay ... schade.«

»Warum schade?« Er hob abermals die Hände.

»Weil ich keine jeweils gleichen Bilder habe. Es gibt vielleicht ein altes Foto, aber ein genau passendes neues zu finden, wird sicher schwierig.« Enttäuscht blickte sie zu Dennis hinüber.

»Dann mach doch einfach selbst Aufnahmen!« Er hob die Schultern und wandte sich wieder seinem Bildschirm zu.

Julia klatschte in die Hände. »Ja, mach doch einfach selbst Aufnahmen! RechercheReise. Das wäre super.«

Kathrin lachte laut auf. »Ja, klar, Foppe wird sich bedanken.«

Julia schüttelte den Kopf. »Ach was, du kannst doch dort oben günstig unterkommen bei deiner Familie, oder?

Also brauchst du kein First-Class-Hotel. Außerdem täte es dir gut, ein paar Tage rauszukommen. Hast du überhaupt schon mal Urlaub genommen, seit du hier bist?«

Hinter Heikes Hecke regte es sich. »Fünf Tage.«

Julia und Kathrin starrten ungläubig auf das Grünzeug. Dann wandte sich Julia mit mitleidiger Miene wieder an Kathrin. »Da hast du's. Also, du machst ein paar Tage Urlaub an der Ostsee, schießt die benötigten Fotos, erholst dich so gut wie möglich. Dann kommst du zurück und hast Supermaterial für deinen ersten Artikel.«

Kathrin zog einen Schmollmund. »Meinst du?«

»Und ob ich das meine.« Nachdrücklich schüttelte Julia den Kopf. »Du bist ein bisschen blass geworden, dauernd müde in letzter Zeit und ... nimm es mir nicht übel, aber ... du hängst echt ziemlich durch.«

»Danke.«

»Du weißt, wie ich das meine. Nachdem du noch so viel Urlaub ungenutzt auf dem Papier stehen hast ... Mensch, nimm ihn doch einfach mal! Das wird Foppe sogar lieber sein, als wenn er ein Honorar abdrücken muss, um einen guten Artikel zu bekommen. Und ein paar Bilder machen, das ist doch ein Klacks.«

»Ich denke drüber nach.«

Julia hob einen Finger. »Denk nicht zu lange nach! Du weißt ... Redaktionsschluss!«

»Ja, ja. Da bleibt ja wohl noch genug Zeit.« Kathrin rollte mit ihrem Stuhl wieder hinter ihren Bildschirm, sodass Julia sie nicht mehr direkt ansehen konnte. Sollte sie das tun? Hing sie wirklich durch? Wahllos klickte sie sich durch weitere Internetseiten. Die Idee mit den Bildern war wirklich gut. Das sah hinterher auf dem Papier sicherlich klasse aus. Aber bei dem Gedanken, nach Laboe zu fahren, krampfte sich ihr Magen zusammen. Andererseits könnte sie ihren Großvater endlich mal wiedersehen. Der würde sich sicher freuen. Und auch ihre Eltern … es waren schon wieder über vier Monate vergangen seit Weihnachten. In dieser Zeit hatte sie nur zweimal mit ihrer Mutter telefoniert … und mit dem Großvater? Das schlechte Gewissen traf sie mit voller Wucht, und sie schluckte schwer. Gar zu heftig verdrängte sie die Sehnsucht nach ihrer Familie, die schließlich nichts dafür konnte. Und denjenigen, den sie mit ihrem Fortgang hatte strafen wollen, dem war es wahrscheinlich total egal. Ihr selbst sollte es inzwischen auch egal sein. Viel zu lange hatte sie an dieser Sache geknabbert. Gedankenverloren blickte sie aus dem Bürofenster. Zehn Jahre waren eine verdammt lange Zeit. Wenn sie nicht den Rest ihres Lebens daran tragen wollte, musste sie sich den Schatten stellen. »Gut«, sagte sie halblaut mehr zu sich selbst als zu ihren Kolleginnen.

»Bitte?« Julia reckte den Hals und spähte zu Kathrin herüber.

Kathrin stieß sich vom Schreibtisch ab und klatschte in die Hände. »Jetzt reiche ich bei Foppe meinen Urlaub ein. Ihr kommt auch mal zehn oder vierzehn Tage ohne mich aus.«

»Denk an den Redaktionsschluss!«, tönte es hinter Dennis' Papierstapel hervor.

»Versprochen! Du hast alles rechtzeitig auf dem Tisch. Ich will ja auch nicht wochenlang wegbleiben … und ansonsten kann ich dir alles per Mail schicken.«

Nur Minuten später stand Kathrin vor Foppes Schreibtisch. Der machte ein nachdenkliches Gesicht. »Meinen Sie wirklich, Frau Broecker, dass eine Recherche vor Ort nötig ist?«

»Ja, ansonsten klappt das nicht mit den Fotos. Herr Foppe, die Artikelserie ist doch so wichtig für uns, da will ich mir besondere Mühe geben. Und … es kostet Sie nichts. Ich nehme ein paar Tage Urlaub und erledige die Recherche vor Ort.«

»Na gut, wenn Sie meinen. Eigentlich wäre es nett, Urlaubsgesuche etwas weniger spontan einzureichen.« Er verzog das Gesicht, als brächte Kathrin gerade sämtliche Arbeitsabläufe durcheinander. »Aber Sie … Sie fahren ja nicht so oft in Urlaub. Da will ich mal nicht so sein.«

Kathrin lächelte artig. »Danke, das ist sehr zuvorkommend von Ihnen.« In Wirklichkeit fiel es Foppe doch nur bei Redaktionsschluss auf, wenn jemand nicht anwesend war oder wichtige Artikel plötzlich fehlten. Den Rest der Zeit hatte er kaum ein Auge darauf, wer im Büro saß und wer nicht. Und Julia verreiste viermal im Jahr. Da konnte er sich bei Kathrin nun wirklich nicht beschweren.

Triumphierend und ein bisschen stolz auf sich selbst kehrte Kathrin in ihr Büro zurück. »So, Leute, ab morgen bin ich dann mal weg.«

Julia nickte wohlwollend und zeigte ihr einen hochgereckten Daumen. »Super! Das wird dir guttun, glaub es mir.«

Dennis und Heike reagierten nicht. Aber das war Kathrin ziemlich egal.

Am Schreibtisch suchte sie im Internet nach einem Mietwagenanbieter. An der Ostsee wollte sie unbedingt mobil sein. Nachdem sie selbst schon lange kein eigenes Auto mehr hatte, da man in Hamburg mit öffentlichen

Verkehrsmitteln schneller und entspannter unterwegs war, bedurfte es eines fahrbaren Untersatzes. Bei den Preisen musste sie allerdings erst einmal schlucken. Dann aber blieb ihr Blick an der Abbildung eines schicken Cabrios hängen. Kurz blinzelte sie nach draußen, wo die Sonne vom Himmel strahlte. Eigentlich musste sie nicht geizen. Sie hatte in den letzten Jahren so gut wie keine Sonderausgaben gehabt. Ihr Sparkonto war gut gefüllt. Ohne weiter nachzudenken, klickte sie auf den *Reservieren*-Button des Cabrios, erschrak erst selbst über ihre Spontaneität, musste dann aber lächeln. Sie sollte sich auch mal was gönnen. Zufrieden füllte sie das Reservierungsformular aus, drückte auf *Abschicken* und lehnte sich zurück. Am nächsten Tag um diese Zeit würde sie also schon mit einem schnieken Wagen in Richtung Ostsee fahren.

Am Abend war Kathrins erste Euphorie schon wieder verflogen. Sollte sie den Eltern ihr Kommen ankündigen? Sollte sie bei ihnen schlafen oder sich irgendwo ein Zimmer nehmen? Opas Couch belagern? »Mein Gott, Kathrin!«, schimpfte sie laut mit sich selbst, als sie auf dem Sofa saß und ihre Gedanken hektisch hin und her hüpften. »Du fährst nach Hause! Das ist keine Amazonasexpedition. Tasche packen und gut!« Sie herrschte sich an, sich lieber auf die Arbeit zu konzentrieren, denn die war schließlich der beste Vorwand und auch die offizielle Version, warum sie endlich wieder länger als einen Tag in Laboe und Stein verbringen würde. Von ihrer ganz persönlichen, heimlichen Therapie gegen die alten Schatten musste ja keiner erfahren.

Auf ihrem Laptop rief sie nochmals eine Suchmaschine auf und gab einige Schlagwörter ein, mit denen sie am Vormittag im Büro schon auf alte Fotografien gestoßen war. Laboe historisch, Hotel, Haus. Sofort gab es unter den Ergebnissen mehrere Schwarz-Weiß-Aufnahmen. Kathrin betrachtete sie. Manche Bilder stammten gar nicht aus Laboe, zumindest erkannte sie die Häuser nicht. Mit den Jahrzehnten war natürlich auch in Laboe vieles abgerissen und neu gebaut worden. Andere Gebäude wiederum waren ihr auf Anhieb vertraut. Die *Pension Sonnenblick* befand sich seit vielen Generationen in Familienhand. Dann alte Höfe aus dem historischen Oberdorf, die es noch immer gab. Kurz hielt sie inne, als sie auf einem Bild sogar einen Teil des Giebels der alten Fischerkate ihres Großvaters erkannte. Sie seufzte. Es war so schade, dass ihr Großvater das Häuschen aufgegeben hatte! Rasch konzentrierte sie sich wieder auf die anderen Bilder. Sie fand drei sehr gute Fotografien von Jugendstilgebäuden an der Strandpromenade. Die wären schon mal ideal für ihr Vorhaben. Sie musste sich aber unbedingt auch nach den Rechten an den Bildern erkundigen. Einfach kopieren und abdrucken durfte man sie schließlich nicht so einfach. Da war Dennis im Zweifelsfall der Spezialist. Zur Sicherheit speicherte sie die Bilder und die dazugehörigen Webseiten auf ihrem Laptop. Darum konnte sie sich auch noch während der Tage kümmern, wenn sie vor Ort war.

Mit einer immer stärker werdenden Sehnsucht betrachtete sie die Bilder des Strands und aktuelle Aufnahmen von Laboe, welche sich unter die alten Bilder mischten. Am nächsten Abend wäre sie wieder dort. Dann kam eine ganze Reihe alter Aufnahmen. Teils zeigten sie den Hafen und das Marinedenkmal, aber dann gab es auch wieder Bilder der alten Strandpromenade mit der Lesehalle dahinter. Schließlich erschienen Fotos des Kurgartens, der auch schon lange existierte. Bilder eines großen Hauses, welches einst wohl am Ende der Promenade gestanden hatte, erweckten ihre Neugier. Dieses Haus gab es definitiv nicht mehr. Sie beugte sich vor, um die Einzelheiten besser sehen zu können. Sie wusste, welche Häuser dort derzeit zu sehen waren. Dass dort aber früher ein großes Hotel gestanden hatte, davon hatte sie noch nie gehört. Die Bilder waren alt, sehr alt. Kathrin besah sich die Quelle. Sie stammte vom örtlichen Heimatverein, der wohl mit den Jahren viel historisches Material gesammelt hatte. Eine gute Quelle. Neben den Bildern dieses einen Hotels gab es weitere, auf denen Menschen zu sehen waren. Das Haus hatte über eine große Terrasse verfügt, auf der früher wohl rauschende Feste gefeiert worden waren. Amüsiert begutachtete sie die abgebildeten Personen. Männer mit langen Bärten und hohen Zylindern auf dem Kopf, alle mit Jackett und Weste bekleidet. Sogar die jungen Männer stützten sich stolz auf ihre Gehstöcke. Frauen in wunderlich kurzen Kleidern entstiegen alten, damals sicherlich hochmodernen Autos. Aufgrund des Haarschmucks, der Hüte und der Troddeln an den Damenkleidern schätzte Kathrin, dass die Aufnahmen wohl aus den Zwanzigerjahren stammten. Das musste eine wilde Zeit gewesen sein, und unwillkürlich musste sie lächeln. Plötzlich stockte sie. Auf einem der Bilder waren zwei Männer und zwei Frauen zu sehen. Ebenfalls festlich gekleidet und mit jeweils einem Champagnerglas in der Hand. Im Hintergrund war wieder die Fassade des inzwischen verschwundenen Hauses zu erkennen. Etwas am Dekolleté der einen Frau machte Kathrin stutzig. Daraufhin versuchte sie, das Bild größer zu zoomen, doch leider wurde es dadurch total unscharf. Verwundert kniff sie die Augen zusammen. Sie konnte sich irren, aber … Unvermittelt stand sie auf und eilte in ihr Schlafzimmer. Dort öffnete sie den Kleiderschrank und kniete davor nieder. Irgendwo zwischen ihren Schuhkartons, die sich dort stapelten, stand ihre alte Kiste. So achtlos, dass mehrere Schachteln umkippten und die Schuhe auf den Boden fielen, schob sie alles beiseite. Sie musste fast ganz in den Schrank hineinkriechen, um das Gesuchte zu erreichen. Vorsichtig zog sie die kleine Holzkiste hervor und wischte mit der Hand den Staub von der Oberfläche. Zum Vorschein kam das Bild eines Segelschiffs. Die Kiste hatte sie einst von ihrem Großvater bekommen. In ihren Jugendjahren war alles darin gelandet, was ihr wichtig erschienen war. Tagebücher, Freundschaftsbändchen, auch der eine oder andere holperige Liebesbrief aus Teenagerzeiten. Kurz musste sie überlegen, ob auch etwas aus späteren Jahren darin versteckt war. Aber soweit sie sich erinnerte, hatte sie nach dem Abi kaum noch etwas darin verstaut. Also bestand wohl keine Gefahr, dass aus dem schwelenden Funken in ihrer Seele ein Flächenbrand wurde. Vorsichtig öffnete sie den Deckel. Wie kleine bunte Schmetterlinge flogen sofort die längst vergessenen Erinnerungen daraus hervor. Hingebungsvoll vergrub sie die Finger in den vielen kleinen Schätzen. Doch sie suchte etwas Besonderes. Ganz unten musste es liegen, denn sie hatte es sehr früh bekommen. Zaghaft tastete sie zwischen den Briefen und dem Kleinkram herum. Dann fühlte sie das Bändchen. Entschlossen zog sie daran. Da war er! Am Ende des Bändchens, das genau genommen eine Kette war, baumelte ein Anhänger. Im ersten Augenblick wirkte er dunkel. Als ihn aber ein

Lichtstrahl der Abendsonne traf, der gerade in Kathrins Schlafzimmer schien, blitzte er goldgelb auf. Vor Freude wurde ihr ganz warm ums Herz. Sie hatte völlig vergessen, wie schön er war und wie geheimnisvoll er funkelte. Zaghaft legte sie den Anhänger auf die Handfläche, stand auf und kehrte ins Wohnzimmer zurück. Dort setzte sie sich aufs Sofa und wog den Anhänger vorsichtig in den Händen. Er war nicht groß, etwa wie eine Zweieuromünze, und hatte die Form einer Sonne mit kurzen Strahlen. Einer der Strahlen hatte ein Löchlein, durch das die Kette gefädelt worden war. Es war Bernstein. *Die Sonne der Ostsee!* Das waren die Worte ihres Großvaters gewesen, als er ihr den Anhänger damals überreicht hatte. *Bewahr ihn gut auf! Er hat einst deiner Großmutter gehört. Wo immer du bist, Kati, wenn du ihn ansiehst, wirst du das Licht unseres Strands sehen, die Wärme der Sonne spüren und die Liebe empfinden, die ihm innewohnt.*

Kathrin wischte sich eine Träne von der Wange. Es war genau so, wie ihr Großvater gesagt hatte. Jetzt, da sie den Anhänger betrachtete, zeigte sich alles wieder mit höchster Klarheit. Das goldene Funkeln glich der Sonne, wenn sie sich in der Dämmerung am Horizont verabschiedete. Liebevoll strich Kathrin mit dem Finger über das warme Material.

Doch sie hatte sich aus einem anderen Grund gerade an diesen Anhänger erinnert. Mit einer Hand hielt sie den Bernstein fest, mit der anderen zog sie ihren Laptop dichter zu sich heran. Ihr Blick schweifte zwischen Hand und Bildschirm hin und her. Täuschte sie sich? Vorsichtig nahm sie den Anhänger zwischen Daumen und Zeigefinger und hielt ihn vor den Bildschirm. Die alte Fotografie war nicht sonderlich scharf, aber die Frau auf dem Bild trug ein helles Kleid, und auf ihrem Dekolleté – Kathrin schürzte die Lippen – prangte genau der gleiche Anhänger. Die sonnenähnliche Form zeichnete sich trotz der schlechten Bildqualität deutlich auf dem hellen Stoff ab.

Kathrin lehnte sich zurück und betrachtete ihren Anhänger, dann wieder die Frau im hellen Kleid. Die Abgebildete war ihr nicht bekannt. Konzentriert suchte sie nach Ähnlichkeiten, die ihr vielleicht ins Auge stachen. Ihre Großmutter war es auf jeden Fall nicht. Die kannte sie leider nur von Bildern und aus Erzählungen, aber sie war wohl eine untersetzte kleine Frau mit dunklem Haar gewesen. Die Frau auf dem Bild war schlank und hochgewachsen, elegant sah sie aus, und sie hatte eindeutig helles Haar. Kathrin ballte die Hand mit dem Anhänger zur Faust. Das konnte kein Zufall sein. Dieser Anhänger war zur damaligen Zeit sicherlich kein Massenprodukt gewesen. Sie wusste, dass das Erinnerungsstück ihrem Großvater sehr wichtig gewesen war, und spürte förmlich, wie der Bernstein in ihrer Hand immer wärmer wurde und aufgeregt zu vibrieren schien. Wer war die Frau auf dem Bild, und warum trug sie genau diesen Anhänger?

3

Erst kurz vor Bargteheide merkte Kathrin, wie sehr ihre Hände schmerzten, weil sie das Lenkrad so fest umklammerte. Seit sie mit dem schnittigen silberfarbenen Cabrio vom Hof des Mietwagenanbieters in Wandsbek weggefahren war, hatte sie sich so intensiv dem Autofahren und dem Verkehr gewidmet, dass sie das Gefühl hatte, schon Stunden und nicht erst zwanzig Minuten unterwegs zu sein. Sie lockerte den versteiften Körper, indem sie auf dem Autositz hin und her rutschte, die Schultern kreisen ließ und den Kopf von links nach rechts wandte. Gleich darauf fiel die Anspannung von ihr ab, und sie atmete tief durch. Sie war ziemlich lange nicht mehr Auto gefahren. Der moderne Wagen machte es ihr aber leicht. Hatte ihr erster eigener Kleinstwagen damals noch Kurbeln für die Fenster besessen, so war in diesem hier alles vollautomatisch. Ein großes Display, das aus dem Armaturenbrett aufgeklappt war, wies ihr den Weg, obwohl sie keiner Navigation bedurft hätte. Schließlich war sie die Strecke schon oft gefahren. Aber es machte durchaus Spaß, den ganzen technischen Schnickschnack zu nutzen. Nur die blecherne Frauenstimme hatte sie auf lautlos gestellt, dafür dudelte leise das Radio. Dies drehte sie jetzt lauter und reckte sich noch einmal. Sie fühlte sich wieder sicher am Steuer.

In Bargteheide fuhr sie auf den Parkplatz eines Supermarkts, hielt an, drückte einen großen Knopf auf der Mittelkonsole, und das Verdeck des Cabrios öffnete sich. Still lächelte sie in sich hinein – welch ein Luxus! Als ihr die Sonne warm ins Gesicht schien, setzte sie die Sonnenbrille auf und lenkte den Wagen wieder auf die Straße. Nun fühlte sie sich entspannt genug, um hinter Bargteheide bei Bad Oldesloe auf die Autobahn zu fahren. Der Fahrtwind zerzauste ihr zwar das Haar, und es wurde recht frisch um die Ohren, trotzdem verspürte sie einen Hauch von Freiheit. Auf der Autobahn in Richtung Norden gab sie mutig Gas, das silberne Cabrio rauschte dahin, und aus dem Radio erklangen rockige Lieder der Neunziger. Den linken Arm legte sie lässig auf die Türverkleidung, obwohl die Fenster noch hochgefahren waren.

Lange währte die Autobahnreise nicht, denn die A21 ging in Richtung Kiel alsbald in die B 404 über. Kathrin drosselte das Reisetempo und genoss die Aussicht auf die Felder. Der Sommer kündigte sich an, und wie im Vorjahr war es schnell warm geworden. Die Natur dankte es mit sattem Grün. Das Vieh stand auf den Weiden, und hier und da wehte sogar schon der Geruch von gemähtem Gras bis zu Kathrins Wagen herüber. Wenn sie nicht gerade hinter einem Lkw herfahren musste, sog sie die frische Luft förmlich ein. Zu selten hatte sie Hamburg in letzter Zeit verlassen. Obwohl der Ohlsdorfer Friedhof eine grüne Insel inmitten der Stadt war, bot er doch nur begrenzt Erholung. Die gedämpfte Aura der Gräber war deutlich zu spüren, auch wenn die Hamburger das Gelände eher als Park denn als Trauerstätte betrachteten. Beim Gedanken daran ärgerte sich Kathrin nun doch über sich selbst. Eigentlich hatte sie alle Möglichkeiten und Freiheiten, die sie sich nur wünschen konnte. Trotzdem schaffte sie es einfach nicht, sich selbst in den Hintern zu treten und ihre sichere kleine Komfortzone zu verlassen.

Als sie kurz vor Kiel rechts abfuhr, um unterhalb der Förde in Richtung Propstei zu gelangen, trübte sich ihre Laune ein wenig ein. Diese Strecke war sie früher fast täglich gefahren, bis … Energisch schüttelte sie den Kopf. Sie hatte sich ganz fest vorgenommen, diesmal die alten Schatten hinter sich zu lassen. Alles lag lange genug zurück, um einfach wieder einmal die Heimat zu besuchen, ohne sich dauernd einen Kopf zu machen. Natürlich war das ein großer Vorsatz, denn zum letzten Weihnachtsfest hatte sie genau auf diesem Streckenabschnitt noch geheult wie ein Schlosshund. Vielleicht hatte es am Wetter oder an der übermäßig festlichen Stimmung zu jener Jahreszeit gelegen … Sie hatte sich selbst dafür gehasst, aber der Kloß im Hals hatte sich über die drei Weihnachtstage nicht lösen wollen, und sie war froh gewesen, wieder abreisen zu können. Damit war jetzt Schluss! Bewusst und mit ganzer Kraft umklammerte sie das Lenkrad, um sich selbst die überzeugende Energie hinter diesem Satz zu verdeutlichen. Vielleicht hatte sie über all die Jahre hinweg aus einer Mücke … na gut, es war schon ein echt dicker Brummer gewesen … einen Elefanten gemacht. Niemand außer ihr schien noch an die alte Geschichte zu denken, abgesehen von ihrem Großvater, der sie manchmal mit einem mitleidigen Blick bedachte. Sie musste die schmerzliche Erinnerung ablegen und versuchte, in ihrem Kopf eine imaginäre

Tür zu öffnen, um die Gedanken an Kai dahinter auszusperren. Irgendwie musste sie den Kopf doch überlisten können, um dieser Gegend, ihrer Heimat, ihrem Zuhause, wieder unbefangen entgegenzutreten. Zornig zischte sie vor sich hin. Bisher verspürte sie nicht diese überwältigende Trauer, noch trug sie Mut in sich, und eine gewisse Kampflust mischte sich darunter. Diesmal würde sie gegen die Geister die Oberhand gewinnen.

An Laboe fuhr sie vorbei, über den Steiner Weg, sie passierte den Campingplatz, wo die Zeit offenbar stehen geblieben war, bis nach Stein. Das Haus ihrer Eltern lag am Dorfring. Vor Generationen war es noch ein alter Hof gewesen, doch schon der Vater ihres Vaters hatte die Gebäude im hinteren Teil zu einer Backstube umgebaut. Vorn lag das Wohnhaus und daran anschließend der Gebäudeteil mit den Pensionszimmern. Als Kind hatte es Kathrin geliebt, hier zu wohnen. Oft hatte sie bei den Gästen im Frühstückszimmer sitzen dürfen, weil die Betreuung ihrer Tochter für die Mutter dann einfacher gewesen war. Dort hatte sie am Morgen vor der Schule ihr Brot gegessen und ihren Kakao getrunken und nachmittags dann ihre Hausaufgaben erledigt. Ihren Vater hatte sie immer erst abends gesehen. Bereits nachts um halb drei stand er in der Backstube und schob die Brote in den Ofen. Vormittags legte er nach dem Ausliefern der Waren eine Pause ein. Ab Mittag war er meist unterwegs, um Zutaten für die Bäckerei einzukaufen, Bleche abzuholen, Bestellungen aufzunehmen. Pünktlich um achtzehn Uhr dreißig hatte es bei der Familie Broecker Abendbrot gegeben. Dies war die Zeit, als die Familie unter sich gewesen war, ohne Pensionsgäste und ohne die Bäckergehilfen Jochen und Olaf. Der Vater war spätestens nach den Abendnachrichten zu Bett gegangen. Noch immer verlief der Tag bei den Broeckers ganz ähnlich. Kathrins Eltern näherten sich zwar dem Rentenalter, doch dass sie ihren Betrieb danach einstellen würden, vermochte sich Kathrin nicht vorzustellen. Ihre Großeltern väterlicherseits hatten auch bis zum letzten Tag mitgearbeitet, obwohl sowohl Bäckerei als auch die Pension schon lange an ihre Eltern übergegangen waren. Vielleicht waren sie daher früher gestorben als andere, denn beide waren nicht einmal Mitte siebzig geworden. Kathrin erinnerte sich noch an die Spannungen innerhalb der Familie, denn ihre Mutter als zugezogene Schwiegertochter hatte es nie leicht mit ihnen gehabt. Auch Kathrin selbst hatte zu ihnen kein so inniges Verhältnis aufgebaut wie zu ihrem Großvater mütterlicherseits. Das war ihr Opa. Ihr Herz klopfte vor Freude, als sie daran dachte, dass sie ihn bald wiedersehen würde. Hoffentlich ging es ihm gut.

Sie stellte den Wagen auf dem Parkplatz für die Pensionsgäste ab und betrat das Haus durch die offizielle und tagsüber stets offene Eingangstür. Ihre Mutter war sicher in diesem Teil des Hauses anzutreffen, um diese Uhrzeit entweder noch beim Aufräumen des Frühstückszimmers oder schon in irgendeinem der Gästezimmer beim Reinemachen.

Kathrin blieb im Flur stehen und lauschte. Ja, aus dem großen Raum mit den Esstischen drang leises Geklimper.

»Mama? Mama, ich bin's!«, rief sie halblaut. Das Geklimper erstarb. An der Tür zum Frühstücksraum erschien ihre Mutter.

Kathrin musste lächeln. »Hallo!«

Überrascht sah Beate Broecker ihrer Tochter entgegen.

Sie war etwas fülliger als Kathrin, kleiner und mit mehr Busen. Ihr Haar aber war ebenso dunkel und lang, allerdings akkurat hochgesteckt. Von ihren Gesichtszügen her waren sie unverkennbar Mutter und Tochter. Kathrin hatte etwas mehr an Größe und auch die Augen von ihrem Vater geerbt. *Die ideale Mischung von beiden,* hatte ihr Großvater immer gewitzelt.

»Kathrin?« Die Mutter kam auf sie zu und wischte sich die Hände an der Kittelschürze ab, die sie bei der Arbeit in der Pension stets trug. »Ist etwas passiert?«

Kathrin lachte und umarmte ihre Mutter. »Nein, es ist nichts passiert. Ich habe nur ein paar Tage Urlaub genommen und dachte mir, es sei nett, euch mal wieder zu besuchen.«

Ihre Mutter runzelte die Stirn. »Ja. Schön. Also, dass du mal Urlaub hast … Willst du hier übernachten? Ein Zimmer ist noch bis nächste Woche frei.«

Kathrin zuckte mit den Achseln. »Wenn es dir keine Umstände macht. Ich kann mich sonst auch irgendwo in Laboe einmieten.«

»Ach, Quatsch, so weit kommt's noch!« Ihre Mutter winkte ab. »Aber du hättest vorher anrufen können.«

»Ja, Mama, Entschuldigung. Hat sich alles ziemlich kurzfristig ergeben.« Kathrin versuchte, ihrer Stimme einen unbefangenen und lockeren Klang zu verleihen. In den letzten zehn Jahren war sie nie kurzfristig und spontan bei ihren Eltern aufgetaucht. Eher hatten diese sie am Telefon bearbeiten müssen, damit sie zu Weihnachten oder sonstigen Festlichkeiten kam. Kathrins erste Reaktion auf die Frage, ob denn dann und dann mit ihr zu rechnen sei, hatte zunächst immer die Ausrede gelautet: *Oh, da muss ich mal nachsehen, ob ich das zeitlich einrichten kann.* Dass sie dabei auf ihren gähnend leeren Wandkalender in der Küche blickte, musste ja niemand erfahren. Als sie jetzt unangemeldet plötzlich dastand, wirkte ihre Mutter eher misstrauisch.

»Äh ja, schön. Du kannst hinten das Rosenzimmer haben, wie zu Weihnachten. Ich muss nur schnell noch Bettwäsche holen.« Mit leichter Panik schweifte der Blick ihrer Mutter vom Frühstückszimmer zum Flur hinüber, der zu den Zimmern führte.

»Die kann ich mir doch selbst holen, Mama, kein Problem. Soll ich dir gleich ein bisschen zur Hand gehen?« Kathrin deutete auf das Frühstückszimmer. Früher hatte sie ihrer Mutter immer geholfen, Tische abgeräumt, neu eingedeckt und ähnliche Aufgaben übernommen.

»Ne du, ich bin gleich fertig. Dann noch Waschküche, und später will ich in den Garten. Die Terrasse sieht noch aus … Aber die Gäste fragen schon, ob sie draußen sitzen können.«

»Gut, dann bringe ich meine Sachen aufs Zimmer und helfe dir später draußen. In Ordnung?«

Ihre Mutter zuckte immer noch leicht verwundert und überrumpelt mit den Achseln. »Wie du willst. Gern. Schön, dass du da bist. Papa und Opa werden sich freuen.«

»Ich freue mich auch. Endlich mal ein paar Tage ganz ohne Stress.« Jetzt musste Kathrin aufpassen, dass sich ihre Stimme nicht allzu theatralisch anhörte. »Ein bisschen arbeiten muss ich allerdings schon, solange ich hier bin. Davon erzähle ich euch später. Ich darf nämlich eine tolle neue Artikelserie schreiben.«

»Schön, freut mich für dich.« Ihre Mutter nickte anerkennend. »Ich … ich mache dann mal weiter.«

»Ja, bis gleich. Hast du viele Gäste, oder kann ich meinen Wagen auf dem Parkplatz stehen lassen?«

»Nein, alles gut. Lass das Auto stehen. Ein Gast ist mit dem Segler da, zwei sind mit dem Rad gekommen …«

»Supi! Dann bis gleich.«

»Bis gleich.«

Kathrin trat wieder aus dem Haus und atmete tief durch. Das war gar nicht so schlecht gelaufen. Trotzdem fühlte sie sich etwas dämlich. Ihr Zuhause war ihr irgendwie fremd geworden. Immer nur zu Weihnachten zu erscheinen, hatte in den letzten drei Jahren die Wirkung eines gut einstudierten Auftritts gehabt. Jetzt plötzlich in den Alltag ihrer Eltern hineinzuplatzen, fühlte sich irgendwie falsch an. Dennoch freute sie sich, hier zu sein. Immer noch gewillt, endlich einen ganz normalen Urlaub bei ihren Eltern zu machen, holte sie ihre Tasche aus dem Cabrio.

Die Zimmer in der Pension ihrer Mutter hatten jeweils ein Thema. Das Rosenzimmer, in das Kathrin nun ihre Tasche brachte, befand sich am Ende des Gangs mit einem Fenster zum Garten hinaus. Insgesamt hatte die Pension acht Zimmer. Diese lagen alle über dem Frühstücksraum. Links die Gartenthemen: *Hortensien-, Lavendel-, Sanddorn-* und *Rosenzimmer.* Auf der rechten Seite die maritimen Schwerpunkte: das *Schiffzimmer* sowie je eins zum Thema Hafen, Strand und Ostsee. Ihre Mutter hatte sich in all den Jahren besondere Mühe gegeben, diese Themen mit Bildern und Dekorationen hervorzuheben, ohne dass sie aufdringlich wirkten. Es waren keine musealen Räume, sondern liebevoll gehegte und gepflegte Zimmer, an die jeweils linksseitig ein kleines Bad anschloss. Zudem veränderte Beate Broecker ab und zu einige Kleinigkeiten. Kathrin fiel sofort auf, dass an der Wand im Rosenzimmer Bilder hingen, die sie im Winter noch nicht gesehen hatte. Neugierig betrachtete sie diese genauer. Auf jedem der drei Bilder war eine andere Rosenblüte zu sehen und darunter als handschriftlich anmutender Druck ein Sinnspruch. *Wahrheit und Rosen kommen nicht ohne Dornen,* las Kathrin halblaut vom ersten Bild ab. »Ja danke, Mama.« Sie zog die Mundwinkel hoch und stellte ihre Tasche neben dem großen Doppelbett ab. Der *Hafen* und das *Schiff,* wie man in ihrer Familie die Zimmer nannte, waren die einzigen mit zwei Einzelbetten und somit variabel belegbar. Der *Strand* wiederum konnte mit zwei Kinderbetten bestückt werden. Die übrigen Räume waren Doppelzimmer. Gäste blieben selten länger als ein paar Tage. Oft waren es Segler, die im Nachbarhafen am Wendtorfer Strand angelegt hatten. Dort gab es eine große Marina, und die Segler waren oftmals froh, wieder einige Nächte in einem großen Bett und mit einem anständigen Bad zu verbringen. Stein selbst war ein kleiner Badeort mit etwas Strand, einer hölzernen Seebrücke, allerdings nicht so spektakulär wie manch anderes Ostseebad. Ringsum gab es reichlich Ruhe und Natur. Nicht das Topziel für Strandurlauber, eher der Geheimtipp für schöne Tage oder einen gemütlichen Zwischenstopp auf der Durchreise. Ein Großteil der Urlauber und Gäste kam vom Campingplatz, der auf dem Weg nach Laboe lag. Hier und dort waren in den letzten Jahrzehnten Ferienhäuser gebaut worden, und so mancher hatte ebenfalls Gästezimmer eingerichtet. Im Großen und Ganzen aber hatte sich Stein die Beschaulichkeit eines ländlichen Dorfs erhalten.

Kathrin überlegte, ob sie ihre Tasche ganz auspacken sollte. Noch war sie unsicher, wie lange sie bleiben würde.

Oder besser gesagt, wie lange sie es hier aushielt. Behutsam strich sie über die ebenfalls mit Rosen bemusterte Tagesdecke des Betts. Sie konnte ja auch später noch auspacken. Allerdings streifte sie sich die guten Schuhe von den Füßen und zog aus der Seitentasche ihres Gepäcks ein Paar bequeme ältere Turnschuhe. Dann betrat sie das kleine Bad, das an ihr Zimmer anschloss. Auch hier sah sie sich nach kleinen Neuerungen um. Sie entdeckte eine neue Seifenschale. Andächtig und mit fast kindlicher Freude betrachtete sie das hübsche Stück. Ihre Mutter hatte einfach einen guten Geschmack. Allerdings wirkte das Haus – besser gesagt, der Anbau mit den Gästezimmern – von außen etwas altbacken und konnte nicht verheimlichen, dass es aus den Fünfzigerjahren stammte. Im Haus selbst wirkte alles frisch und leicht. Kathrin spritzte sich kaltes Wasser ins Gesicht und trocknete sich mit einem Handtuch ab. Der altbekannte Duft des Waschmittels kitzelte sofort Erinnerungen wach. Im Haus gab es zwischen dem Pensions- und dem Wohntrakt der Familie die Wirtschaftsräume. Zum einen eine große Küche und gegenüber die Waschküche. Den Duft dieser Räume hatte sie schon immer geliebt. Ihr Großvater hingegen hatte früher oft geunkt, dass der Geruch des Waschmittels bis in die Bäckerei ziehe und das Weißbrot nach Blümchen schmecke. Natürlich hatten Kathrins Eltern streng darauf geachtet, dass dies nicht passierte. Ging man am Wohntrakt der Familie vorbei – das Haus war lang gezogen, da vor vielen Generationen im hinteren Hausteil Vieh gehalten worden war –, gelangte man in die Backstube. Mehrere Türen trennten das Gebäude. Somit bekam man weder vorn etwas vom Geruch der Hefe oder der abkühlenden Backwaren noch hinten etwas vom Duft der Weißwäsche mit. Allenfalls im großen Garten nahm man von beidem hier und dort etwas wahr. Dies hatte aber bisher noch nie jemanden gestört. Auch bekamen die Gäste in den Pensionszimmern nichts vom Backbetrieb mit, da sich die Türen und Tore zur anderen Hofseite hin öffneten. Kathrin hängte das Handtuch wieder ordentlich an den Halter und blickte in den Spiegel. Kurz blitzte ihr Spiegelbild als Zwölfjährige auf. Sie musste lächeln. Ja, dieser Spiegel hatte ihr Leben gesehen. Dann betrachtete sie ihr jetziges Ich im Spiegel und ärgerte sich, dass sie nicht doch noch beim Friseur gewesen war. Hier und da zeigten sich bereits graue Strähnchen. Sie löste das Zopfgummi, strich sich das Haar mit einer energischen Geste nach hinten und band es zu einem lockeren Knoten am Hinterkopf zusammen. Dann machte sie sich auf den Weg in den Garten.

»Hier müssen wir alles einmal abfegen. Dann die Stühle und Tische abspritzen und abwischen. Der Buchsbaum dort hinten muss geschnitten werden. In der Ecke kann ja keiner mehr sitzen.« Beate Broecker hatte ihre Hausschürze gegen die Gartenschürze getauscht, stand nun auf der Terrasse des Frühstücksraums und deutete einmal nach hier und einmal nach dort. Ganz selbstverständlich, als wäre Kathrin gar nicht fort gewesen. Kathrin wusste, was zu tun war, Jahr um Jahr hatte sie in ihrer Jugend geholfen, die Terrasse für den Sommer herzurichten. Manches Jahr mit Freude, manches Jahr unter leisem Protest, denn natürlich hatte es in ihrem jugendlichen Leben anderes und Wichtigeres gegeben. Doch die Mithilfe rings um Haus und Hof war immer ein Teil ihres Lebens gewesen. Vielleicht weil ihre Eltern anfangs noch gehofft hatten, dass Kathrin den Betrieb eines Tages übernehmen würde. Ihr Vater hatte diese Hoffnung recht schnell aufgegeben, denn Kathrin hatte sich früh in andere Richtungen orientiert. Ihre Mutter hingegen hatte Kathrin bis zuletzt immer wieder mit dieser Möglichkeit konfrontiert. Selbst noch am Tag, bevor Kathrin Laboe und Stein den Rücken gekehrt hatte. *Du kannst jederzeit zu uns zurückkommen, Kathrin, das weißt du,* hatte sie gesagt. Ja, das wusste sie natürlich, hatte aber lieber an den Nordpol gewollt als in ihr altes Kinderzimmer. Nachdenklich schleppte sie Gartenstuhl um Gartenstuhl zu der Stelle, wo der Gartenschlauch angeschlossen war und wo sie die Möbel abwaschen konnte. Hätte sie damals bleiben sollen? Hätte es gereicht, ihre kleine Wohnung, die sie mit Kai in Laboe bewohnt hatte, zu verlassen und nach Stein zurückzukehren? Nein! Entschieden schüttelte sie den Kopf.

»Was ist? Sind dir die Stühle zu schwer?« Die Mutter stellte einen Stuhl neben ihr ab.

Kathrin schreckte aus ihren Gedanken auf. »Nein … da … da war eine Fliege.« Ihre Mutter hatte immer noch Adleraugen, sie musste aufpassen.

»Und sonst? Wie geht's dir so in Hamburg?« Die Mutter warf ihrer Tochter einen prüfenden Blick zu, bevor sie sich des nächsten Gartenstuhls annahm.

Die Gespräche zwischen ihnen verliefen seit Jahren eher schleppend. Damals hatte Kathrin ihre Familie wutschnaubend angeherrscht, das Thema nicht anzuschneiden, und auch sonst hatte sie sich kurz und knapp gehalten.

»Gut, alles in Ordnung. Und wie geht's Opa?«, fragte sie, um von sich abzulenken.

»Oh, der hatte im März eine dicke Erkältung, aber inzwischen ist er wieder fit. Du hättest ihn zwischendurch ruhig mal anrufen können.«

»Ja, Mama. Der Anfang des Jahres war ziemlich stressig bei mir.«

»Hm«, machte die Mutter, drehte sich um und holte den nächsten Gartenstuhl. Hinter ihrem Rücken verzog Kathrin das Gesicht. Ja, Stress war ihre Lieblingsausrede. Hätte ihre Mutter gewusst, dass dieser Stress oft genug daraus bestand, abends auf dem Sofa eine Tüte Chips zu leeren, gern mal eine halbe Flasche Wein zu trinken und dann deutlich vor Anbruch der Dunkelheit ins Bett zu kriechen ... Hätte ihre Mutter sie dafür ausgelacht oder gescholten? Auf jeden Fall war ihre Behauptung eine dicke Lüge. Mit etwas zu viel Schwung wuchtete Kathrin den nächsten Stuhl in die Luft.

»Willst du in diesen Tagen auch Nicole besuchen?«, fragte die Mutter, als sie sich auf dem Gartenweg wieder begegneten.

»Hm, ja.« Kathrin hatte sich noch keine Gedanken gemacht, was sie außer arbeiten während ihres Aufenthalts in Stein unternehmen wollte oder musste. Nachdem sie jahrelang gekniffen hatte, blieb sie diesmal von gewissen Verpflichtungen wohl nicht verschont. Stress war keine Ausrede mehr. Kurz überlegte sie, wann sie das letzte Mal mit Nicole gesprochen hatte. Das war deutlich vor Weihnachten gewesen.

»Mach mal, da freut sich Nicole. Seit Gerd nicht mehr so kann, hat sie es doppelt schwer.«

Kathrin hielt kurz inne. »Wieso, was ist mit Gerd?« Gerd war der Schwiegervater von Nicole.

»Weißt du das nicht?«, erkundigte sich die Mutter vorwurfsvoll.

»Nein, was denn?« Als Kathrin mit dem letzten Gartenstuhl beim Waschplatz ankam, hatte ihre Mutter die Hände in die Seiten gestemmt und runzelte ärgerlich die Stirn. »Ach, Kathrin, du kriegst in Hamburg anscheinend gar nichts mit, oder? Vom Dach gefallen ist er, im Februar. Da hatte der Sturm die Platten vom Kuhstall losgerissen. Er wollte wieder nicht hören und keinen Handwerker rufen und ist selbst raufgekraxelt. Zack, lag er unten. Zwei Rückenwirbel hatte er sich gebrochen und den Kopf derbe angeschlagen. Lag fast vier Wochen im Krankenhaus. Jetzt kann er gerade mal wieder laufen, gottlob ist er nicht im Rollstuhl gelandet. Aber mit Melken und so … neeee. Da muss die Nicole jetzt voll mit ran, weil der Simon, der schafft das auch nicht allein mit dem Vieh, und das noch mit den vier Kindern. Die Nicole steht morgens um drei schon im Stall.«

»Oh, das tut mir leid für den Gerd.« Kathrin war wirklich betroffen. Arme Nicole, in Sachen Stress hätte sie wohl ganz anderes zu berichten gehabt als Kathrin.

Beate Broecker deutete auf die Gartenmöbel. »Dreh mal das Wasser auf, ich hole schnell den Schrubber. Sonst ist das grüne Zeug gar nicht wegzukriegen.«

Nachdenklich richtete Kathrin den Wasserstrahl auf die Stühle. Angesichts der Erkenntnis, dass sie mit dieser Aufgabe täglich befasst wäre, falls sie damals ihre Heimat nicht verlassen hätte, lief ihr ein Schauer über den Rücken. Dann hätte sie morgens für die Gäste wohl auch schon Eier gekocht und Brötchen aus der Backstube geholt, mindestens drei Zimmer geputzt, Betten gemacht und … Energisch schüttelte sie den Kopf.

Gleich darauf kehrte ihre Mutter mit einem Schrubber zurück. »Jetzt lass mich ran! Papa ist gerade wiedergekommen. Ich habe ihm noch nichts gesagt. Lauf mal hin, der freut sich.«

Kathrin gab den Wasserschlauch an ihre Mutter weiter, betrat durch eine Nebeneingangstür das Haus, durchquerte den Flur, bog einmal rechts ab und dann wieder links, wo es durch eine weitere Tür auf den großen Hof auf der anderen Seite des Hauses ging. Ihren Vater erkannte sie sofort, als er mit dem Rücken zu ihr den weißen Lieferwagen der Bäckerei ausräumte.

Sie wartete, bis sie ganz dicht hinter ihm stand. »Hallo, Paps!«

Erschrocken fuhr Walter Broecker herum. Einen Augenblick lang starrte er sie an und lachte dann über das ganze Gesicht. »Trienchen! Was machst du denn hier?« Stürmisch nahm er sie in die Arme. »Das ist ja eine Überraschung … wie schön!«

Kathrin drückte ihn ganz fest an sich und sog dabei den Duft nach Brot ein, der ihn schon immer umgab. »Ich freue mich auch. Ich habe ein paar Tage Urlaub und dachte mir, die verbringe ich hier.«

»Das ist schön, wirklich. Hier, nimm das bitte mal mit rein.« Ähnlich wie ihre Mutter zog ihr Vater sie sofort wieder ganz selbstverständlich in die Alltagstätigkeiten mit ein. Er überreichte ihr einige große Backbleche, auf denen am Morgen noch viele warme Brötchen das Haus verlassen hatten. Kathrin nahm sie entgegen. Vielleicht waren sie etwas verbeulter als vor zwanzig Jahren, doch sie wusste natürlich noch ganz genau, wo sie die Bleche in der Backstube abladen musste. Auch ihr Vater beschränkte sich auf eine kurze Nachfrage, wie es ihr ging. Dabei funkelten seine Augen, und Kathrin wusste, dass er gern mehr gehört hätte als ihre lapidare Antwort »Alles gut«. Aber sie konnte nicht aus ihrer Haut. Noch nicht. Vielleicht würde sich das im Lauf ihres Besuchs ändern, aber jetzt, in den ersten Stunden, wollte sie den Schutzwall und die Maske der immer gestressten Journalistin Kathrin aufrechterhalten.

»Schicker Flitzer«, bemerkte er mit einem Kopfnicken nach draußen. »Deiner?«

Sie schüttelte den Kopf. »Nein, Paps, geliehen. Du weißt doch, in Hamburg kommst du mit der S-Bahn schneller vorwärts. Ich geh mal wieder Mama helfen, die Terrasse soll heute fertig werden.«

Er nickte.

Kathrin wandte sich um.

»Triene!«

»Ja?«

»Ich freue mich wirklich, dass du gekommen bist.«

Er kannte sie gut, sehr gut, und er wusste, dass dies nicht einfach so etwas wie der weihnachtliche Pflichtbesuch war. Dieser Besuch war anders.

Sie schenkte ihm ein liebevolles Lächeln.

4

Am nächsten Morgen streckte sich Kathrin genüsslich in ihrem Bett. Sie hatte tief und fest geschlafen, und dies lag wohl auch an der ungewohnten körperlichen Arbeit vom Vortag. Sie hatte die Steine der Terrasse noch mit dem Besen bearbeitet, alle Gartenmöbel wieder ordentlich aufgestellt und gemeinsam mit ihrer Mutter die Hecke rings um den Sitzplatz gestutzt. Dabei kam so viel Grünzeug zusammen, dass sie den schweren Gartensack ganze drei Mal zum Komposthaufen in der hinteren Gartenecke hatte schleppen müssen. Nachdem sie sonst allerhöchstens ihre Einkäufe nach Hause trug, war das eine ungewohnte Betätigung gewesen.

Das Abendessen war recht harmonisch verlaufen. Ihre Eltern hatten sich mit Fragen zurückgehalten. Sie hatte ihnen von der Artikelserie erzählt, und ihr Vater hatte anerkennend genickt. Die Mutter hingegen schürzte nur die Lippen und gab als Kommentar lediglich ein »Schön« von sich. Dass Kathrin die Schreiberei zu ihrem Beruf gemacht hatte, verstand sie auch nach all den Jahren nicht und nahm sie immer noch nicht ganz ernst. Sie schien nur darauf zu warten, dass Kathrin eines Tages zugeben musste, davon nicht mehr leben zu können. Kathrin hatte sich früher sehr darüber geärgert, dass ihre Mutter nicht hinter ihrer Berufswahl stand. Schließlich hatte sie studiert und bisher immer in guten Anstellungen gearbeitet. Was war falsch daran? Die Antwort konnte sie sich aber ebenso schnell selbst geben. Beate Broecker hätte ihre Tochter lieber in Stein oder Laboe gesehen. Wenn nicht mit Kai – andere Mütter hatten schließlich auch ansehnliche Söhne –, am liebsten mit mindestens zwei Kindern an der Hand und am allerliebsten als Nachfolgerin im Familienbetrieb. Die Bäckerei fiel zwar weg, dafür fehlte Kathrin nun wirklich die handwerkliche Schulung als Bäckerin. Aber die Pension, das hätte ihr Erbe sein sollen.

Ruckartig setzte sie sich im Bett auf und rieb sich die Augen. Nicht runterziehen lassen!, herrschte sie sich im Stillen an. Nicht fortlaufen! Sie wusste um dies alles, das waren keine neuen Geschichten. Und über das Thema müsste eines Tages auch gesprochen werden. Jetzt, hier im Rosenzimmer, überwältigte sie das Gefühl von Heimat wieder so wie früher, und sie spürte, dass sie insgeheim wirklich nicht wusste, wie ihr Leben in den nächsten zehn Jahren aussehen sollte. Nur dass sie ihr Einsiedlerdasein aufgeben musste, wenn sie auf ihrem Sofa in Hamburg nicht depressiv der Trägheit erliegen wollte. Das wusste sie.

Den nächsten Schatten musste sie bald überspringen – ihren Großvater in Laboe besuchen. Und das nicht als Hin-und-Rein-Raus-Besuch, sondern so, wie es ihr Großvater und auch Laboe eigentlich verdienten. Sie würde das Rad nehmen. Entschlossen stieg sie aus dem Bett und reckte nochmals die steifen Glieder.

Im Frühstücksraum war es ruhig. Auf der Terrasse saßen noch zwei Gäste beim Kaffee. Ihre Mutter kam ihr mit dem abgeräumten Geschirr entgegen.

»Guten Morgen, hast du gut geschlafen?«

»Morgen, Mama. Ja, super. Hast du noch Kaffee?«

»Natürlich. Er steht noch am Büfett. Iss auch was!«

Kathrin genoss die Annehmlichkeit, sich ein anständiges Frühstück auf den Teller zu laden. Für gewöhnlich frühstückte sie nicht groß. Ein Knäckebrot mit Käse oder nur einen Apfel. Frische Brötchen, Aufschnitt und Marmelade, dazu ein gekochtes Ei, das war reiner Luxus. Das hätte sie sich auch in Hamburg gönnen können, doch allein machte es keinen Spaß, den Tisch so aufwendig herzurichten. Außerdem hatte sie die Erfahrung gemacht, dass einfach zu viel übrig blieb.

Um sich nicht ganz dem Hotelfeeling hinzugeben, trug sie nach dem Frühstück ihr Geschirr brav in die Küche. Sie war kein zahlender Gast, sie war zu Hause. Ihre Mutter nahm ihr Teller und Tasse ab.

»Hat's geschmeckt? Die Marmeladen sind alle selbst gemacht.«

»Ja, die eine war lecker. Himbeere? Die gab's Weihnachten doch auch schon, oder?«

»Himbeer-Vanille. In den letzten Jahr hatten wir so viele Himbeeren im Garten, da wusste ich nicht, wohin damit.«

Kurz bekam Kathrin ein schlechtes Gewissen. Weihnachten hatte sie noch versucht, einen gehetzten und gestressten Eindruck zu machen, damit sie bloß keiner anredete. Natürlich war die Marmelade auch zu jenem Zeitpunkt schon lecker gewesen. Sie hatte nur einfach nicht darüber sprechen können. Wie über so vieles nicht. Sie musste schlucken. »Kann ich mir dein Rad ausleihen? Ich möchte gern zu Opa fahren.«

»Ja, natürlich. Nimm ihm bitte aus der Waschküche die gebügelten Hemden mit. Die liegen links im Regal.«

»Wird erledigt.« Wieder so ein kleines, ganz normales Zuhause-Alltags-Ding. Sie lächelte liebevoll.

Zunächst holte sie noch die Tasche mit der Kamera aus ihrem Zimmer, denn wenn sie schon in Laboe war, konnte sie auch gleich mit der Arbeit beginnen. Dann nahm sie in der Waschküche die Hemden an sich. Opa trug am liebsten solche mit kleinem Karomuster. Ihre Mutter hatte sie akkurat gebügelt und sorgfältig zusammengelegt. Eine Arbeit, die Opa gern seiner Tochter überließ. Vorsichtig, damit sie nicht knitterten, legte Kathrin die Hemden in den Korb auf dem Gepäckträger des Rads und fuhr los. Die Sonne schien bereits wieder warm vom Himmel, und der Tag versprach schön zu werden. Bereits auf den ersten Metern grüßte sie eine Nachbarin. Frau Krause sah ihr zunächst verblüfft entgegen, denn Kathrin, auf dem Rad durch Stein fahrend, hatte es früher jeden Tag gegeben, nun aber schon lange nicht mehr. Nach kurzem Zögern winkte die Frau dann aber wie üblich. Zögernd winkte Kathrin zurück und radelte zunächst die kurze Strecke bis zum Deich, der nicht sonderlich hoch aufragte, sondern eher ein grasbewachsener Hügel war, und dahinter zum Dünenrand. Die Dünen waren hier flach und mit Strandhafer sowie kleinen Sanddornbüschen bewachsen. Dort stieg Kathrin vom Rad und ging die wenigen Schritte bis zum Sandstrand zu Fuß. Die Ostsee glitzerte im Morgenlicht, leise schwappten flache Wellen auf den Strand. Es war noch sehr ruhig, hier und dort gab es einen Jogger oder Spaziergänger auf dem Deichweg. Die ersten Strandkörbe standen bereits an der Badestelle und zwischen den Dünen. Nachmittags, wenn es warm genug war, fanden sich sicher schon die ersten Gäste ein. Kathrin beschirmte die Augen mit der rechten Hand. Vor ihr ragte die kleine Seebrücke ins Wasser. Es war ein breiter Steg aus Holzbohlen, der gut zweihundert Meter über das Wasser hinwegführte und schließlich in einer Plattform endete. Als Kind hatte sie immer Angst gehabt, über diese Brücke zu gehen, denn es gab kein Geländer, und das Holz wurde leicht rutschig. Opa hatte sie dann an die Hand genommen. Als Jugendliche hingegen hatte sie so manchen Abend mit Nicole auf der Brücke gesessen, die Beine baumeln lassen, und sie hatten gequatscht und gelacht, etwas später auch heimlich getrunken. Am Strand vor der Seebrücke erhob sich eine steinerne Treppe ohne sichtbare Funktion. Sie war vor neunzehn Jahren wiederaufgebaut worden, als auch der Deich erneuert wurde, und erinnerte an die Fischer, die einst schneller von einer zur anderen Seite hatten fahren können, als die Seebrücke noch als Mole diente. Mittlerweile legten keine Schiffe mehr an.

Etwas weiter rechts, in den Dünen hin zur Marina Wendtorf, hatte sie in einer warmen Sommernacht ihren ersten Kuss bekommen – von Florian Voss. Damals war sie vierzehn gewesen, er zwei Jahre älter. Die Erinnerungen lagen hier überall wie vergessenes Strandgut herum. Kathrin seufzte leise. Dann kehrte sie zum Fahrrad zurück und machte sich auf den Weg nach Laboe.

Es war ein merkwürdiges Gefühl, dem Ort entgegenzuradeln. Viele Hundert Mal hatte sie dies wohl getan, nun aber schon lange nicht mehr. Es war fast alles noch beim Alten. Manche Zäune wirkten etwas verwitterter als noch vor zehn Jahren, andere waren frisch errichtet und mit neuen Holzlatten versehen. Auch am Campingplatz hatte sich einiges verändert. Der Einfahrtsbereich war neu und moderner gestaltet worden. Hinter dem Campingplatz gab es im Gegensatz zum flachen Strandzugang bei Stein ein Kliff, eine Steilküste, unter der sich der Strand befand. In Richtung Laboe erstreckte sich dann wieder ein breiterer Dünenstreifen. Dessen Ende erreichte Kathrin nun, und ihr war warm geworden. Seit Langem war sie nicht mehr Fahrrad gefahren. Sie bog in den schmalen Seitenweg ab, der längs der Dünen Richtung Laboe führte. Zwischen ihr und dem Meer lag eine weite Lagunenlandschaft, früher einmal ein Campingplatz, inzwischen ein Naturschutzgebiet. Schwärme von Seevögeln umkreisten den Brackwassersee zwischen den Dünen. Der Naturstrand dahinter war früher ein beliebter Treffpunkt von Jugendlichen gewesen, wo sie ungestört hatten feiern können. Kurz vor Laboe selbst erhob sich das Marinedenkmal. Ein turmhoher Bau, der weit in den Himmel aufragte, dahinter ein großer Freiplatz sowie ein Museumsgebäude. Nur wenige Meter weiter, an der Strandseite, stand das alte U-Boot. Für Kathrins Geschmack ein allzu militärisches Relikt. Sie hatte das Ehrenmal und das U-Boot immer gruselig gefunden. Natürlich war Laboe viele Jahrhunderte lang der Seefahrt und vor allem der Marine eng verbunden gewesen, doch diese Orte erinnerten doch auch stark an die dunklen Zeiten deutscher Geschichte. Kathrin radelte schnell weiter und bog hinter dem Denkmal links ab in Richtung Dorf. Sie war froh, dass sie nicht an der Promenade entlangfahren musste, denn am Ende, kurz vor dem Hafen, hatte sie früher gewohnt. Und in der Nähe des Hafens war die Gefahr am größten, auch dem schwärzesten Schatten ihrer Vergangenheit zu begegnen – Kai. Es war jetzt nicht mehr das Fahrradfahren, das ihren Puls und ihren Atem beschleunigte, sondern die längst verdrängten Eindrücke, die an jeder Ecke auf sie lauerten. Energisch herrschte sie sich an, Haltung zu bewahren, und trat beherzt weiter in die Pedale.

Der Ortsteil, in dem ihr Großvater wohnte, hatte sich stark verändert. Schicke neue Supermärkte drängten sich an die Feldränder neben neuen Wohnhäusern und Autowerkstätten.

Verschwitzt und außer Atem erreichte sie das Haus. Als Wegstrecke war es keine lange Tour gewesen, gefühlsmäßig aber eine Gratwanderung, wie sie feststellen musste. Sie versuchte, ihren Puls zu beruhigen, denn so aufgewühlt wollte sie ihrem Großvater nicht gegenübertreten.

Als sie mit den Hemden auf dem Arm an seiner Tür klingelte, klopfte ihr Herz doch wieder bis zum Hals. Die Wohnung lag im Erdgeschoss eines Mehrfamilienhauses. Die Haustür war auf Durchgang gestellt, hier schloss man tagsüber nicht ab. Der Flur war weiß gefliest und wirkte steril. Kathrin hörte die Schritte ihres Großvaters hinter der Tür, ein Schlüssel drehte sich im Schloss. Als er die Tür öffnete und plötzlich seiner Enkelin gegenüberstand, blieb sein Mund einen Augenblick lang offen stehen.

»Kathrin! Ja, da hol mich doch … Was machst du denn hier?«

»Hallo, Opa! Ich bringe dir deine Hemden.« Sie lächelte, die Nervosität verflog sogleich, und ihr wurde warm ums Herz.

»Ja, das ist ja was! Da hätte mich auch einer warnen können. Ach, wie schön …« Ohne Rücksicht auf die frisch gebügelten Hemden nahm er seine Enkeltochter in die Arme. Kathrin tauchte ein in eine Wolke aus Pfeifenrauch, Waschmittel und Rasierwasser. »Pass auf, die Hemden, Opa!«, nuschelte sie lachend an seiner Schulter.

»Komm rein, komm rein!« Er machte Platz und ließ sie in die Wohnung.

Josef Frieben sah aus, wie man sich einen alten Seemann im Allgemeinen vorstellte. Er war recht groß, mit breiten Schultern, die bewiesen, wie hart er früher gearbeitet hatte. Davon erzählte auch die immer leicht gebückte Haltung. Inzwischen trug er einen komplett ergrauten Vollbart. Sein Gesicht war wettergegerbt und von tiefen Falten durchzogen. Die Furchen zeugten aber auch von einem fröhlichen Menschen, denn sobald er lachte, kräuselten sie sich rings um seine Augen. Diese wiederum waren von strahlendem Blau und bei Weitem nicht die eines alten Mannes. Kathrin freute sich, ihren Großvater so wohlauf zu sehen.

»Wie geht's dir, Kind? Was führt dich nach Laboe? Bist du bei deinen Eltern? Ist doch alles in Ordnung, oder?« Ein leicht misstrauischer Zug huschte über sein Gesicht, und sein Bart zitterte ein wenig vor Besorgnis.

»Alles in Ordnung, Opa. Ich habe nur ein paar Tage freigenommen und dachte mir, ich komme nach Hause und mache Urlaub.«

»Ja, das ist vernünftig. Setz dich …« Er hatte seine Enkelin inzwischen in die Stube geleitet und nahm ihr die Hemden ab. »Möchtest du einen Tee?«

»Ja, sehr gern.« Nach dem Radfahren war ihr zwar nicht

sonderlich nach heißem Tee zumute, aber sie wollte nicht unhöflich sein oder gar gehetzt wirken.

Während der Großvater die Hemden in sein Schlafzimmer brachte und sich dann in der kleinen Küche um den Tee kümmerte, ließ sich Kathrin zwischen den leicht zerschlissenen alten Kissen auf dem Sofa nieder und sah sich um. Josef Frieben hatte fast alle Möbel aus seiner Kate mit in die neue Wohnung genommen. Jetzt stand in seinem Wohnzimmer der schwere alte Schrank aus dunklem Holz, auf dem ein moderner Flachbildfernseher thronte. Davor, neben dem Sofa, sein geliebter Fernsehsessel. Es gab einen neuen kleinen weißen Tisch und eine moderne Stehlampe in der Ecke. Auf der Fensterbank standen einige Grünpflanzen und dazwischen kleine Buddelschiffe in ihren Flaschen. Als Kathrin aus dem Fenster sah, entdeckte sie zwischen den Giebeln der Nachbarhäuser das große Namensschild eines Supermarkts. Alles wirkte ein wenig deplatziert, Alt und Neu nebeneinander, ohne einen Zusammenhang. In der alten Kate hatte jeder Gegenstand seinen Platz gehabt, und Kathrin erinnerte sich noch ganz genau, wo was gestanden hatte. Vom Sofa hatte man nicht auf den Fernseher geblickt, sondern auf den Kamin. Der Geruch des Feuers hatte sich über die Jahrzehnte an alles geheftet, was sich in der Kate befunden hatte. Sie meinte sogar, immer noch etwas Rauchiges in der Nase zu haben. Doch passte dieser Geruch nicht zu den glatten weißen Wänden dieser noch jungen Wohnung. Eine gewisse Wehmut überkam sie.

»So, hier der Tee.« Der Großvater kam zurück und trug zwei Tassen vor sich her. Eine davon nahm ihm Kathrin dankend ab.

»Ja, das ist ja wirklich eine Überraschung. Da haben deine Eltern sicher dumm geschaut, hm, Mädchen?«

»Ja, das haben sie.« Kathrin lachte. »Die Überraschung gestern ist mir gelungen. Ich konnte ganz kurzfristig freinehmen, und so bin ich einfach gekommen. Hätte Mama keinen Platz gehabt, hätte ich mich irgendwo anders eingemietet.«

»Nun, ist ja noch nicht viel los. Die Saison steht erst vor der Tür. Und … geht's dir gut?«

»Ja, mir geht's prima. Eigentlich ist es auch kein richtiger Urlaub. Weißt du, ich soll eine Artikelserie über die Ostseebäder schreiben. Da dachte ich mir, am besten fange ich hier an.«

Der Großvater hatte sich in seinem Fernsehsessel niedergelassen und lehnte sich bequem zurück. Nach dem ersten Schluck stellte er seine Tasse auf den kleinen Beistelltisch und nahm stattdessen seine Pfeife zur Hand. Ein Laster, dem er einfach nicht abschwören konnte. Er stopfte etwas Tabak nach und zündete ihn an. Dann schob er sich die Pfeife in den Mundwinkel und stieß eine kleine Qualmwolke aus. Auch dieses Bild passte nicht in die helle Neubauwohnung. Kathrin atmete den Pfeifenrauch ein – er roch noch so wie früher. Sie erzählte ihm von ihren Ideen zu dem Artikel. Josef Frieben war zwar ein alter Seebär, der jahrelang mit seinem Kutter über die Ostsee gefahren war, aber er war kein dummer Mensch. Er war immer bestens informiert, was in der Welt vor sich ging, las jeden Tag die Zeitung, liebte Bücher und Dokumentationen im Fernsehen und unterhielt sich gern mit seiner Enkelin über unterschiedlichste Themen. Aufmerksam hörte er zu, während er immer wieder an seiner Pfeife zog.

»Das wird sicherlich eine schöne Serie. Das mit den alten und neuen Bildern hört sich gut an.« Er nickte wohlwollend.

Auf dieses Stichwort hatte Kathrin gewartet, wollte sie ihren Großvater doch unbedingt nach dem alten Strandhotel fragen, das auf einem der Bilder zu sehen war. Vorsichtshalber hatte sie das Foto zu Hause noch ausgedruckt und zog es nun aus der Tasche.

»Ja, da wollte ich dich noch etwas fragen. Kannst du dich an dieses Haus erinnern? Der Heimatverein hat ganz viele alte Bilder auf seiner Internetseite, und dieses hier habe ich dort gefunden.« Sie hielt es ihm hin.

»Internet, hm?« Er nahm das Bild in die Hand. Ganz kurz, einen winzigen Moment lang, hoben sich seine Augenbrauen. Dann schüttelte er den Kopf und reichte das Bild an Kathrin zurück. Etwas zu hastig kam seine Antwort. »Nein, das kenne ich nicht.«

Kathrin musterte ihn aufmerksam und spürte, wie sich die Stimmung im Raum um eine Nuance verändert hatte. »Hm, schade. Ich dachte, dass du es noch gekannt hast.«

Er machte Anstalten, sich aus seinem Sessel zu erheben. »Jetzt hab ich über deinem Besuch ganz und gar die Zeit vergessen. Ich wollte doch noch zum Hafen. Klöver hat ein neues Segel am Boot, und das soll ich mir ansehen.« Er stand auf und leerte seine Teetasse in einem Zug.

»Weißt du, Opa, ich habe da noch ein Bild gefunden.« Kathrin spürte, dass es vielleicht nicht der passende Zeitpunkt war, ihn jetzt auch noch danach zu fragen, aber die Geschichte mit der Frau und dem Anhänger wollte ihr einfach nicht aus dem Kopf.

Er verzog die Mundwinkel, was nur an der veränderten Form seines Barts zu erkennen war. »Nimm für deinen Bericht lieber Häuser, die noch stehen.«

»Na ja, hier geht es um kein Haus.« Sie reichte ihm den zweiten Ausdruck. Er war leider noch grobpixeliger geworden, als das Bild im Internet schon gewesen war.

Widerstrebend nahm er das Foto zur Hand. Kathrin beobachtete seine Reaktion genau. Diesmal waren es nicht nur die Augenbrauen, die sich hoben, jetzt weiteten sich auch seine Augen, obwohl er offenbar jede Gefühlsäußerung unterdrücken wollte.

»Wer soll das sein?« Hastig gab er ihr das Bild zurück.

»Das weiß ich eben nicht. Aber hast du gesehen? Die Frau auf dem Bild trägt genau den gleichen Anhänger, den du mir früher einmal geschenkt hast.«

»Hm, ist das so? Ich weiß nicht … Du, ich muss los, sei mir nicht böse. Aber wenn du noch ein paar Tage hier bist, kannst du natürlich jederzeit gern wiederkommen.«

Leicht verblüfft stand auch Kathrin auf und folgte ihrem Großvater in den Flur, wo er sich bereits die Jacke anzog. Bevor er die Tür öffnete, hielt er noch einmal kurz inne, ohne sich umzudrehen. »Kathrin, in Laboe gibt es Dinge aus der Vergangenheit, die im Verborgenen bleiben sollten. Hörst du?«

Sie antwortete nicht, denn es war keine Frage gewesen, sondern eine Anweisung.

Vor der Haustür verabschiedete er sich von ihr, als wäre nichts gewesen. »Zum Hafen willst du mich sicher nicht begleiten, oder?«

Kathrin schüttelte entschieden den Kopf. »Nein, du weißt ja …«

Er nickte, neigte den Kopf und musterte sie prüfend, fast

entschuldigend. »Nun gut. Aber du kommst noch mal wieder, bevor du nach Hamburg zurückfährst, nicht wahr?« Sein Gesichtsausdruck wirkte irgendwie gequält.

»Aber ja, Opa, versprochen.«

»Gut, und nimm das *Dünenhotel* und *Lohmanns Pension* für deinen Artikel. Die beiden Häuser dürften lange genug dort stehen, wo sie stehen, damit du das mit den alten Bildern hinbekommst.«

An seiner Stimme erkannte sie, dass dies ein Friedensangebot auf seine brüske Reaktion von eben war. Sie nickte. »Schau ich mir an.«

»Dann bis … und grüß deine Eltern.«

»Alles klar.«

Er zog seine Jacke am Kragen gerade und wandte sich zum Gehen.

Kathrin sah ihm nach. Sie hatte ein bisschen mehr erwartet. Irgendetwas hatte er in den Bildern erkannt, dessen war sie sich sicher. Kannte er die Frau? Unwahrscheinlich, denn das Foto war lange vor seiner Geburt entstanden. Aber er schien über das alte Hotel oder die Frau mehr zu wissen, als er preisgeben wollte. Ein wenig haderte Kathrin mit sich selbst. Ihr Großvater hatte sicher seine Gründe, doch letztendlich hatte er nur ihre journalistische Neugier noch heftiger wachgerüttelt. Sie schwang sich aufs Rad und machte sich auf den Weg ins Dorf.

Oberdorf und Unterdorf hörte sich für ein Strandbad wie Laboe eher merkwürdig an. Vermutete man doch zumindest einen gewissen Höhenunterschied der beiden Teile. Doch die Bezeichnungen bezogen sich eher auf die einstige Nutzung. Das Oberdorf war der historische Kern von Laboe. Bereits im Mittelalter urkundlich erwähnt, gab es dort alte Höfe, die rings um einen Dorfanger angeordnet waren. Dieser war längst verschwunden, doch einige der Häuser standen noch. Kathrin durchquerte den ersten der Höfe, der inzwischen zu einem Wohnhaus gehörte. Zum Unterdorf hingegen zählten die Promenade, das Kurzentrum und die Häfen. Auch wenn diese Unterteilung mittlerweile fast aufgehoben war und in beiden Ortsteilen gelebt und gearbeitet wurde, so hielt man doch an den alten Bezeichnungen fest. Die Straßennamen ließen allerdings noch gut nachvollziehen, wo sich früher das dörfliche Leben abgespielt hatte, mit der Dorfstraße, der Schulstraße und Namen wie Großer Hof oder Teichstraße. Unwillkürlich lenkte Kathrin ihr Rad in Richtung Kurpark. Sie grübelte noch so intensiv über die Reaktion ihres Großvaters nach, dass sie gar nicht bemerkte, wie sie den Weg zur alten Kate eingeschlagen hatte. Als ihr dies bewusst wurde, bremste sie unvermittelt. Der Giebel des alten Hauses lugte bereits zwischen den Bäumen und den Nachbarhäusern hervor. Kathrin stieg vom Rad und schob es langsam weiter. Die Umrisse der Kate traten immer deutlicher hervor. Wie lange war sie nicht mehr hier gewesen? Ihr Großvater war vor sechs Jahren umgezogen. Damals hatte sie es vermieden, dem alten Haus einen letzten Besuch abzustatten. Ihre Mutter war ziemlich sauer gewesen, dass Kathrin nicht gekommen war, um beim Umzug zu helfen. Doch für sie war es undenkbar gewesen, einfach so durch Laboe zu spazieren oder die alte Kate zu betreten. Auch jetzt fühlte es sich merkwürdig an, plötzlich wieder vor der alten Kate zu stehen, unter deren Reetdach sich so viele Erinnerungen verbargen. Dennoch war es nicht mehr das Haus von früher. Kathrin blieb am Gartenzaun stehen und betrachtete den alten Fachwerkgiebel. Er hatte frische Farbe bekommen, und auch die Windbretter am Dach waren erneuert worden. »Siehst gut aus«, murmelte sie und ließ den Blick durch den Garten schweifen. Um das alte Räucherhäuschen war ein Zaun gezogen worden, und Hühner pickten davor im Sand. Die kleinen Beete ringsum wirkten gepflegt.

»Hallo! Kann ich Ihnen helfen?«

Erschrocken zuckte Kathrin zusammen, als plötzlich eine Frau um die Hausecke trat. Sie hatte einen Besen in der Hand und trug ein buntes Kopftuch.

»Nein, ich …«, stammelte Kathrin verlegen und schickte sich an, zu gehen.

»Sie sind doch die Enkeltochter vom Josef, oder?«

Bevor Kathrin die Flucht ergreifen konnte, lehnte die Frau den Besen an die Hauswand und kam auf sie zu.

»Wir kennen uns. Ich war einmal zu den Feiertagen bei Ihren Eltern, da haben wir uns getroffen. Kurz nach unserem Einzug in dieses Haus.«

Kathrin dachte nach, bis es ihr wieder einfiel. Die Frau und ihr Mann hatten Weihnachtsgebäck vorbeigebracht und sich noch einmal für alles bedankt. Kathrins Vater hatte ihnen im Jahr zuvor wohl einige Male geholfen und auch guten Rat gewusst, als es darum ging, Handwerker für die alte Kate zu finden. Kathrin hatte sich im Hintergrund gehalten. Der Mann war Steuerberater, und die Familie kam ursprünglich aus Kiel. Kathrin mochte zugezogene Leute nicht sonderlich und erst recht nicht solche, die sich im Lieblingsort ihrer Kindheit breitmachten. Zumal sie den Verkauf für einen Fehler hielt. Natürlich war sie höflich gewesen und so lange sitzen geblieben, bis sich der Besuch verabschiedet hatte. Doch wirklich erinnern konnte sie sich nicht. Wie war doch gleich der Name gewesen? Die Frau schien zu bemerken, dass Kathrin nachdachte.

»Ursula Strehmann.« Über den Zaun hinweg streckte sie Kathrin die Hand entgegen. »Ist ja auch schon ein Weilchen her. Ich freue mich aber, Sie mal wiederzusehen.«

Kathrin nickte höflich.

»Sind Sie zu Besuch in Laboe?«

»Ja, ich ... ich mache einige Tage Urlaub bei meinen Eltern in Stein und war gerade bei meinem Großvater.«

»Wie schön. Ihr Großvater hat uns auch schon ein paarmal besucht. Gerade neulich musste ich an ihn denken, und so trifft es sich gut, dass Sie jetzt zufällig vorbeikommen. Ich hab es nämlich noch nicht geschafft ... warten Sie ...« Die Frau verschwand in Richtung Haustür.

Leicht ratlos blieb Kathrin stehen. Neben dem Hühnerstall lehnten zwei Kinderfahrräder an der Hauswand. Die Strehmanns waren anscheinend eine richtige Familie. Schön, dass in der Kate offenbar wieder viel los ist, dachte Kathrin und wunderte sich selbst über ihre Gedanken. Was gingen sie diese Leute an? Allerdings wollte sie fragen, ob sie das Haus fotografieren durfte. Ihrem Großvater zuliebe hatte sie vor, es in ihrem Artikel zu erwähnen. Wenn sie sowieso schon hier stand ...

Im Haus rumpelte es, als würde eine Schublade zugeschoben, dann kehrte Frau Strehmann an den Gartenzaun zurück. In der Hand trug sie eine Dokumentenmappe aus Plastik.

»Wissen Sie, vor einigen Wochen mussten wir hinten in einer der Kammern den Boden erneuern. Die alten Dielen lagen noch auf Lehm, und irgendwie war wohl Feuchtigkeit unter das Haus gekrochen. Na ja, wie auch immer, wir haben alles rausgerissen. An einem Balken, da war das Mauerwerk des Fachwerks lose, und das hier haben wir hinter den Steinen gefunden. Es scheint alt zu sein, sehr alt, ist dort aber trocken geblieben. Vielleicht gehört es ja irgendwie zu Ihrer Familie. Wir haben die Papiere in eine Plastikmappe gesteckt, und ich wollte sie schon Ihrem Großvater bringen, aber Sie wissen ja, hier ist immer etwas los mit den Kindern und dem Haus. Wollen Sie es vielleicht mitnehmen?«

»Ja, kann ich machen.« Kathrin nahm die Mappe entgegen, die schwerer wog, als sie vermutet hatte. »Danke, dass Sie es aufgehoben haben. Vielleicht … gehört es meinem Großvater.«

»Nein, das glaube ich nicht. Ich hab's mir nur kurz angesehen, aber es ist auf jeden Fall älter und hat wohl einem Mädchen gehört.«

»Einem Mädchen?« Kathrin hob die Augenbrauen.

»Na, auf jeden Fall haben Sie es jetzt. Beste Grüße an den Großvater und natürlich auch an die Eltern. Und nun muss ich unseren Lütten von der Schule abholen. Sie entschuldigen mich?«

»Oh, warten Sie bitte!« Kathrin hob schnell noch einmal die Hand. Die Frau war schon wieder fast im Haus verschwunden. »Ich schreibe einen Artikel über Laboe. Darf ich vielleicht Fotos von dem Haus machen und veröffentlichen?«

Die Frau hielt kurz inne. »Natürlich, gern, aber warten Sie zwei Tage. Bis dahin hab ich es geschafft, den Hof anständig zu fegen.« Sie lachte und winkte.

Mit der farbigen Plastikmappe in der Hand blieb Kathrin zurück.

Inzwischen war es Mittag geworden, und die Sonne strahlte vom blauen Himmel. Kathrin lenkte das Fahrrad am Kurpark vorbei in Richtung Promenade. Eigentlich wollte sie nur die lange Reihe der Hotels und Pensionen abfahren, um nach Motiven Ausschau zu halten und sich die Stelle anzusehen, an der das geheimnisvolle alte Strandhotel gestanden hatte. Dort angekommen, war das Déjà-vu-Gefühl plötzlich so überwältigend, das sie anhalten musste und nach Luft rang. Der Strand vor ihr, die Menschen, die Schreie der Möwen, die Strandkörbe. Früher war sie fast jeden Tag hier gewesen. Die Erinnerung überfiel sie bei Weitem heftiger als alles andere, denn genau hier war immer ihr Lieblingsplatz gewesen, nahe der Lesehalle, deren Bau sich am Strand erhob. Das Haus war nicht besonders schön, aber dahinter gab es ein nettes Café. Fast zaghaft, als hätte sie Angst vor Entdeckung, schob sie das Rad um das Gebäude herum. Das Café gab es nach wie vor. Die weißen Sonnenschirme standen immer noch auf der Terrasse zum Strand hin.

»Mamma mia, und ich dachte schon, du bist ausgewandert, nach Amerika oder so!«

Da stand er … Luigi. Das lange schwarze Haar wie immer zum Zopf gebunden, eine spitzenverzierte weiße Schürze über den schwarzen Klamotten, in denen er eher einem Dienstmädchen ähnelte als dem Chef des Cafés. Auf einem Tablett balancierte er zwei Caffè Latte.

»Hi, Luigi!« Kathrin lächelte entschuldigend. Luigis Café war über Jahre nicht nur ihr zweites Wohnzimmer gewesen, sie waren früher auch gut befreundet gewesen.

In seiner leicht fahrigen italienischen Art wedelte er mit der freien Hand in Kathrins Richtung. »Komm, nimm dir einen Tisch, setz dich! Wie früher …?«

»Ja, gern, so wie früher.« Kathrin konnte nicht anders. Sie stellte ihr Rad an der Balustrade der Promenade ab und nahm die Plastikmappe sowie ihre Kameratasche aus dem Korb des Gepäckträgers. Dann setzte sie sich an einen freien Tisch.

Luigi servierte ihr einen Caffè Latte mit zwei Extratütchen Zucker und vier von den Schokokeksen, die angeblich nach einem Geheimrezept seiner Großmutter gebacken wurden. Diese arg süße Kombination hatte Kathrin sich früher gern nach einem stressigen Tag gegönnt.

Im Gegensatz zu allen anderen hielt er sich mit Fragen nicht zurück. »Wie geht's dir? Was machst du so? Bleibst du länger? Warst du schon bei Nicole? Hast du Kai getroffen?«

Sie antwortete kurz und knapp. Als Luigi Kai erwähnte, entglitten ihr allerdings kurz die freundlichen Gesichtszüge.

»Entschuldigung«, murmelte er.

Kathrin wusste, dass ihm die Vorfälle von damals bekannt waren. Alle in Laboe und Stein wussten Bescheid. Sie riss sich zusammen.

»Schon gut, ist ja Schnee von gestern.«

Luigi sah sich kurz um, als wolle er sichergehen, dass ihn keiner belauschte, dann beugte er sich zu ihr herab. »Er würde sich sicher freuen, dich wiederzusehen. Es ist dumm gelaufen damals.« Dann richtete er sich wieder auf, ohne auf eine Antwort zu warten. »So, jetzt muss ich weitermachen. Lass es dir schmecken!« Mit einem kurzen Augenzwinkern verschwand er, um an einem anderen Tisch zu bedienen.

Kathrin sah ihm mit einer Mischung aus Verärgerung und Verwunderung hinterher. *Mich sehen* … ja, das würde ihm so passen, dachte sie und schüttelte seufzend den Kopf. Ein Wiedersehen mit Kai war das Letzte, was sie wollte. Aber wenn sie länger blieb, ließ sich das sicher nicht verhindern. Hier kannte jeder jeden, und spätestens nach ihrem Besuch in Luigis Café wüsste wohl morgen endgültig jeder ihrer alten Bekannten, dass sie wieder in Stein war. Sie hatte also ungefähr vierundzwanzig Stunden Zeit, um zu entscheiden, ob sie sich den Schatten der Vergangenheit stellen wollte oder ob sie wieder in ihr Cabrio stieg, um ihr Heil in der Flucht zu suchen. Grimmig schob sie sich einen Keks in den Mund. Als sie den vertrauten Geschmack auf der Zunge spürte, breitete sich ein gewisses Behagen in ihr aus. Andächtig und mit dem aufkeimenden Gefühl von Glück verzehrte sie den Keks. Dann nahm sie die Plastikmappe zur Hand, die ihr Frau Strehmann gegeben hatte. Neugierig schlug sie sie auf und entdeckte einen Stapel Papier, aus dem ein muffiger Geruch wie von verstaubten alten Büchern aufstieg, die in irgendwelchen Kartons gelagert hatten. Vorsichtig nahm sie Blatt für Blatt in die Hand. Es waren Briefumschläge und alte Kladden in der Größe moderner Notizbücher. Diese wurden mit dickem Karton als Einband und am Rücken mit groben Fäden zusammengehalten. Vorsichtig zog sie eine Kladde heraus und legte sie auf den Tisch. Auf dem Deckel war die verblasste Jahreszahl 1919 zu lesen. Die Unterlagen waren wirklich alt. Ganz zaghaft öffnete sie den Einband. Das Papier im Innern war erstaunlich gut erhalten, zwar gelblich angelaufen und an den Rändern leicht wellig, doch die Schrift ließ sich noch deutlich erkennen. Kathrin beugte sich vor. Auf den ersten Blick konnte sie die schnörkelige Schrift nicht lesen. Zu Studienzeiten hatte sie sich unter anderem mit Schrifttypen befasst, zwar nur kurz, aber ihr Wissen reichte aus, um die deutsche Kurrentschrift zu erkennen, die Vorgängerin der Sütterlinschrift. Das passte wiederum mit der Jahreszahl auf dem Einband zusammen. Konzentriert versuchte sie, einzelne Wörter zu entziffern. Dabei vergaß sie ihren Kaffee, und das Rauschen der Ostsee rückte in weite Ferne.

5

Laboe, im Februar 1919

Mein geliebter Vater,
es ist so still geworden. Der Krieg ist vorbei, und doch bist Du nicht bei uns. Über vier Jahre bist Du nun fort, und seit Deinem letzten Brief sind drei Jahre vergangen. Einzig Deinen Namen fand ich auf der Liste der Verschollenen. Mutter und ich wissen nicht, wo Du bist und ob es Dir gut geht. Wir haben versucht, Dich zu finden, doch unsere Schreiben blieben ohne Antwort. Ob wir uns je wiedersehen? Ach, Vater, ich wünsche es mir von ganzem Herzen. Es ist so kalt draußen. Die Welt scheint wie erstarrt. Auf der See treiben dicke Schollen, und der Wind fährt mir kalt in die Knochen. Niemand weiß, was dieses Jahr bringen wird. Wird es vielleicht wie früher, wenn der Winter vorbei ist? Alle munkeln dies, doch es laut auszusprechen, traut sich keiner. Das Dorf ist so leer, kaum ein Haus, in dem noch ein Mann lebt. Alle, die zurückgekehrt sind, laufen wie blasse Geister umher. Auch wenn sie das Glück haben, noch alle Arme und Beine und zwei Augen zum Sehen zu besitzen, ihre Seelen sind wohl dort geblieben, wo sie die Schlachten geschlagen haben. Ach, Vater, ich hoffe, Dir blieb

dieses Leid erspart. Ich träume davon, dass es Dir gut geht und Du wohlauf bist. Dies wäre mir das Wichtigste, selbst wenn wir uns nicht wiedersehen. Aber der Gedanke, dass Dir etwas Schlimmes zugestoßen sein könnte, den mag ich nicht in mein Herz lassen. Mutter ist still geworden. Ihr Husten ist schlimmer als je zuvor. Ich gebe mir Mühe, das Haus warm zu halten, doch für Holz muss ich am Strand lange suchen. Unsere Kost ist mager. Im letzten Jahr gab es kaum etwas zu ernten, die Felder konnten die Frauen nur mit Mühe selbst bestellen. Ich habe versucht, so viel wie möglich aus dem Garten zu ernten, doch manches verdarb bereits in der feuchten Herbstluft. So bleiben unsere Teller oft leer. Der Franz bringt uns Fisch zum Räuchern, so kann ich einige Pfund Kartoffeln und Rüben kaufen. Ohne die Hilfe von Anni wären wir wohl schon verhungert. Gott schütze die gute Anni, mein Herz, meine Freundin. Sie bringt uns alle paar Tage einen Korb mit Lebensmitteln, die im Hotel übrig geblieben sind. Dort feiert man, als hätte es keinen Krieg gegeben. Die Herren im Frack und die Damen in feinen Kleidern. Anni sagt, sie könnten das Elend in den Städten nicht ertragen und würden daher Zerstreuung an der See suchen. Auch hätten sie Angst, wie wird es ohne Kaiser? Was wird jetzt aus unserem Land? Niemand vermag es so recht zu sagen. So feiern sie, tanzen und essen, als gäbe es kein Morgen. Ach, Vater, was waren wir noch guter Dinge, als wir Dir zum Abschied zuwinkten. Jetzt müssen wir um unser Dasein kämpfen.

»Ella? Ella! Der Franz ist da.«

Der heisere Ruf der Mutter riss Ella aus ihren Gedanken. Eilig legte sie das Löschpapier auf das frisch beschriebene Blatt, klappte die Mappe zu und schob sie unters Kopfkissen. »Ja, ich komme, Mutter.« Mit dem Ärmel ihres Kleids wischte sie sich noch schnell über die Wangen. Hatte sie geweint? Sie wusste es nicht, so vertieft war sie in das innerliche Zwiegespräch mit ihrem Vater gewesen. Es schmerzte sie zutiefst, dass sie nicht mehr mit ihm reden konnte. Jeden Tag aufs Neue hoffte sie, er stünde einfach wieder vor der Tür. Doch diese Hoffnung war wohl vergebens. Alle Jungen und Männer, die der Krieg verschont hatte, waren im Lauf der letzten Monate zurückgekehrt. Es waren nicht viele, und jeder wurde überglücklich von seiner Familie willkommen geheißen. Über vielen Häusern indes lag der graue Schleier der Trauer. Manche Mütter hatten gleich mehrere Söhne verloren und noch dazu den Vater. Leni Petersen war deswegen kurz vor Heiligabend sogar ins Wasser gegangen. Sie hatte es nicht mehr ertragen, ganz allein zurückgeblieben zu sein, und war wohl von der Seebrücke gesprungen. Die Ostsee war so kalt gewesen, dass man am nächsten Morgen nur noch ihren leblosen Körper am Strand gefunden hatte, in der Hand die aufgeweichten Fotografien ihres Mannes und der zwei erwachsenen Söhne.

»Ella, nun beeil dich doch!«

Ella hörte, wie ihre Mutter von ihrem Lager am Küchenofen aufzustehen versuchte.

»Ich bin sofort da. Bleib liegen, Mutter!«, rief Ella und stieg aus ihrem Alkoven.

Vom Platz ihrer Mutter am Ofen hörte sie wie immer

nur das kratzige Husten. Ella eilte an ihr vorbei, nach draußen auf den Hof. Ein eisiger Ostwind schlug ihr entgegen. Neben dem Räucherhäuschen stand eine vermummte Gestalt mit frostigem Reif auf Mütze und Schultern.

»Mädchen, Mädchen, zieh dir was an! Reicht doch, dass deine Mudder daniederliegt.« Franzens wässrige Augen musterten sie durch den Schlitz zwischen Mütze und Schal. »Hab dir die Kiste reingestellt. Zwei Fische. Mehr gab es nicht. Ist zu kalt, wir kommen kaum raus mit den Booten.«

»Danke, Franz.« Ella drückte dem Mann eine Münze in die Hand.

Er gab ein Murren von sich und entfernte sich wortlos.

Ella schlüpfte in das kleine Räucherhaus. Nur noch selten konnte sie hier die Glut entfachen. Treibholz war ungeeignet, denn die Fische mussten im Buchenrauch hängen. Doch das entsprechende Holz, das früher ein Mann aus der Propstei geliefert hatte, war inzwischen unbezahlbar geworden. Es war ein ständiges Ringen um jede Münze. Als der Vater nach einem Jahr nicht wieder zurückgekehrt war, hatte die Mutter dem Fischer Franz das väterliche Boot überlassen. Man hatte Franz und seine Helfer nicht in den Krieg abkommandiert, da er den Fisch für die Soldaten in Kiel fing. Und wohl auch, weil sein Bruder dort als Stellmacher arbeitete. Zumindest hatte es einiges Gerede gegeben, warum und wieso der Franz hatte bleiben dürfen. Letztendlich war es für ihre Mutter und sie ein kleines Glück, denn der Franz bezahlte für das Schiff nicht viel, aber doch einige Münzen. Davon gab Ella ihm allerdings wieder etwas zurück, wenn er ihr Fisch brachte. Sobald sie alle paar Wochen doch wieder einmal räuchern konnte, verdiente sie damit ein wenig Geld. Alles drehte sich nur noch um Haben oder Nichthaben. Ella brausten die Gedanken wie ein Herbststurm durch den Kopf, wenn sie darüber nachgrübelte, wo und wie sie zu zusätzlichen Einnahmen kommen konnte. Wäre sie doch nur ein Bursche geworden, dann hätte sie mit Vaters Boot hinausfahren können. Aber womöglich hätte man sie dann irgendwann in den letzten Jahren in einem schlammigen Schützengraben erschossen.

Sie nahm die Fische und legte sie zu den vier anderen. Es war so kalt, dass sie derzeit nicht verdarben. Aber bevor es wieder wärmer wurde, musste sie mit der Kiepe in die Probstei laufen und Holz besorgen. Allerdings wusste sie nicht, ob ihr Geld dafür reichte, denn sie musste auch noch die Medizin für ihre Mutter bezahlen. Wenn doch endlich dieser unsägliche Winter vorbei wäre!, dachte sie und spürte, wie nach und nach jegliches Gefühl aus ihren Füßen und Händen wich. Sie musste zurück ins Haus.

»Hat er etwas mitgebracht?« Zwischen den Decken richtete sich ihre Mutter auf und wurde sogleich von einem heftigen Hustenanfall geschüttelt. Jetzt im Winter schlief sie dicht an der Wärmequelle. Im großen elterlichen Alkoven war es einfach zu kalt und zu feucht.

»Ja, Mutter. Mach dir keine Sorgen! Wir haben wieder sechs Fische, und ich werde dieser Tage losgehen und Holz holen. Dann kann ich den Räucherfisch verkaufen, und du bekommst deine Medizin.« Als Ella die Hände an den Ofen hielt, stach ihr die Wärme wie mit tausend kleinen Nadeln in die Haut.

»Nein, nein … dass es mal so schwer wird …« Mit einem Seufzer ließ sich die Mutter auf ihr Lager zurückfallen.

Sie konnte kaum aufstehen, so schlimm quälte sie der hartnäckige Husten. Sooft wie möglich besorgte Ella die Medizin vom Doktor, aber so manchen Tag musste die Mutter auch ohne jedes Medikament auskommen. Sie hatte schon immer eine schwache Lunge gehabt. Der Doktor hatte sie bereits vor dem Krieg davor gewarnt, zu dicht ans Räucherhaus heranzutreten. Doch welche Wahl hatte sie schon? Sie war die Frau eines Fischers, und das Räuchern sicherte ihren Lebensunterhalt. Seit der Vater fort war, hatte sich der Husten von Winter zu Winter verschlimmert. Ella hatte sich oftmals nicht vom Lager der Mutter fortgetraut, aus Angst, der rasselnde Atem werde sonst für immer verstummen.

»Hier, schau! Einen habe ich heute fertig bekommen.« Die Mutter hielt ihr die Hand hin. Darin lag ein kleiner Anhänger aus Bernstein.

»Der ist aber schön geworden!« Ella griff nach dem kleinen Schmuckstück und betrachtete es liebevoll. Der Bernstein strahlte die Wärme und Zuversicht längst vergangener Tage aus. Vor dem Krieg hatte die Mutter im Sommer den im Winter gefertigten Schmuck an die Kurgäste verkauft. Einst ein lohnendes Zubrot, doch in den Kriegsjahren waren nur wenige Gäste an die Ostsee gekommen. Dennoch suchte Ella jeden Tag am Strand nach den kleinen Schätzen, wie sie es schon von klein auf getan hatte. Zwar war das Treibholz weitaus wichtiger geworden, denn es galt, das Haus zu wärmen, doch sie hatte ein so geschultes Auge, dass sie dennoch zwischen dem Tang gelegentlich auf die goldgelben kleinen Steine stieß.

»Im Sommer werden wieder Gäste kommen, Mutter. Dann kann ich deinen Schmuck gut verkaufen. Wir müssen nicht mehr lange warten, und alles wird besser.« Sorgsam legte sie das neue Stück in einen kleinen hölzernen Kasten, in dem auch andere darauf warteten, irgendwann von einer fremden Frau getragen zu werden. Von einer Fremden, die mit dem Schmuck die Sommerwärme und das Meeresrauschen mitnahm, wo immer sie hinging. Ella liebte diesen Gedanken.

»Ich bereite dir einen Teller Suppe zu, Mutter. Du musst etwas essen. Ich habe von Anni ein Kännchen Milch und ein Stück Brot bekommen. Beides wird dir guttun.«

»Kind, iss du aber auch etwas! Du bist so blass geworden. Wenn ich könnte, bekämst du jeden Tag eine dicke Scheibe Brot mit üppig Butter und Marmelade.« Die Mutter seufzte traurig.

Ella trat an den Ofen, der gleichermaßen als Kochstelle wie zum Wärmen des einzigen Raums der Kate diente. Sie schob ein Stück Holz in die Glut und stellte einen Topf auf die eiserne Herdplatte. Früher hatte es hier nach Fischsuppe gerochen, nach deftigem Eintopf oder gar nach einem Stück gebratenem Fleisch. Ihnen war es nie schlecht gegangen. Mittlerweile musste Ella das letzte bisschen Milch, das sie von Anni bekommen hatte, mit Wasser verdünnen und das Brot hineinbrocken. Unwillkürlich fasste sie sich an den Hals. Dort trug sie seit einigen Jahren einen kleinen Bernsteinanhänger. Wenn sie ihn anfasste, fühlte sie sich Anni ganz nahe. Nie hätte sie sich getraut, Anni um Hilfe zu bitten. Sie waren zwar beste Freundinnen, stammten aber aus zwei völlig unterschiedlichen Welten. Obwohl sie fast alles teilten, wenn sie sich am Strand trafen, in den Dünen saßen oder über die Felder des Hinterlands schlenderten, so kehrte doch jede danach in ihre eigene Umgebung zurück. Anni in das große *Hotel Konrad* an der Strandpromenade, wo abends aus dem Tanzsaal das Licht der Kristalllüster bis an den Strand funkelte, wo jeder Raum einen eigenen Ofen hatte und wo in der großen Küche, die seitlich unter der Terrasse lag, die besten Zutaten nie auszugehen schienen. Ella hingegen kehrte in die Fischerkate zurück, wo es nur einen einzigen Ofen gab. Wo die strohgestopften Betten in den Alkoven am Abend kalt und klamm waren und wo Ella nachts die trippelnden Pfoten der Mäuse auf den Dielen hörte. Inzwischen waren aus den kleinen Mädchen junge Frauen geworden, Anni war zwanzig Jahre alt, Ella mit ihren achtzehn Jahren etwas jünger. Wortlos verstanden sie sich und hielten zueinander, was auch immer geschehen mochte. Dies hatten sie sich in kindlicher Feierlichkeit geschworen, und daran sollte sich nichts ändern. Vor dem Krieg hatte Ellas Mutter diesem Schwur lächelnd mit je einem Schmuckstück zusätzliche Stärke verliehen. Anni trug ihren Anhänger ebenso wie Ella um den Hals. Sie waren die Bernsteinschwestern. Die Not ihrer Freundin hatte Anni auch ohne viele Worte erkannt und schon im ersten Kriegswinter die kargen Mahlzeiten von Ella und ihrer Mutter aufgebessert. Zu den Essensausgaben zu gehen oder in den noch offenen Läden in Kiel nach Lebensmitteln anzustehen, war verschwendete Zeit. Oft bekam man nichts, obwohl man seine Ausgabemarken und Bezugscheine dabeihatte, oder man geriet mitten hinein in das Gedränge und Geschubse. Ella hatte es zunächst versucht und den mühseligen Weg auf einem Pferdekarren auf sich genommen, obwohl ein Platz schon wieder eine Münze kostete. Dort aber galten andere Regeln, und die Ladenbesitzer waren derart bestechlich, dass meist nur die Mägde reicher Bürger etwas in ihre Körbe bekamen oder aber diejenigen, die als Gegenleistung für Nahrungsmittel etwas aus ihrem Besitz unter den Ladentisch stellten. Alles war rationiert, Eier, Zucker, Mehl und Brot. Auch Kleidung konnte man nicht einfach mehr kaufen, Schuhe schon gar nicht. Selbst diejenigen nicht, die es sich hätten leisten können.

Zum *Hotel Konrad* hingegen kam jede Woche ein Fuhrwerk mit Waren aus Kiel. Der Bursche des Kutschers trug immer eine Waffe bei sich, denn der Wagen weckte unterwegs so manche Begehrlichkeit. Doch den wenigen Gästen, die noch kamen, sollte es an nichts fehlen. Ella wusste, dass Annis Vater das Hotel mit unnachgiebiger Hand führte. Den kleinen Paule Olsen hatte er höchstpersönlich seinem Kutscher übers Knie gelegt und dann mit einer Reitpeitsche vier harte Schläge auf dessen Hinterteil niedersausen lassen, nur weil dieser beim Abladen der Esswaren zwei Eier stibitzt hatte. Ella wusste nicht, wie Anni es schaffte, dass die Mamsell, Lotte Beintger, die gestrenge Wirtschafterin des Hotels und der Küche, ihr immer wieder etwas abgab. Bestach sie etwa die Köchin und schmuggelte die Lebensmittel an der Mamsell vorbei? Ella wusste auch nicht, ob Anni ihren Vater vielleicht sogar um Erlaubnis gebeten hatte. Sie wusste nur, dass Anni ihr immer diesen kleinen Korb mitbrachte. Mit Milch, einem Kanten Brot, manchmal sogar mit einem Stück Kuchen oder einer trockenen Scheibe Braten, oft aber auch einfach mit einem Apfel, zwei Kartoffeln oder einer Rübe. Jeden Abend betete Ella, dass Anni sich mit ihren Liebesgaben nicht in Schwierigkeiten brachte, und hatte ein schlechtes Gewissen, sie anzunehmen. Anni hatte sie regelrecht angeherrscht. »Wenn du verhungerst, bist du mir auch keine Freundin mehr«, hatte sie Ella getadelt und gleichzeitig liebevoll gelächelt. Seitdem widersprach Ella nicht mehr.

Eilig rührte Ella mit einem hölzernen Löffel die aufkochende Milch um, bevor sie anbrennen konnte. Dann nahm sie den Topf vom Herd und zerbrach eine Scheibe Brot, um die Stücke in die Milch zu geben. In dieser Milchsuppe hatte es früher noch Zucker und Gerste gegeben. Inzwischen musste es so reichen. Selbst vom Geschirr hatten sie sich trennen müssen. Per Anordnung hatten sämtliche Bürger im zweiten Kriegsjahr alles im Haus befindliche Kupfer und Zinn, sämtlichen Messing und Nickel abgeben müssen. Artig hatte Ella zwei Krüge und einen Topf zur Sammelstelle gebracht. Auf Nichtbeachtung standen hohe Strafen. Was mit dem Metall geschah, wusste Ella nicht genau. Aber es diente dem Krieg, und wenn es dem Krieg diente, diente es vielleicht auch dem Vater.

Seit einigen Tagen war Anni nicht mehr erschienen. Sonst trafen sich die Freundinnen immer zur selben Stunde in der Nähe des Kurhauses. Am Strand war es zu kalt für Spaziergänge. Ella machte sich schon Sorgen um Anni. Hoffentlich war sie bei den eisigen Temperaturen nicht krank geworden.

Auch am nächsten Tag stand Ella zur vereinbarten Stunde am gewohnten Treffpunkt. Die Sonne schien, und der Winter schien seinen eisigen Griff ein wenig zu lockern. Der Wind war abgeflaut, und Ella hatte die leise Hoffnung, dass es nun vielleicht wärmer wurde. Dennoch trat sie von einem Fuß auf den anderen. Feste Winterstiefel konnte sie sich nicht leisten, also trug sie zwei Paar dicke Strümpfe und ihre zerschlissenen Schuhe. Die Kälte kroch ihr vom Boden langsam an den Beinen herauf.

»Ella!« Mit forschem Schritt und dem ersehnten Körbchen über dem Arm bog Anni um die Ecke.

Ella atmete auf. »Anni, Gott sei Dank! Ich dachte schon, du bist krank.«

Annis Atem bildete weiße Wölkchen im Sonnenlicht. »Nein, keine Sorge, mir geht es gut.« Sie reckte den Hals aus dem dicken Schal, den sie trug, und lächelte fröhlich. »Hier, ich habe dir wieder etwas mitgebracht. Vor zwei Tagen sind neue Gäste gekommen. Studienrat Meißner und Professor Telgmann nebst Gattinnen aus Hamburg. Meine Tante hat auch geschrieben und überlegt, ob sie uns besuchen soll. Fast alle unsere Zimmer sind belegt. In Hamburg haben wohl selbst die gut situierten Häuser Schwierigkeiten, sich zu versorgen. Da kommen sie lieber zu uns ins Hotel, bevor sie ihre Dienstboten auf die Straße schicken müssen, um stundenlang nach Essen anzustehen. Vater ist höchstpersönlich mit dem Wagen nach Hamburg gefahren, um seine Händler beim Großmarkt einzuschwören, ihn weiter zu beliefern. Die nehmen allerdings inzwischen Wucherpreise. Oh, geschimpft hat er!« Anni zuckte mit den Achseln. »Er schafft es trotzdem, dass unsere Vorratskammer stets voll ist. Hier …« Sie überreichte Ella den kleinen Korb.

Ella nahm ihn an sich und umklammerte den Griff. »Danke, Anni, ich stehe tief in deiner Schuld.«

»Ach, Unsinn! Was wäre ich denn für eine Schwester, wenn ich deiner Mutter und dir in Zeiten der Not nicht helfen würde? Komm, lass uns ein paar Schritte gehen, sonst friere ich ja noch fest.« Anni hüpfte von einem Bein aufs andere.

Ella hatte nicht so viele überflüssige Kräfte, doch Annis ungebrochen gute Laune hatte sie durch die Kriegsjahre begleitet. Anni hatte immer geschworen, dass alles gut werden würde. Noch war das zwar nicht abzusehen, aber immerhin war der Krieg vorbei.

»Wie geht es deiner Mutter?«, fragte Anni, während sie am Rand des kleinen Parks entlanggingen, tunlichst darauf bedacht, im Schein der Sonne zu bleiben.

»Der Husten will nicht besser werden. Ich hoffe einfach auf den Frühling.«

»Du, der Bürgermeister war bei meinem Vater. Er plant Großes für die Saison und ist der festen Überzeugung, dass auch wieder mehr Gäste kommen.« Zuversichtlich wandte sich Anni an ihre Freundin. »Mein Vater ist auch guter Dinge, und weißt du, was? Er hat sogar den Philipp wieder einbestellt. Er wird pünktlich zur Saison zurückkommen. Gottlob hat der Krieg ihn wohl verschont. Ich hatte schon Angst …«

Jetzt huschte ein Lächeln über Ellas Gesicht. »Der Philipp?«

»Ja!« Anni quietschte vor Freude wie ein kleines Mädchen und drehte sich um die eigene Achse. »Vater will Unterhaltung für die Gäste, sie sollen nicht dauernd über das Tagesgeschehen nachgrübeln. Und ich … ich werde wieder singen. Ach, wie ich das vermisst habe! Beim letzten Mal meinte Philipp, ich hätte ein großes Talent, und ich solle schön weiterüben. Jetzt kommt er wieder, und ich habe geübt. Leise natürlich …«

Ella lächelte. Sie freute sich, Anni noch fröhlicher als sonst zu erleben. »Drei Jahre ist er nicht gekommen, Ella. Damals war ich ja noch ein Backfisch. Inzwischen aber habe ich eine kräftige Stimme. Vielleicht … vielleicht darf ich ihn sogar einmal im Saal begleiten.«

Für Ella war es wieder ein kurzer Blick in eine Welt, die für sie in weiter Ferne lag. Sich die Zeit mit Musik oder gar Tanz zu vertreiben, war für die Tochter eines Fischers nicht vorgesehen. Dennoch lauschte sie Annis Erzählungen liebend gern. Vor dem Krieg war sie an so manchem Sommerabend zum Strand gegangen und hatte aus sicherer Entfernung das Treiben im Saal und auf der Terrasse des Hotels verfolgt. Oft hatte sie auch Anni erspäht, wie sie in schönen Kleidern an dem Vergnügen teilnahm. Anni war noch vor dem Krieg in die Gesellschaft eingeführt worden, wie man diese Zeremonie in höheren Kreisen nannte. Ganz aufgeregt war sie gewesen und hatte wochenlang von nichts anderem erzählt. Ihr Vater hatte dafür eigens ihre Tanten und Cousinen aus Hamburg eingeladen. Wohl weil er sich selbst in solchen Frauendingen nicht recht auskannte.

Für Ella gab es so etwas nicht. Keine schönen Kleider und auch kein Fest ihr zu Ehren. Sie wusste aber, dass Annis Vater damit bezweckte, seine Tochter den jungen Herren vorzustellen. Nur gab es während der Kriegsjahre kaum eine Möglichkeit dazu. Anni war deshalb nicht traurig. »Ich lasse mich von meinem Vater doch nicht dem Nächstbesten in die Hand geben«, hatte sie gesagt. Ella war bei dem Satz schlagartig bewusst geworden, dass sie beide nicht auf ewig die kleinen Mädchen vom Strand bleiben konnten. Sie waren jetzt in einem Alter, da es eigentlich Zeit wurde, dass sie Ehemänner bekamen und eine Familie gründeten. Doch sie selbst hatte keinen Vater mehr, der eine Wahl für sie hätte treffen können. Und was sollte aus der Mutter werden, wenn Ella einen Ehemann hätte? Sie konnte sie doch nicht alleinlassen.

»Was ist? Du schaust so traurig.« Anni war aufgefallen, dass Ella mit ihren Gedanken abgeschweift war.

»Anni? Denkst du … dein Vater wird dir einen Mann suchen, nachdem der Krieg nun zu Ende ist?«

Anni lachte laut auf. »O ja, das wird er versuchen! Aber glaub mir, ich bin sehr wählerisch. Noch gibt es keine Auswahl. Außerdem möchte ich singen. Jetzt dürfen wir das ja wieder. Und wenn Philipp da ist … Leider muss ich jetzt zurück … Gehab dich wohl, Ella! Wir treffen uns wieder.«

»Gehab dich gleichfalls wohl, Anni. Und danke!« Ella deutete auf den Korb und sah ihrer Freundin nach, wie sie mit beschwingten Schritten im Sonnenschein von dannen eilte. Philipp … ja! Anni hatte seinerzeit schon von dem Musiker geschwärmt, und dies nicht nur deshalb, weil er so gut Klavier spielte. Das war zwar lange her, doch jetzt hatte Ella ein Glitzern in Annis Augen entdeckt, das ihr noch nie aufgefallen war.

6

Als es an der Tür der Kate klopfte, schreckten Ella und ihre Mutter hoch.

»Wenn es wieder Bettler sind, schick sie fort!« Ellas Mutter saß neben dem Ofen. Es war inzwischen Ende März, der Winter war vorüber, und es hatte sogar schon einige wärmere Tage gegeben. Mutters Husten hatte sich gebessert, auch wenn sie noch rasselnd atmete. Die laue Luft trieb die Menschen aus der Stadt in die Dörfer, wo sie an die Türen klopften und um Lebensmittel bettelten. Die Kluft zwischen Arm und Reich vertiefte sich immer mehr. So wurden zerlumpte Menschen auf ihrem Zug durch das Dorf von eleganten Kutschen und Automobilen überholt, nicht selten sogar zur Seite gedrängt, weil jene, die es sich leisten konnten, an der Promenade einkehren wollten. Dort wachte man streng darauf, dass das Betteln nicht überhandnahm und die zahlenden Gäste nicht belästigt wurden. Dazwischen mischten sich die Einwohner von Laboe, die gleichfalls ihr Überleben zu sichern versuchten.

Ella zögerte. Manchmal verschwanden die ungebetenen Besucher auch von allein wieder, wenn sie die Tür gar nicht erst öffnete, doch das Klopfen hielt an. Ella wappnete sich, womöglich wieder eine ausgezehrte Gestalt von der Tür fortjagen zu müssen, und stand auf.

Als sie die Tür öffnete, stand allerdings Anni davor. »Gott sei Dank! Ich dachte schon, bei euch ist niemand zu Hause.«

»Anni? Was machst du denn hier?« Verblüfft starrte Ella ihre Freundin an. Gewöhnlich besuchte Anni Ella nicht in deren Kate. Und Ella schämte sich für ihr ärmliches Zuhause.

»Darf ich eintreten?«, fragte Anni und machte eine auffordernde Handbewegung. »Ich habe wichtige Neuigkeiten.«

»Ja … Ja, natürlich.« Ella öffnete die Tür.

»Oh, Fräulein Konrad!« Ellas Mutter erhob sich überrascht von ihrem Stuhl, als Anni in der Stube erschien. Obwohl sie um die enge Beziehung der beiden jungen Frauen wusste, trat Ellas Mutter Anni immer freundlich, aber mit Abstand gegenüber. Noch nie hatte sie Anni beim Vornamen genannt. Nicht, als Anni noch ein Backfisch gewesen war, und erst recht nicht jetzt, als eine erwachsene junge Frau vor ihr stand.

»Frau Jansen, geht es Ihnen gut?« Anni nickte Ellas Mutter höflich zu, während sie ihren Mantel aufknöpfte.

Ella heizte die Stube immer noch ein, damit ihre Mutter nicht fror.

»Wir schlagen uns durch. Fräulein Konrad, meinen tiefsten Dank für die Hilfe, die Sie uns zukommen lassen. Ich … ich weiß gar nicht …«

»Schon gut, Frau Jansen. Gern geschehen.« Anni winkte ab und wandte sich zu Ella um.

»Ella, es ist etwas passiert. Daher komme ich auch

schnell zu dir. Du, die Trudi, du weißt schon, eins der Zimmermädchen. Die ist die Treppe hinuntergestürzt und hat sich ein Bein gebrochen. Das war eine Aufregung, kann ich dir sagen! Der Doktor musste kommen, und der Kutscher hat sie zusammen mit dem Heinz nach Hause getragen. Vater war außer sich, weil die Gäste das mitbekommen haben …« Anni rang nach Luft, denn vor Aufregung überschlug sich fast ihre Stimme.

»Auf jeden Fall ist die Mamsell ganz verzweifelt, weil ihr ein Mädchen fehlt. Und ich … ich habe sofort an dich gedacht.«

Ella verstand erst gar nicht, worauf Anni hinauswollte.

Ihre Mutter schien schneller zu begreifen. »Nein, die Ella doch nicht! Die hat doch keine Erfahrung.«

Anni wandte sich wieder an Ellas Mutter. »Ach was, Ella ist doch plietsch! Das lernt die ganz schnell … und Vater braucht ganz dringend Mädchen, nachdem jetzt wieder so viel Betrieb ist. Ich habe der Mamsell noch nichts gesagt, aber im Dorf … viel Auswahl gibt es nicht.«

Inzwischen begriff auch Ella, was Anni ihr da anbot.

»Aber Anni, ich habe doch noch nie so etwas gemacht. Und außerdem …«

Anni musterte Ella mit scharfem Blick. »Ella, der Lohn ist gut. Wenn die Stelle erst mal besetzt ist, kannst du sie nicht mehr bekommen. Du …« Anni sah sich kurz in der Stube um. »Ihr habt doch sonst keine Aussicht auf ein Auskommen. Dein Vater …«

Ella und ihre Mutter senkten den Blick. Sie sprachen nicht darüber, aber inzwischen war zu befürchten, dass der Vater nicht mehr zurückkehrte.

Anni trat auf Ella zu und fasste sie mit beiden Händen an den Schultern. »Ella, das ist *die* Gelegenheit deines Lebens. Ich wäre nicht so schnell wie der Wind zu dir gelaufen, wenn ich nicht der Meinung wäre, dass du das schaffst.«

»Anni, ich weiß nicht. Ich kann doch auch gar nicht …« Ella senkte den Blick, zupfte an ihrem abgetragenen Kleid und betrachtete ihre löcherigen Schuhe.

»Das bekommst du alles von der Mamsell. Jedem Mädchen steht Hauskleidung zu, keine Sorge. Du siehst sicher hübsch aus mit Kleid, Schürze und Häubchen, glaub mir! Du bist fleißig und anständig. Das weiß ich.«

Ella spürte, wie ihr die Röte ins Gesicht schoss.

»Außerdem wärst du dann ganz in meiner Nähe, denn die Mädchen müssen auch mir hin und wieder zur Hand gehen.« Anni zwinkerte und löste ihre Hände von Ellas Schultern. »Frau Jansen, das ist wirklich eine einmalige Gelegenheit für Ella.«

Mit nachdenklicher Miene wandte sich Ellas Mutter an ihre Tochter. »Da hat das Fräulein Konrad recht, Ella. Und wir … wir könnten das Geld gut gebrauchen.«

Ella fühlte sich überrumpelt. Natürlich hatte sie schon so manches Mal davon geträumt, in einem der vornehmen Häuser oder einem der Hotels zu arbeiten. Doch die Dienstmädchen kamen gewöhnlich aus der Stadt oder waren wiederum die Töchter der Frauen, die diese Arbeit bereits verrichteten. Die Tochter eines Fischers war die Tochter eines Fischers und wurde irgendwann die Frau eines Fischers. Ein ungeschriebenes Gesetz besagte, dass jeder bei seinem Stand bleiben sollte. Zumindest hatte Ella noch von keiner Fischerstochter oder Fischersfrau gehört, die ihre Leinenkleidung gegen ein weißes Schürzchen eingetauscht hatte.

»Wenn du jetzt Ja sagst, spreche ich noch heute mit meinem Vater, und dann sagt er der Mamsell, dass die Stelle wieder besetzt ist.«

Linkisch hob Ella die Schultern und sah Hilfe suchend zu ihrer Mutter hinüber.

Die nickte. »Ella nimmt die Stelle an.«

Anni strahlte vor Freude.

»Anni, ich weiß wirklich nicht, ob ich das schaffe.«

»Natürlich schaffst du das. Das weiß ich!« Anni bedachte Ella mit einem festen Blick. »Dann sei morgen früh zeitig vor der Küchentür. Die Mamsell weiß bis dahin Bescheid.«

In der Nacht tat Ella kaum ein Auge zu, so verunsichert war sie. Nachdem Anni gegangen war, hatte ihre Mutter sie noch beschworen, sich im Hotel ja recht anstellig zu zeigen. In ihren Augen hatte Ella sogar so etwas wie Stolz aufblitzen sehen. »Ella, das ist unsere Rettung.« In ihrer Stimme hatte so viel Hoffnung mitgeklungen, dass Ella nur brav hatte nicken können. Ella konnte Fischernetze reparieren, wusste, wie man Fische ausnahm, kannte genau die Temperatur des Räucherhauses, die notwendig war, damit die Fische goldgelb glänzten. Sie wusste am Hafen Bescheid, kam mit den manchmal ziemlich derben Fischersleuten aus und war sogar mit den wichtigsten Handgriffen auf einem Boot vertraut. Doch wie es in einem Hotel wirklich zuging, das wusste sie nicht so recht. Alles, was sie darüber wusste, stammte aus Erzählungen von Anni oder aus den Gesprächen, die sie im Dorf auffing. Fischer und Hoteliers verkehrten nicht miteinander. Man grüßte sich nicht einmal auf der Straße, man lebte aneinander vorbei. So wie auch

Anni und Ella früher aneinander vorbeigegangen waren, bis Anni Ella am Strand angesprochen hatte. Anni hätte dort wohl auch jedes andere Mädchen aus dem Dorf treffen können, aber es war Ella gewesen, und da jede auf ihre Art einsam gewesen war, hatten sie zueinander gefunden. Vielleicht war das jetzt Ellas Glück? Sie wusste es nicht.

Am Morgen wusch sich Ella gründlich, kämmte ihr langes dunkles Haar und drehte es zu einem anständigen Knoten zusammen. Was ihre Kleidung betraf, so hatte sie keine große Wahl. Sie musste das grobe Leinenkleid tragen, das sie auch zum Kirchgang anzog. Sie legte noch Holz im Ofen nach, bevor sie sich von ihrer Mutter verabschiedete. Dann eilte sie vom Oberdorf hinunter zur Promenade. Im Schein der aufgehenden Sonne zog sich ein zartrosafarbenes Band über den Horizont. Das Hotel der Konrads lag gleich am Anfang der Strandpromenade. Es war ein großer Bau mit schmuckem Zierrat am Giebel und an den Balustraden. Im Groben wusste Ella, wie es sich aufteilte. Der Haupteingang lag am Fuß eines turmartigen Ausbaus. Eine breite Holztreppe führte zu einer zweiflügeligen Tür. Hier hielten die Kutschen und Automobile, um die Gäste aussteigen zu lassen. Es gab einen Portier, einen stillen, verschwiegenen Mann, den man nur selten im Dorf sah. Anni nannte ihn immer den Eulen-Walter, weil dieser Herr Walter nie zu schlafen schien und den Gästen stets zu Diensten war. Ella hatte ihn beobachtet, wie er pünktlich am Fuß der Treppe stand, um Wagentüren zu öffnen und Gäste ins Haus zu geleiten. Anni hatte Ella erzählt, dass es in der Eingangshalle eine Theke gab, wo er die Zimmerschlüssel und das Gästebuch aufbewahrte. Diesen Bereich durften nur er und außer ihm noch der Hausherr selbst betreten. Von dem turmartigen Ausbau aus erstreckten sich zwei Flügel des Hauses längs der Straße. Fast hundert Schritte in jede Richtung. Ella war es am Strand einmal abgelaufen. Die elterliche Kate maß gerade einmal achtzehn Schritte.

In der unteren Etage des Nordflügels wohnte Anni mit ihrer Familie. Darüber lagen die sogenannten Suiten. Diese Zimmer waren groß, hatten Meerblick und ein zusätzliches Schlafzimmer. Auf der gegenüberliegenden Seite des Flurs, so hatte es Anni beschrieben, befanden sich die Zimmer für mitreisende Kinder und deren Kindermädchen. Nach hinten, hinter dem Turm mit der Eingangshalle, lagen die anderen Zimmer. Diese hatten keine Sicht zur See, waren laut Anni aber immer gut gebucht. Dort wohnten die alleinstehenden Gäste, die ohne Familie anreisten. Die Damen im Obergeschoss, die Herren im Untergeschoss. Rechts von der Eingangshalle ging es durch einen breiten Flur in den Saal. Davor befanden sich noch ein Raucherzimmer für die Männer zur linken und ein Teesalon für die Damen zur rechten Seite. Der Saal selbst hatte hohe Fenster und ähnelte einem Kirchenschiff, auch weil die Fenster im oberen Teil mit Buntglas eingefasst waren. Ella kannte jedes Motiv, das sie schon oft von außen gesehen hatte. Ein farbiger Vogel, ein Segelschiff, Blumen und auf dem letzten Fenster eine grüne Landschaft mit einem Baum. Wenn die Sonne und der Himmel über der Ostsee sich in diesen Motiven widerspiegelten, dann schienen sie zum Leben zu erwachen. Der Saal erweiterte sich zu einer hoch gelegenen, großen Terrasse. Auch diese war von einem reich verzierten Holzgeländer eingefasst. Im Sommer wurden die großen Türen zum Gebäude hin geöffnet, und die Festlichkeiten konnten so in die laue Sommerluft verlegt werden. Der Saal diente natürlich nicht zum Feiern, dort standen tagsüber die Tische, an denen die Gäste speisten. Unter dem Dach des Saals gab es einige Zimmer für Bedienstete, falls die Gäste eigenes Personal mitbrachten. Dort hatten früher auch Annis Kindermädchen und der eigens für sie und ihren Bruder bestellte Hauslehrer gewohnt. Käthchen, das private Dienstmädchen der Konrads, wohnte ebenfalls dort, ebenso wie die Mamsell höchstpersönlich. Und dann gab es dort noch Zimmer für die Musiker, die abends im Saal zum Tanz aufspielten. Anni hatte Ella am Strand erzählt, dass ihr Vater einst ein großes Hotel in Berlin besucht hatte. Solch ein Hotel wollte er auch in Laboe haben und hatte dieses Haus bauen lassen. Auf jeder Etage gab es sogar ein Wasserklosett. Ella kannte nur das Plumpsklo im Garten der Kate.

In den Jahren vor dem Krieg waren viele Gäste nach Laboe gekommen. Der Bürgermeister hatte eine Badeanstalt mit Stegen und Häuschen bauen lassen. Und im damals noch recht neuen Kurhaus konnten die Gäste ihre Gesundheit pflegen. Während der Kriegsjahre hatte sich die Ostsee das eine oder andere Brett von der Badeanstalt geholt, und ein paarmal war ein solches Holzstück auch in Ellas Ofen gelandet.

An diesem Tag hatte Ella kein Auge für die bunten Fenster. Sie lief an der vollen Länge des Hotels vorbei, bog an einer Hecke hinter der Terrasse von der Promenade ab, um zum Eingang der Wirtschaftsräume zu gelangen. Die große Küche erstreckte sich unter der Terrasse. Auch alle anderen Räume, die zur Bewirtschaftung des Hauses nötig waren, lagen im Untergeschoss. Alles gut versteckt und im

Innern mit unzähligen schmalen Gängen und Stiegen zwischen den Wänden mit dem Gastbereich verbunden. Wie Mäuse im Gebälk huschten die Dienstmädchen im Haus umher, ohne dass die Gäste sie wahrnahmen. Auch dies hatte Anni erzählt, und dass sie sich als Kind oft in diesen Korridoren versteckt hatte, um dem strengen Kindermädchen zu entkommen.

Atemlos erreichte Ella die Eingangstür der Küche. Hastig strich sie sich noch einmal über Haar und Kleid. Kurz dachte sie an Flucht, doch dann wurde die Tür aufgerissen, und die Mamsell Beintger stand vor ihr. Obwohl sie zwei Stufen tiefer stand als Ella, überragte die Gestalt der Mamsell Ella um Haupteslänge. »Das neue Mädchen, sieh da! Pünktlich bist du ja schon mal. Husch, komm rein, aber schnell!«

Zögernd trat Ella an der Mamsell vorbei in die Küche.

»Nicht trödeln! Wir haben zu tun. Da, stell dich einmal hin!« Die Mamsell schloss die Tür und richtete sich vor Ella auf. Die Frau war von unbestimmbarem Alter. Solange Ella sie vom Sehen her kannte, hatte sie schon graues Haar und ein schmales, blasses Gesicht. »Kein Wunder, die geht ja auch selten vor die Tür«, hatte Anni einmal geunkt. Bei den Leuten im Dorf hieß Mamsell Beintger nur *der Seeadler.* Ein Name, der wohl auf ihre auffällige Nase zurückzuführen war. Ella hatte noch nie ein Wort mit ihr gewechselt und hätte die Frau auch nie anzusprechen gewagt.

»Fischermädchen, hm? Ich habe Herrn Konrad ja gesagt, dass ich das für keinen guten Vorschlag halte. Aber das Wort von Fräulein Konrad hatte da wohl mehr Gewicht. Zeig mal deine Hände!«

Brav streckte Ella die Hände aus.

»Gut, sauber bist du ja. Ich hoffe, das bleibt auch so.« Mamsell Beintger umrundete Ella einige Male mit prüfender Miene.

Ella fühlte sich plötzlich wie ein Pferd auf dem Viehmarkt.

»Gut, dann will ich es mit dir versuchen. Du siehst ja nicht so tölpelig aus wie die Trudi. Und fall mir ja nicht auch noch hin! Ganze drei Betttücher musste ich wegen des dummen Dings neu stärken lassen.«

Ella knickste leicht, nachdem sie einmal beobachtet hatte, dass die Dienstmädchen dies taten, wenn sie etwas bejahten.

»Sprich nur, wenn du gefragt wirst! Sieh die Gäste nie direkt an, wenn du ihnen einmal begegnest. Du hast im Haus meiner Weisung zu folgen und in der Küche der von der Gerda, die übergibt dir gleich dein Kleid. Geh sorgsam damit um, es gibt kein neues. Die Schürze und das Häubchen bleiben am Abend hier im Haus. Am Morgen bekommst du beides gestärkt zurück. Du hast flache Schuhe zu tragen und nur solche, die beim Laufen keinen Lärm verursachen. Es gibt mittags eine Suppe für alle Angestellten, sei vorsichtig und bekleckere dich nicht damit!«

Ella knickste abermals.

»Gerda?«

Jetzt erst wagte Ella, sich in der Küche umzusehen. Es roch nach Ofenfeuer, gebackenem Brot und Gewürzen. Überall standen lange Holztische. Vier Frauen arbeiteten in dem Raum, eine knetete Teig, eine andere putzte Gemüse. Lotti Hübner, die Einzige, die Ella mit Namen kannte, saß in einer Ecke und rupfte ein Huhn. Eine rundliche Frau mit roten Wangen kam von dem großen Herd zu ihr herüber und wischte sich die Hände an einer fleckigen Küchenschürze ab.

»Gerda, bring das Mädchen in die Kleiderkammer! Dann soll die Sofie sie erst einmal mitnehmen.«

»Ja, Mamsell. Nun komm!« Die rundliche Frau nickte Ella aufmunternd zu.

Sie führte Ella in einen Flur, der von der Küche aus ins Innere des Hauses zu führen schien.

»Das Schlimmste hast du ja überstanden, wenn die Mamsell dich nicht gleich wieder vor die Tür schickt. Wie heißt du denn?«

»Ich bin Ella. Ella Jansen.«

»Ach, vom Fischer Jansen das Mädchen. Ich hab schon von dir gehört. Ich kenne deine Mutter. Ist sie wohlauf? Ich habe sie lange nicht gesehen.«

»Es geht ihr gut«, antwortete Ella leise. Gerda schien das genaue Gegenteil von der Mamsell zu sein und strahlte eine gewisse Mütterlichkeit aus. Ella atmete auf.

Unter Gerdas Führung gelangte sie in einen Kellerraum. Nach Größe sortiert, hingen dort in einem Schrank die Kleider der Dienstmädchen. Der Geruch von Mottenkugeln stieg Ella in die Nase.

»Pass schön drauf auf, die Mamsell ist da sehr pingelig. Renn damit nicht draußen herum oder zieh dir einen Mantel über, damit das Kleid nicht schmutzig wird! Hier, das müsste dir passen. Dein Kleid kannst du dort vorn ablegen. Vergiss es nur nicht heute Abend, sonst macht die Mamsell noch einen Putzlappen draus. Wenn du dich umgezogen hast, komm wieder in die Küche! Ich rufe dann nach der Sofie.«

Ella tat, wie von ihr verlangt. Sie zog ihre grobe Sonntagsgewandung aus und schlüpfte in das schwarze Kleid eines Dienstmädchens. Andächtig befühlte sie den weichen Stoff. Er war weder kratzig noch steif, wie sie es sonst gewohnt war. Das lange Kleid war vorn mit Knöpfen versehen und lag recht eng an. Die Knopfleiste wurde durch die weiße Schürze verdeckt, die sie sich umband. Weiß wie Schnee und noch dünner als der Kleiderstoff, war diese mit feinster Spitze eingefasst. Ella traute sich kaum, den zarten Stoff zu berühren. Das Häubchen bedeckte ihr Haar. An der Wand hing ein kleiner Spiegel, in dem sie sich begutachtete. Fast hätte sie sich nicht wiedererkannt. Ihr Gesicht wirkte plötzlich so schmal und erwachsen. Sie ermahnte sich, nicht zu trödeln, prüfte noch einmal ihre neue Ausstattung und machte sich auf den Weg in die Küche. Der Flur unter dem Haus verlief schnurgerade. Was sich hinter den vielen hölzernen Türen verbarg, wusste Ella nicht.

In der Küche angekommen, war die Mamsell nicht mehr zugegen, aber Gerda übernahm die letzte Prüfung von Ellas Aussehen, indem sie einmal um sie herumging. »Gut, gut. Dann rufe ich jetzt die Sofie.« Sie trat zu einem großen Brett an der Wand, an dem viele Schnüre mit kleinen Glocken hingen, über denen Nummern angebracht waren. An einer der Schnüre zupfte sie zweimal. »Schau, die Sofie ist gerade im Zimmer fünf, um die Betten zu machen. Sobald ich hier ziehe, hört sie, dass sie gerufen wird. Wenn Gäste anwesend sind, dürfen diese Schnüre aber nie gezogen werden. Die Gäste selbst können es aber tun, und dann hat erst die Mamsell nachzusehen, was der jeweilige Gast wünscht. Wenn die große Glocke dort läutet« – Gerda wies auf ein weiteres Brett –, »dann möchte der Herr Konrad etwas am Empfang. Auch da muss immer der Mamsell Bescheid gegeben werden.«

Ella nickte und versuchte, sich alles zu merken. Nur wenige Augenblicke später trat ein weiteres Mädchen in Dienstkleidung in die Küche.

Gerda schob Ella auf das Mädchen zu. »Sofie, das ist Ella, sie ersetzt jetzt die Trudi. Zeigst du ihr bitte alles?«

Sofie knickste. »Ja, Gerda.« Dann winkte sie Ella, dass sie ihr folgen solle.

Ella tappte hinter Sofie her. Vom langen Flur aus ging es zu einer Treppe, diese hinauf, um eine Ecke, dann wieder eine Treppe. Dies waren wohl die schmalen Geheimgänge, von denen Anni gesprochen hatte, denn Ella konnte kaum gerade gehen, sondern musste sich seitlich drehen, um die Stiegen zu überwinden. Das Holz der Stufen knarrte leise, es roch nach Bohnerwachs und altem Holz.

Mit flinken, eiligen Schritten ging Sofie vor ihr her. »Gut, dass du gekommen bist. Die Trudi hat sich da ja was geleistet. Dummes Ding. Ich muss die ganzen Zimmer jetzt allein machen. Geh nie in den Saal, wenn die Mamsell dich nicht ausdrücklich schickt, hörst du? Und lass dich auch nie in den großen Korridoren sehen, es sei denn, jemand hat es dir ausdrücklich erlaubt. Wenn irgendetwas ist, frag mich oder die Gerda. Nicht die Mamsell, die jagt dich sonst gleich fort. In den nächsten Tagen zeige ich dir, welche Arbeiten du verrichten sollst. Dann musst du es allein können. Die Toiletten werden jetzt deine Aufgabe. Wer zuletzt kommt …« Sofie kicherte ein wenig hämisch.

Ella schwirrte schon der Kopf, denn sich die Verhaltensregeln und auch den Weg durch die engen Gänge merken zu müssen, war ungewohnt für sie. Heimlich aber ballte sie eine Hand zur Faust. Ja, sie würde es schaffen, sich zurechtzufinden, und sie würde sich anstellig zeigen. Dies war sie Anni schuldig, die anscheinend einiges auf sich genommen hatte, um sie im Hotel ihres Vaters unterzubringen.

7

Laboe, im Mai 1919

… so bin ich jetzt schon gut drei Monate im Hotel Konrad *anstellig. Ich habe viel gelernt in dieser Zeit, kann die Zimmer herrichten, und auch die Tische im Saal habe ich schon eingedeckt. Da war die Sofie etwas böse mit mir, denn wenn die Mamsell einem diese Arbeit aufträgt, hat man bei ihr wohl Vorzug. Anni sehe ich nun des Öfteren, allerdings sprechen wir am Tag nicht miteinander. Anni ist die meiste Zeit im Damensalon. Dort gibt es Tee und Gebäck, die Damen handarbeiten oder lesen. Den Damen- und den Herrensalon reinigen wir immer gleich nach dem Morgengrauen noch vor den Zimmern, damit die Herrschaften dort einen angenehmen Tag verbringen können. Am Abend treffe ich Anni am Strand, und sie begleitet mich ein Stück. Jetzt im Juni ist Laboe fast so stark besucht wie früher. Es sind reiche Leute aus Hamburg und Lübeck. Sie benehmen sich so, als hätte es den Krieg nie gegeben. Der Herr Bürgermeister bemüht sich sehr, dass unser Dorf immer recht hübsch ist, und hat angeordnet, dass die Badeanstalt repariert wird. Mutter geht es etwas besser. Es scheint gut zu werden. Ach, Vater, wenn du nur nach Hause kämst!*

»Möchtest du noch einen Kaffee?«

Kathrin schreckte hoch. Luigi stand neben ihrem Tisch. Sie war so in das Entziffern des Texts vertieft gewesen, dass sie ringsum nichts mehr wahrgenommen hatte. Jetzt rauschte das Meer plötzlich umso lauter, und die Sonne blendete ihre Augen. »Nein danke. Ich muss gleich los. Was bekommst du?« Kathrin kramte in ihrer Tasche.

»Schon gut, das geht heute aufs Haus. Als Willkommensgruß.« Luigi zwinkerte ihr zu. »Aber du kommst noch mal vorbei. Versprochen?«

»Ja, versprochen.«

»Prima, wir sehen uns.« Er lächelte und ging.

Vorsichtig steckte Kathrin die Kladde wieder in die Plastikmappe und blickte auf die Förde hinaus. In der Ferne schob sich gerade ein großer Frachter am Horizont entlang. An Laboe führte eine wichtige Route vorbei, und der Kieler Hafen konnte viele Schiffe aufnehmen. Dort ankerte vom kleinen Sportboot bis zu den großen Frachtern alles, was die Weltmeere befuhr. Auch die großen Kreuzfahrtschiffe legten dort an und ab. Kathrin hatte oft am Strand gestanden, die Schiffe beobachtet und überlegt, wo diese wohl herkamen oder hinfuhren. Für eine Journalistin, die Reiseberichte schrieb, war sie selbst noch nicht sonderlich weit herumgekommen. Seufzend erhob sie sich, klaubte ihre Sachen zusammen und kehrte zu ihrem Fahrrad zurück. Der Strand war inzwischen besser besucht als noch vor einigen Stunden. Kinder spielten im warmen Sand, und einige Mutige tappten barfuß durch die seichten Wellen. Derzeit war das Meer sicherlich noch bitterkalt, aber wenn die Luft erst genügend Wärme hatte, dauerte es nicht lange, bis sich die Ostsee für ein Bad anbot. Gemächlich schob Kathrin ihr Fahrrad über die Promenade. Vorbei an der Meerwasserschwimmhalle, die dicht am Strand lag, dann unter den Bäumen entlang, die den Fuß- und den Radweg beschatteten. Dabei griff sie in ihre Tasche und holte das alte Bild des Hotels hervor. Wo es wohl gestanden hatte? Anhand der Umgebung versuchte sie, den Ort ausfindig zu machen. Doch weder die Bäume, die damals an der Promenade gestanden hatten, noch irgendetwas anderes bot einen Hinweis darauf. Kathrin seufzte. Zwar standen dort noch mehrere alte Jugendstilvillen, doch sie waren alle zu klein. Kathrin hielt an und betrachtete das Bild noch einmal ganz genau. Leider war nur die Frontseite des Hauses zu sehen und davon auch nur der linke Teil, der rechte wurde von Bäumen verdeckt. Das Dach wurde durch den Bildrand abgeschnitten. Suchend sah sie sich um. Das Bild musste vom Strand aus aufgenommen worden sein. Plötzlich durchzuckte sie ein Gedanke, und sie holte das Bild der Frau auf der Terrasse hervor. Es handelte sich jedenfalls um dasselbe Gebäude. Das war an den weißen Holzverkleidungen zu erkennen. Vor Überraschung keuchte Kathrin leise auf, als sie ein Fenster entdeckte, das im oberen Teil einen auffälligen Buntglaseinsatz aufwies. War es das alte Hotel der Konrads? Kathrin schauderte. Eben noch hatte sie doch etwas darüber gelesen. Hatte das Fischermädchen, das früher in der Fischerkate gelebt hatte, vor fast hundert Jahren in diesem Haus ihre Stellung als Dienstmädchen angetreten? Vor Kathrins innerem Auge entstanden Bilder, wie es hier wohl vor so langer Zeit ausgesehen haben mochte. Das Hupen eines Autos riss sie jäh aus ihren Gedanken. Sie musste unbedingt mehr über dieses Hotel herausfinden. Sie stieg auf ihr Rad und fuhr die Promenade entlang in Richtung Stein.

Ein merkwürdiges Gefühl beschlich Kathrin, *einfach so* nach Hause zu kommen. Sie bog mit dem Rad auf den Hof ein, fuhr an ihrem geparkten Cabrio und am Lieferwagen des Vaters vorbei, um das Rad schließlich hinter dem Haus in einem Schuppen abzustellen und durch den Garten zu gehen. Im hinteren Teil gab es Gemüsebeete und Obstbäume, der vordere zur Terrasse hin gelegene Abschnitt war als Ziergarten angelegt. Obwohl ihre Mutter mit dem Haus und den Zimmern gut zu tun hatte, hegte und pflegte sie das Grundstück nach wie vor mit großer Liebe. Kathrin wusste nicht, wie viele Stunden auch sie hier schon in der Erde gewühlt hatte. Andächtig blieb sie stehen und betrachtete die Rosenbüsche. Noch trugen sie nur grüne Blätter und Knospen, aber bald würden die Blüten in voller Pracht und satten roten Farben erstrahlen. Als Kind und Jugendliche war sie der Natur ganz nahe gewesen. Ob im Garten oder am Strand. In Hamburg hatte sie sich immer weiter davon entfernt. Bei jedem Wetter war sie draußen gewesen. Schlechtes Wetter hatte es nicht gegeben, höchstens falsche Kleidung. Um sich das Geld für den Führerschein zu verdienen, hatte sie im Kiosk eines Campingplatzes zwischen Brasilien und Kalifornien gearbeitet. Sie schmunzelte. »Wo hast du gearbeitet?«, hatte Julia erstaunt gefragt, als sie ihr im Büro einmal davon erzählt hatte. Ja, Brasilien lag eine halbe Stunde mit dem Rad von Stein entfernt. Lachend hatte Kathrin ihrer Kollegin erklärt, wie die beiden Strandabschnitte von Schönberg zu ihrem Namen gekommen waren. »Einst hatte ein Fischer am Strand eine große Planke gefunden, angeblich mit dem Namenszug eines gesunkenen Schiffs. Darauf stand *California*. Der Fischer befand, das Holz sei zu schade, um im Ofen zu landen, und nagelte es kurzerhand an seine Haustür. Ein anderer Fischer, sie standen wohl in Konkurrenz zueinander, wurde daraufhin neidisch und suchte so lange, bis auch er eine Holzplanke fand, mit dem Schriftzug *Brasil*. Somit stand an seinem Haus fortan *Brasilien*. Da die anderen Bewohner der Umgebung die Schilder stets vor Augen hatten, hieß es irgendwann nur noch: *Geh nach Kalifornien!* Oder: *Geh nach Brasilien!* Julia hatte herzhaft gelacht.

Mit bedächtigen Schritten schlenderte Kathrin weiter durch den Garten. In *Kalifornien* hatte es damals die besten Partys gegeben. Dort hatte sie Kai kennengelernt. Nein, sie hatte ihn natürlich schon vorher vom Sehen gekannt. Alle Mädchen kannten ihn. Den gut aussehenden blonden Jungen mit den dunkelblauen Augen, drei Jahre älter als Kathrin. Kai war der Sohn des Ausflugsschiffers Petersen aus Laboe. Und wie alle anderen war Kathrin in ihn verknallt gewesen. Damals war sie sechzehn gewesen, die Party hatte am Strand stattgefunden. Aus Paletten war eine Bar aufgebaut worden, und Kai hatte dahinter Bier ausgegeben. Kathrin war schon leicht angeheitert gewesen. Wenn sie später daran dachte, war es ihr immer noch unsäglich peinlich. Sie hatte Getränke holen wollen, war in dem feinen Sand aber gestolpert und fast gegen die Theke gefallen. Kai war herbeigeeilt und hatte ihr auf die Beine geholfen. »Hey, alles klar?«, hatte er gefragt, als sie in seinen Armen hing, und sie gefühlt einen Augenblick zu lange festgehalten. Später hatten sie zusammen getanzt. Kathrin hatte nur noch blitzlichtartige Erinnerungen an jene Nacht, aber an eines erinnerte sie sich, als wäre es gestern gewesen. Kai hatte sie nach Hause gebracht. Lachend und wild waren sie durch die Nacht gefahren. Vor ihrem

Zuhause in Stein hatte er sein Fahrrad abgestellt und sie im schwachen Mondlicht der warmen Sommernacht zum ersten Mal geküsst. Kathrins Knie waren so weich geworden, dass sie fast noch einmal gestürzt wäre. »Wir sehen uns«, hatte er gesagt und war verschwunden.

Kathrin berührte die zarten Blüten eines Tränenden Herzens – wie passend zu diesen Gedanken. Sie seufzte leise. Damals hatte sie nicht damit gerechnet, dass Kai sich am nächsten Tag überhaupt noch an sie erinnerte. Doch er hatte sich erinnert, und sie waren ein Paar geworden, und dies sogar für recht lange Zeit.

»He, da bist du ja!« Ihre Mutter stand auf der Terrasse.

Kathrin zuckte zusammen.

»Wie war's bei Opa? Hat er sich gefreut?«

Kathrin lächelte. »Ja, hat er. War schön, ihn wiederzusehen.« Dass ihr Besuch ein etwas brüskes Ende genommen hatte, musste ihre Mutter ja nicht erfahren. Vielleicht würde sich der Großvater noch einmal auf ein Gespräch einlassen, wenn sie ihm etwas Zeit gab. Er musste doch irgendetwas wissen … Zumindest gab seine Reaktion Anlass zu der Vermutung, dass er ihr etwas verschwieg.

»Ich war dann noch in Laboe bei Luigi im Café.« Obwohl sie dies in beiläufigem Ton erwähnte, strahlte ihre Mutter, als sie das hörte.

»Oh, das ist schön. Ach, Kathrin, alle haben dich vermisst damals.« Sie musterte ihre Tochter mit leicht geneigtem Kopf.

Abwehrend hob Kathrin eine Hand. »Mama, nicht!« Sie wusste, was sonst gekommen wäre.

Ihre Mutter besann sich und winkte ihr zu. »Komm, du kannst mir in der Küche helfen. Morgen kommen Gäste auf einer Radtour vorbei und haben sich zu Kaffee und Kuchen angemeldet.«

Am Abend saß Kathrin auf der Bettkante, den Laptop auf den Knien, und suchte die Adresse des Heimatvereins heraus, der die Internetseite mit den alten Bildern betreute. Der Straßenname kam ihr bekannt vor, der Verein lag in der Nähe des Hafens. Wenn sie mehr über das alte Hotel erfahren wollte, musste sie das Risiko eingehen und dorthin fahren. Und wenn … konnte sie immer noch behaupten, sie suche ihren Großvater. Der war sicherlich am Hafen anzutreffen, wo er aus alter Gewohnheit viel Zeit verbrachte. Früher hatte er selbst ein Schiff besessen, die *Serena*. Sein Vater war Fischer gewesen. In fast jeder Familie in Laboe hatte es früher einen Fischer und ein Boot gegeben. Doch schon zu Zeiten von Kathrins Großvater hatte sich dies kaum noch gelohnt, wie hart auch alle gearbeitet hatten. So war der Großvater nur noch in seiner Freizeit hinausgefahren und hatte bei einer kleinen Werft an Land sein Geld verdient. Dann war die *Serena* irgendwann leckgeschlagen, und er hatte sie auf Land legen lassen. Manchmal hatte er mit Kathrin früher noch nach seinem Boot gesehen. Es stand aufgebockt hinter einer Lagerhalle jenseits des Hafens. Als wenn man einer alten Freundin die Hand auf die Schulter legt, hatte er das Holz des alten Kahns berührt. Kathrin wusste nicht, was aus ihm geworden war, denn es hatte andere und wichtigere Themen in ihrem Leben gegeben.

Am nächsten Morgen nahm Kathrin das Cabrio. Nicht etwa, weil es bequemer war, sondern weil es sich womöglich als schnelleres Fluchtfahrzeug erwies. Sie vermied es, auf ihrem Weg zur Adresse des Heimatvereins der Hafenstraße zu nahe zu kommen. Von dort hatte sie freie Sicht auf den Gemeindehafen, wo auch die Ausflugsschiffe anlegten. Stattdessen fuhr sie umständlich durch enge Seitenstraßen, um schließlich von hinten das Ziel zu erreichen. Es war albern, und sie schimpfte im Stillen mit sich selbst, als sie den Wagen parkte. Doch noch konnte sie nicht aus ihrer Haut.

Der Heimatverein war in einem unauffälligen Wohnhaus untergebracht. Kathrin überlegte kurz, ob es nicht besser gewesen wäre, vorher anzurufen. Doch dann ging sie zur Tür und klingelte.

»Ja bitte?« Ein grauhaariger älterer Herr öffnete ihr.

Kathrin überlegte, ob sie ihn kannte. Früher hatte sie die Einwohner von Laboe irgendwie alle gekannt, schließlich war es nur ein etwas größeres Dorf. Sie meinte, den Mann vom Hafen her zu kennen, war sich aber nicht sicher.

»Guten Morgen. Mein Name ist Kathrin Broecker. Bin ich hier richtig beim Heimatverein von Laboe?«

Dem älteren Herren huschte ein Lächeln über das Gesicht. »Ja, das sind Sie. Wie kann ich Ihnen helfen?«

»Ich komme aus Hamburg.« Kathrin wedelte mit der Hand. »Nein, eigentlich stamme ich aus Stein und bin die Enkeltochter von Josef Frieben. Vielleicht kennen Sie ihn.«

Jetzt lächelte der Mann noch breiter. »Den Jo … ja, den kenne ich natürlich. Sie wohnen aber schon lange nicht mehr hier, oder?«

»Nein, seit zehn Jahren lebe ich in Hamburg. Aber zurzeit schreibe ich an einer Artikelserie über die Ostseebäder.

Ich bin Journalistin und hoffe, dass mir der Heimatverein einige Fragen beantworten kann.«

»Oh, das will ich gern versuchen, denn es hört sich spannend an. Kommen Sie doch herein! Kommen Sie!« Er öffnete die Tür ganz und bat seine Besucherin herein.

»Danke, das ist sehr nett von Ihnen.« Kathrin zwängte sich an dem Mann vorbei in einen ziemlich vollgestellten Flur. Neben Schuhen, Gummistiefeln und einer Kommode stapelten sich dort auch Kisten und Kartons.

Entschuldigend deutete der Mann auf das Durcheinander. »Verzeihen Sie die Unordnung! Ich sammle alles, was mit Laboe, dem Hafen und den umliegenden Dörfern zu tun hat. Ich bin Rentner, irgendeine Aufgabe muss man sich ja suchen. Klaus … Klaus Schönau übrigens mein Name. Ich habe es noch nicht geschafft, die Kisten zu sortieren. Gehen Sie schon mal durch in die Stube. Darf ich Ihnen etwas anbieten? Tee?«

»Tee wäre nett, ja.« Kathrin lächelte freundlich.

Die Stube war ähnlich vollgestellt wie der Flur. Kathrin nahm ihre Tasche von der Schulter und setzte sich auf einen freien Stuhl an dem kleinen Esstisch, auf dem sich ebenfalls Bücher und Papiere stapelten. Trotz der Unordnung fühlte sie sich sofort wohl. Solche Sammlungen weckten ihren Forschergeist. Neugierig betrachtete sie die Buchdeckel, während ihr Gastgeber in der Küche rumorte. Es waren allerdings keine Bücher über Laboe, sondern über die Geschichte der Schifffahrt.

»So, bitte schön, der Tee.«

»Danke.«

»Wobei kann ich Ihnen denn weiterhelfen?« Klaus Schönau setzte sich ihr gegenüber.

»Also, ich würde in meinem Artikel gern einige alte Bilder mit neuen Aufnahmen kombinieren. Wir haben doch hier in Laboe so schöne alte Villen und Hotels. Die neuen Aufnahmen werde ich selbst machen, aber ich suche noch passende Bilder aus vergangenen Zeiten. Ich habe mich zwar schon auf Ihrer Internetseite umgesehen, aber ich dachte, vielleicht lohnt es sich, noch einmal persönlich anzufragen.«

»O ja, verstehe. Das hört sich interessant an.« Herr Schönau schien zu überlegen. »Warten Sie, ich habe einen ganzen Karton mit alten Aufnahmen. Vielleicht ist etwas für Sie dabei.«

Kathrin wartete geduldig, als Herr Schönau sich erhob, nach einiger Zeit mit einem alten Pappkarton wiederkam und diesen auf dem Tisch abstellte.

»Hier, bitte schön, schauen Sie ruhig rein!« Leise stöhnend, nahm er wieder Platz.

Kathrin zog den Karton zu sich heran und nahm einen Stapel Bilder heraus. Bereits unter den ersten entdeckte sie, was sie suchte. Bilder von der Strandpromenade aus aufgenommen, auf denen die alte Bebauung zu sehen war. Sie betrachtete jedes Bild und legte Aufnahmen von guter Qualität beiseite. »Das sind tolle Bilder, Herr Schönau. Ich müsste sie allerdings mitnehmen, um sie zu digitalisieren. Natürlich bekommen Sie sie so bald wie möglich zurück.«

»Das dürfen Sie gern. Ich bin froh, wenn meine Sammelleidenschaft für etwas gut ist. Die meisten jungen Leute haben kein großes Interesse an der Geschichte unseres Orts.« Herr Schönau lächelte zufrieden.

Schließlich entdeckte Kathrin eine alte Fotografie, auf der ein Teil des Hotels zu sehen war, nach dem sie insgeheim suchte. Sie hielt ihrem Gastgeber das Bild hin. »Sagen Sie, dieses Haus kenne ich gar nicht. Wissen Sie etwas darüber?«

Er nahm das Foto zur Hand, setzte seine Brille auf, die er um den Hals hängen hatte, und strich sich nachdenklich über die Wange. »Ja, das müsste das alte *Hotel Konrad* gewesen sein. Gegen Ende des Kriegs ist es abgebrannt. Ich erinnere mich vage daran.« Er zuckte entschuldigend mit den Achseln. »Ich war damals noch ein kleines Kind, und der Krieg hatte auch Laboe nicht verschont.«

»Ist der Ort von Bomben getroffen worden?«

»Nein, die meisten Bomben wurden über Kiel und Heikendorf abgeworfen und natürlich auf die Förde. In Laboe selbst kam es, soweit ich weiß, zu keinen größeren Schäden. Ich glaube, der Brand hatte einen anderen Grund.« Er reichte die Aufnahme an Kathrin zurück.

»Schade, es war ein prachtvolles Gebäude. Darf ich dieses Bild trotzdem mitnehmen?«

»Ja, natürlich. Nur zu …«

Kathrin lächelte, als sie die Fotografie einer alten Badeanstalt fand. Sie zeigte sie Herrn Schönau. »Gut, dass diese Holzkisten heute nicht mehr am Strand stehen.«

Er nickte. »Ja, das waren noch andere Zeiten. Da sprang man nicht einfach ins Wasser. Ich habe darüber einen Artikel für unsere Heimatzeitung geschrieben. Diese Hütten … ich finde, sie sehen aus wie kleine Plumpsklos. Sie wissen schon … Die gab es damals überall. Dort zog man sich um. Damen und Herren ganz artig getrennt, versteht sich. Zuvor wurden die Gäste sogar ganz umständlich mit einem pferdebespannten Badekarren bis ins seichte Wasser gefahren. Später wurden die Stege mit den Häuschen darauf gebaut. In den Zwanzigerjahren wurde man dann freizügiger und die Bademode enger. Dies führte Anfang der Dreißigerjahre zum sogenannten Zwickelerlass, denn den Preußen war das zu unanständig, und sie bestanden fortan auf Badebekleidung, die den Körper züchtig bedeckte. Herren mussten fortan wieder möglichst weite Hosen tragen und die Damen hoch geschnittene Schwimmanzüge, die Dekolleté und Rücken bedeckten.«

Kathrin lachte. »Oje, die würden sich heute im Grab umdrehen, die alten Preußen, wenn sie wüssten, wie weit es mit der Bademode mittlerweile gekommen ist.«

Sie plauderten noch eine Weile über die Geschichte des Strandlebens und der Gemeinde Laboe. Dann verabschiedete sich Kathrin von Herrn Schönau. »Vielen Dank, ich habe wirklich viel Interessantes erfahren, das ich in meinem Artikel erwähnen werde.«

»Gern geschehen. Und wenn Sie noch Fragen haben, dann wissen Sie, wo Sie mich finden.«

Als Kathrin wieder in ihrem Cabrio saß, überlegte sie kurz, ob sie wieder über die Nebenstraße fahren sollte. Dann jedoch straffte sie sich und lenkte den Wagen in Richtung Hafenstraße. Es war ja kein Geheimnis mehr, dass sie zurückgekehrt war, und um diese Uhrzeit, es war fast Mittag, waren die Ausflugsschiffe sowieso alle auf der Förde unterwegs.

Am Hafen hatte sich nicht viel verändert. Im Gemeindehafen war es fast leer, die Schiffer waren alle auf See. Im Sportboothafen hingegen schaukelten viele Masten im leichten Wind. Möwen spazierten frech über die Straße und flatterten empört auf, als Kathrin auf sie zufuhr. Hinter dem Hafengebiet bog sie auf die Strandstraße ab. Diesmal sah sie die Häuser längs des Wegs mit ganz anderen Augen. In Gedanken prüfte sie schon, welche Häuser sie aus welcher Perspektive am besten fotografieren konnte. Es tat gut, sich mit den Gedanken an die Arbeit abzulenken, die vor ihr lag. Noch dazu kam es ihr nicht mehr ganz so seltsam vor wie am Vortag, wieder durch gewohnte Straßen zu fahren.

Zurück bei ihren Eltern, holte sie die Mappe mit den alten Tagebüchern und Briefen aus ihrem Zimmer und besorgte sich aus der Küche einen Becher Kaffee. Dann zog sie sich auf die Terrasse zurück.

Einige Tische waren schon für den Nachmittag und die Ankunft der Radfahrer eingedeckt. Kathrin wählte einen anderen Platz und rückte den Stuhl so, dass ihr Gesicht der Sonne zugewandt war. Genüsslich verharrte sie eine Weile und sog die warmen Strahlen förmlich in sich auf. Dann nahm sie die Mappe zur Hand und zog die alte Kladde mit den Tagebucheinträgen hervor. Gar zu gern wollte sie wissen, wie es dem Mädchen Ella weiter ergangen war.

8

Laboe, im August 1919

… wenn Annis Stimme glockenhell durch den Saal schallt, schweigen die Gäste immer ganz andächtig. Dann stehen wir Mädchen am Aufzugsschacht, mit dem das Essen von der Küche zum Saal hochgezogen wird, und lauschen. Nur, wenn die Mamsell kommt, müssen wir flink wie die Mäuse davonhuschen. Erwischt sie uns beim Maulaffenfeilhalten, bekommen wir Ärger. Anni ist sehr glücklich, dass ihr Vater ihr erlaubt hat, in Begleitung von Philipp zu singen. Auch wenn Herr Konrad anscheinend denkt, dies sei hilfreich, um einen Mann auf Anni aufmerksam zu machen. Dass Anni nur Augen für Philipp hat, scheint Herr Konrad nicht zu bemerken. Die Mamsell hingegen sehr wohl. Ich habe Anni gewarnt, dass sie aufpassen soll.
Die Arbeit im Hotel ist anstrengend. Tag für Tag muss ich viele Male die Treppen hinauf- und hinuntersteigen. Immer muss alles eilig fertig sein, damit die Gäste es recht schön haben. Aber ich will nicht klagen. Seit ich diese Arbeit habe, kann ich Mutter regelmäßig ihre Medizin kaufen. Sie fühlt sich viel wohler als noch im Winter. Sie geht nachmittags

auch wieder an den Strand, um ihren Schmuck anzubieten. Es sind diesen Sommer viele Gäste in unseren schönen Ort gekommen. Wir dürfen also nicht klagen. Nur von Vater gibt es keine Nachricht. Ich bemühe mich, nicht in Trauer zu verfallen. Noch kommen an manchen Tagen Männer aus dem Krieg zurück. Sie waren in Gefangenschaft oder lagen in Lazaretten. Mutter sagt, wir müssen einfach weiter hoffen. Ich habe kaum noch Zeit, am Strand nach Bernstein zu suchen. Am Abend, wenn die Mamsell mich entlässt, wartet Anni schon auf mich, am Strand gegenüber vom Hotel. Dann haben wir eine kurze Zeit für uns. Doch am Abend findet man nur selten Bernstein am Strand, dann müssen wir oft bis zur Steilküste laufen. Ein weiter Weg nach einem langen Tag.
Jetzt muss ich mich beeilen, denn noch sitze ich im Schein der kleinen Öllampe. Gleich aber muss ich zum Hotel, wie an jedem neuen Tag.

Als Ella an diesem Morgen in die Küche des *Hotels Konrad* kam, stieß sie dort auf eine seltsame Versammlung. Gerda und Sofie standen nebeneinander und hatten die Blicke betroffen zu Boden gerichtet. Ihnen gegenüber, mitten im Raum, hatte die Mamsell die Hände in die Hüften gestemmt und maß das Käthchen mit strafendem Blick. Das Mädchen vor ihr heulte wie ein Schlosshund.

Ella merkte, dass der Blick der Mamsell sie auch kurz streifte, während sie einen Augenblick lang verdutzt an der Tür innehielt. Dann richtete sich die Aufmerksamkeit der Vorgesetzten wieder auf das Käthchen. Rasch schloss

Ella die Tür hinter sich. Gerda wedelte mit der Hand und bedeutete Ella, zu ihr zu kommen.

»Was habe ich nur verbrochen, dass in diesem Haus zurzeit alles misslingt?« Die Mamsell hob die Hände und verschränkte sie vor dem Oberkörper. »Käthchen, du weißt, was das bedeutet. Du wirst das Haus verlassen. Herr Konrad wird sehr böse sein.«

Das Käthchen schluchzte.

Fragend linste Ella zu Sofie hinüber. Sie waren nur drei Dienstmädchen im Haus. Wenn das Käthchen gehen musste, dann würde vor allem den Konrads das Dienstmädchen fehlen. Sofie und Ella waren für das Hotel und die Zimmer zuständig, nicht aber für die Privaträume des Hauses. Als hätte die Mamsell ihre Gedanken erahnt, drehte sie sich mit einem Ruck um.

»Sofie, du betreust weiterhin die Gästezimmer. Ella wird fortan zunächst die Räume der Konrads versorgen und den Belangen der Herrschaften nachkommen. Danach wird sie dir helfen. Da müsst ihr euch sputen. Ich werde sehen, ob ich noch ein Mädchen finde.« Sie schüttelte den Kopf. »Ausgerechnet jetzt, da das Haus so gut besucht ist. Geh mir aus den Augen, Käthchen, geh!« Die Mamsell scheuchte das Mädchen aus der Küche und verschwand leise zeternd irgendwo im Untergeschoss. Gerda keuchte so laut auf, als hätte sie die ganze Zeit die Luft angehalten. »Da seht ihr, was geschieht, wenn man nicht aufpasst.« Anklagend wedelte sie mit der Hand. »Jetzt haben wir mehr Arbeit als je zuvor. Seid bloß schön anstellig, sonst müsst ihr auch gehen!« Nach dieser Ermahnung machte sich die Köchin am Herd zu schaffen.

Ella brauchte eine Weile, bis sie begriff, was sie gerade

erlebt hatte. Sie sah zu Sofie hinüber. »Warum muss Käthchen gehen?«

Sofie lachte mitleidig auf. »Von dem Johannes, dem Kutscher vom Bürgermeister, hat sie sich ein Kind machen lassen. Siehst du, Ella, das passiert, wenn man nicht aufpasst. Und wir müssen das jetzt ausbaden. Ich weiß nicht, wie ich das schaffen soll …« Der nächste Blick, der Ella traf, sprach von Missgunst. So etwas hatte Ella bei Sofie noch nie erlebt. »In Zukunft muss ich die Zimmer allein herrichten.« Mit diesen Worten stapfte auch sie davon.

Gerda wandte sich an Ella. »Na, husch! Du musst gleich dort oben anfangen. Und die Sofie, die ist böse, weil sie eigentlich das Dienstmädchen für die Konrads werden sollte. Schließlich ist sie viel länger hier als du.«

»Und … und warum hat die Mamsell gesagt, dass ich …?«

»Nun, das Fräulein Konrad hätte sicherlich sowieso nach dir verlangt. Die Mamsell kennt die Herrschaften gut.«

Einen Augenblick lang stand Ella unschlüssig in der Küche. Sie wusste nicht, was jetzt auf sie zukam.

Mit strammen Schritten kam die Mamsell zurück. »Was stehst du hier noch herum, Ella? Na los! Der Herr Konrad steht immer früh auf. Er nimmt einen Kaffee in seinen Räumen, dann machst du sein Schlafzimmer. Gut lüften, aber nur, wenn es draußen trocken ist. Er mag kein klammes Bettzeug. Dann gehst du zum Fräulein. Der hilfst du beim Ankleiden und Frisieren. Danach machst du ihr Zimmer. Sieh zu, dass die Kannen für die Waschschüsseln immer gefüllt sind. Wenn du bei den Konrads fertig bist, hilfst du der Sofie. Nun geh und vergiss den Kaffee nicht!«

Ella griff nach dem Tablett, das Gerda schon bereitgestellt hatte, und eilte los. Um in die Privaträume der Konrads zu gelangen, musste sie den Flur im Untergeschoss bis zum Ende durchqueren. Dort begann die Stiege, die in den oberen Teil des Hauses führte. Diese Stufen war sie schon viele Male hinaufgeeilt, denn auch die großen Suiten im Obergeschoss waren über diese Treppe zu erreichen. Allerdings war sie noch nie in der ersten Etage durch eine der Türen getreten. Dies war bisher einzig Käthchen und der Mamsell vorbehalten gewesen.

Vor Aufregung kaute Ella auf der Unterlippe und balancierte das schwere Tablett auf einer Hand, während sie sich mit der anderen das Kleid glatt strich. Dann nahm sie ihren ganzen Mut zusammen und betrat die Privaträume der Konrads. Als sie hinter der Tür fast mit Anni zusammenstieß, fuhr sie erschrocken zurück. Nur mit Glück gelang es ihr, das Tablett gerade zu halten.

»Anni!«, entfuhr es Ella leise.

Anni kicherte. Noch im Nachtgewand stand sie da, und das lange blonde Haar fiel ihr offen über die Schultern. So hatte Ella ihre Freundin noch nie gesehen. Sonst trug sie immer Tageskleidung und war adrett frisiert.

»Ella, ich erwarte dich schon eine ganze Weile und habe gehört, was passiert ist. Dummes Käthchen! Aber ich freue mich, dass du jetzt zu uns kommst. Fast hatte ich befürchtet, die Mamsell würde doch die Sofie schicken.« Anni lächelte verschmitzt. »Du brauchst keine Angst zu haben. Ich sage dir, was zu tun ist. Bring den Kaffee in den Salon zu Vater! Das ist die erste Tür dort hinten auf der rechten Seite. Er ist bestimmt schon wach. Sei hübsch freundlich zu ihm! Und dann kommst du in mein Zimmer, das liegt gleich hier vorn.« Anni trat beiseite, um Ella Platz zu machen.

Ella trug das Tablett durch den Flur, der hier ebenso breit war wie zwischen den Gästezimmern im Hotelbereich. Die Wände waren mit Tapeten ausgestattet, die rot-goldene Verzierungen trugen. Der dicke Teppich schluckte jeden Schritt. Wieder balancierte sie das Tablett mit einer Hand und klopfte mit der anderen artig an die Tür von Herrn Konrad.

»Ja«, erklang es aus dem Raum.

Ella öffnete die Tür.

Herr Konrad saß bereits am Tisch und las in einer Zeitung. Als er Ella erblickte, schürzte er die Lippen und nickte. Die Mamsell schien ihn gewarnt zu haben, dass nicht wie gewohnt das Käthchen den Kaffee servierte.

»Guten Morgen, Herr Konrad.« Ella schaffte es, einen höflichen Knicks anzudeuten. »Ich bringe Ihnen den Kaffee.«

Herr Konrad war eine imposante Erscheinung. Alle Angestellten im Hotel senkten ehrfürchtig den Blick, wenn sie ihm begegneten. Selbst die Mamsell. Er war hochgewachsen und hatte breite Schultern. Stets trug er Weste und Jackett und darunter ein blütenweißes Hemd. Die Waschfrau erwies der Kleidung des Herrn immer besonders viel Aufmerksamkeit, und sobald nur irgendwo ein verdächtiger Faden hervorlugte oder ein Knopf lose war, wurde der Schneider gerufen. Keine der Frauen im Haus hätte sich getraut, selbst Hand anzulegen.

Er hatte dunkles Haar, mit Pomade streng nach hinten gebürstet. An den Schläfen war es bereits ergraut, was den Eindruck von Strenge nur noch unterstrich. Zudem trug er einen Schnauzbart. Diesen schnitt er immer ganz akkurat. Alle Einwohner des Ortes hatten Respekt vor ihm, zudem war er mit dem Bürgermeister befreundet.

»Stell das Tablett hier ab!« Herr Konrad nickte in Richtung des Tischs und widmete sich wieder seiner Zeitung.

Ella tat wie befohlen und knickste noch einmal, obwohl Herr Konrad ihr keine Beachtung mehr schenkte. Sie war fürchterlich aufgeregt.

Neben dem Salon lag das Schlafzimmer. Ella huschte hinein und schloss die Tür hinter sich. Herr Konrad mochte bei seinem Morgenkaffee bestimmt nicht von Arbeitsgeräuschen gestört werden. Hinter der geschlossenen Tür atmete Ella tief durch, bevor sie sich an die Arbeit machte.

Wie angewiesen, schob sie die schweren dunkelgrünen Vorhänge beiseite und öffnete die Fenster. Draußen herrschte sonniges Wetter, und die Möwen flogen über die spiegelglatte See. Von außen drang ein frischer Hauch herein und vertrieb die abgestandene Nachtluft. Der Raum war größer als jede Kammer in ihrer heimatlichen Kate und viel besser ausgestattet als die Hotelzimmer. Ein großer Kanonenofen mit fein bemalten Kacheln stand in einer Zimmerecke. Kalt wurde es sicherlich nicht in diesem Raum, selbst wenn im Winter der Sturm vom Meer herüberbrauste. Zaghaft sah Ella sich um, während sie das Bett aufschüttelte. An der Wand gegenüber hing das Gemälde einer Dame. Ella erkannte Ähnlichkeiten mit Anni. Ob es ihre Mutter war? Ella besann sich auf ihre Arbeit, packte die Schmutzwäsche in einen Sack, den sie unter ihrer Schürze versteckt mitgebracht hatte, und goss das gebrauchte Wasser aus der Waschschale in den leeren Krug. Zusammen mit der Wäsche trug sie diesen nach unten. Allerdings verließ sie das Zimmer nicht durch die Tür zum Salon, sondern durch jene, die gleich in den Flur führte.

In der Waschküche legte sie den Wäschesack ab. Hier war das Reich der Hübner Lotti, die – wenn die Mamsell sie nicht gerade in der Küche brauchte – die Kessel anheizte und sich der gesamten Hotelwäsche annahm. Vier Waschkessel wurden von unten befeuert, oben stand die große Waschkumme. Je nach Wäscheart füllte die Hübner Lotti noch Seife dazu, sodass die kochende Lauge den Raum bald mit dichten Schwaden erfüllte. Die Laken kamen dann nach draußen zum Trocknen oder wenn nötig zum Bleichen. Abseits der Kutschereinfahrt und versteckt hinter Büschen hatte man die Wäscheleinen gezogen. Bei schlechtem Wetter mussten die gewaschenen Laken bis auf den Dachboden über dem Saal hinter den Gesindestuben hinaufgetragen werden. Eine verhasste Aufgabe, denn der nasse Stoff war schwer und die letzte Stiege dorthin so schmutzig, dass die Wäsche schnell wieder Flecken bekam. Außerdem nisteten unter dem Dach viele Tauben, die man zunächst verscheuchen musste, sonst bekleckste man die saubere Wäsche.

Hier befand sich auch der Spülstein, an dem es Wasser für die Waschschüsseln gab. Wie die Wasserklosetts befüllt wurden, die es auf jeder Etage gab, hatte sich Ella noch nicht erschlossen. Dort war in einem Tank immer Wasser vorhanden. Wie von Zauberhand gelangte es über eine Leitung dorthin. Ella hatte die Toiletten hassen gelernt. Die Räume mit den Zimmernummern 0 und die in der oberen Etage mit 00 waren der Albtraum eines jeden Dienstmädchens. Aber Ella klagte nicht und reinigte auch die Wasserklosetts immer mit größter Sorgfalt.

Die Zimmer selbst mussten allerdings noch mit Waschkrügen bestückt werden, Tag für Tag. So wusch sie Herrn Konrads Krug gründlich aus und füllte ihn neu. Dann lief sie die Stiege wieder hinauf. Herr Konrad hatte währenddessen seine Räume verlassen und war um diese Zeit meist bereits in der Empfangshalle oder im Saal, wo die Gäste ihr Frühstück einnahmen. Ella richtete die Stühle, lüftete auch den Wohnraum, zog hinterher die Vorhänge wieder gerade und betrachtete andächtig die Möbel aus dunklem Holz. Das Holz war glatt, und die Maserung glänzte im Licht der Morgensonne. Dann eilte sie ein weiteres Mal, diesmal mit dem Tablett, nach unten in die Küche.

»Wo bleibst du nur? Das Fräulein wartet sicher schon.« Missbilligend schüttelte Gerda den Kopf und bestückte das Tablett sogleich mit frischem Besteck. »Das Fräulein nimmt morgens einen Tee und Brot mit Marmelade.« Auffordernd drückte sie Ella das Tablett in die Hände. Ella hastete die Stiege wieder hinauf.

Auch an Annis Zimmer klopfte sie.

»Na, komm schon herein!«

Zum ersten Mal betrat Ella Annis Zimmer, einen großen, hohen Raum. Die Möbel waren weiß, die Polster der Stühle von einem zarten Rosa. Die Tapeten hatten pastellfarbene Blumenmuster, und es roch nach Lavendel. Anni saß an einer Frisierkommode mit einem großen Spiegel.

»Stell das Tablett dort ab!« Sie deutete auf einen Tisch.

Obwohl Anni ihre Freundin war, knickste Ella.

»Wie schön, dass du jetzt hier bist! Dann müssen wir uns nicht mehr draußen treffen. Du kannst das Bett schon machen.« Anni stand von ihrem Platz an der Frisierkommode auf und setzte sich an den Tisch. Sie trug immer noch ihr Nachtgewand aus fließend weißem Stoff mit kleinen blauen Schleifen an den Schultern.

Ella hatte nur zwei grobe Leinenhemden, die sie sowohl des Nachts als auch unter ihrer Alltagskleidung trug. Während sie Annis Bett aufschüttelte und das Laken glatt strich, wurde ihr bewusst, in welch unterschiedlichen Welten sie lebten. In der Kate waren die Betten mit Stroh ausgestopft, und die Decken bestanden aus kratziger Wolle. Annis Matratze hingegen war aus festem Stoff genäht und setzte sich aus drei flachen Kissen zusammen. Die Decke und die Kopfkissen waren dick mit Daunen gefüllt.

Anni trank derweil ihren Tee und biss in die Brotscheibe, die Gerda für sie vorbereitet hatte. »Du musst mir dann gleich beim Ankleiden helfen. Ich möchte heute das gelbe Kleid anziehen.«

Hilfe suchend sah Ella ihre Freundin an.

»Meine Kleider hängen dort drüben im Schrank«, erklärte Anni lachend.

Ella war mit dem Bett fertig und trat nun an Annis Kleiderschrank. Anni trug immer wunderschöne Kleider. Sie jetzt alle an einer Kleiderstange hängen zu sehen, versetzte Ella in stumme Bewunderung. Zaghaft streifte sie mit der Hand an den edlen Stoffen entlang.

»Du bist heute so still«, bemerkte Anni.

Ella wandte sich zu Anni um. Was sie gerade erlebte, war eine ganz andere Situation als sonst. Zum ersten Mal stand sie Anni nicht als Freundin gegenüber, sondern als deren Bedienstete. Dieses Gefühl war neu für sie.

»Ich … ich möchte keinen Fehler machen, Fräulein Konrad.«

Anni verzog das Gesicht, und auch ihr schien bewusst

zu werden, dass sich ab sofort zwischen ihnen etwas ändern würde. »Anni … für dich bin ich immer noch Anni. Außer wenn mein Vater dabei ist oder die Mamsell. Aber wenn niemand da ist … sind wir immer noch …«, sie deutete auf den kleinen Anhänger, der an einem Kerzenhalter neben dem Spiegel hing, »… sind wir immer noch Schwestern.«

Über Ellas Gesicht huschte ein zaghaftes Lächeln.

Ihrer Freundin jetzt näher zu sein als jemals zuvor, war neu für Ella. Anni indes war es gewohnt, dass ihr ein Dienstmädchen bei ihren täglichen Verrichtungen half. Da war zum einen das Ankleiden. Beim ersten Mal hatte Ella den Blick noch beschämt abgewandt, als Anni fast nackt vor ihr stand. Allerdings war es ihr danach schwergefallen, die vielen Haken und Bänder des Kleids zu schließen. Annis Haut war schneeweiß und viel zarter als die von Ella. Auch war Anni graziler von Statur. Vom vielen Auf und Ab über die Stiegen, von der harten Arbeit im Hotel und daheim in der Kate hatte Ella stramme Muskeln, fast wie ein Bursche. Anni hingegen war noch nie zu körperlicher Arbeit gezwungen gewesen.

Als noch schwieriger als das Ankleiden erwies sich das Frisieren. Ella kannte nur zwei Arten, das Haar zu binden. Zum einen zu zwei Zöpfen, die sie zu Hause trug, zum anderen zu einem strammen Knoten, wie es die Mamsell von den Hausmädchen verlangte. Annis Haar hingegen musste jeden Tag aufwendig hochgesteckt werden. Ella gab sich alle Mühe und folgte Annis Anweisungen nach Kräften. Ihre Freundin war sehr nachsichtig mit ihr und lachte oft. »Mach dir keine Sorgen, das lernst du schnell.

Das Käthchen stellte sich auch erst dumm an, als ich ihr sagte, ich sei zu alt für Zöpfe.«

Anni hatte in ihrem Zimmer immer die aktuellen Damenzeitschriften. So etwas hatte Ella noch nie gesehen, sie kannte nur die Tageszeitung. In die Magazine mit den bunten Bildern hatte sie bisher nie einen Blick werfen können. Anni blätterte oft darin, während Ella ihr das Haar bürstete.

»Schau, hier!«, sagte sie eines Morgens und tippte mit dem Zeigefinger auf eine illustrierte Seite. »Solche Kleider trüge ich gern, aber Vater bekäme wahrscheinlich einen Wutanfall.«

Ella beugte sich über Annis Schulter und betrachtete die Abbildung. Dort war eine Frau mit einem schlichten, aber sehr kurzen Kleid zu sehen. Es reichte ihr nur bis zu den Knien und ließ die Waden frei.

Ella fand aber noch etwas anderes äußerst bedenklich. »Die hat ja ganz kurze Haare unter ihrem Hütchen.« Nachdenklich hielt sie bei diesen Worten Annis langen Schopf in der Hand.

»Ja, das kommt jetzt in Mode. In Amerika und Frankreich tragen die Frauen das so. Ich finde das sehr praktisch … und überhaupt. Sieh dir nur meine Kleider an! Oft sehe ich aus wie meine eigene Tante, und die ist vierzig Jahre älter als ich. Alles wirkt so mächtig und überladen, einfach zu viel Stoff. So etwas ist gar nicht mehr modern.« Mit einer forschen Bewegung blätterte Anni in der Zeitschrift weiter. »Schau, hier, das ist Coco Chanel. Die ist einfach umwerfend.«

Ella lugte wieder auf die Zeitschrift und zog scharf die Luft ein. »Die trägt ja eine Hose!«

»Ist doch auch viel praktischer. Hach ... und wie schlank sie wirkt mit dem gebundenen Oberteil.«

»Aber ein bisschen verhungert sieht sie schon aus«, unkte Ella.

»Ach, du ...«

Anni schüttelte so heftig den Kopf, dass Ella die Haarsträhnen fast aus der Hand fielen, die sie noch nicht festgesteckt hatte.

»Hier im Dorf laufen die Frauen ja noch herum wie vor hundert Jahren. Glaub mir, in Hamburg oder Berlin ist man da viel weiter. Vom Ausland gar nicht zu reden. Aber bis die moderne Kleidung salonfähig wird ...« Sie kicherte. »Stell dir vor, was Vater sagen würde, wenn ich abends mit einer Hose im Saal aufträte.«

»Also, ich habe hier noch keine Frau in Hosen gesehen.« Ella überlegte und musste lachen, denn als Erstes huschte ihr ein Bild der Mamsell durch den Kopf. Die Mamsell in Hose, die sähe darin aus wie ein Hafenarbeiter. »Nein ... ich glaube, Hosen werden sich bei den Damen nicht durchsetzen.«

Anni seufzte. »Also der Philipp meint ja, dass ich mit meinem Gesang in einer großen Stadt viel bessere Möglichkeiten hätte.«

Ella horchte auf. »Hat er das?« Ihr war nicht klar gewesen, dass Anni und der Musiker sich über so etwas unterhielten. Anni kicherte wieder, diesmal allerdings nur leise und verhalten. »Ja, hat er, und er will mich sogar mit nach Hamburg nehmen und mich dort wichtigen Leuten vorstellen. Er meint, ich hätte gute Aussichten am Theater oder gar beim Kino. Ach, wie gern würde ich ihn im Herbst begleiten! Es ist so schade, dass er fortmuss.«

»Das wird dein Vater kaum erlauben«, wandte Ella ein und zog die Augenbrauen hoch.

Annis Gesicht wurde ernst. »Nein, das würde er nicht. Er hat ja auch entschieden, dass es jetzt an der Zeit sei, mir einen Mann zu suchen. Stell dir vor, vorgestern Abend musste ich beim Dinner neben dem Herrn Lochmann sitzen. Der ist doch steinalt. Außerdem hat er kaum noch Haare und riecht nicht gut. Ich sei ja ein hübsches Fräulein, hat er gesagt und gefragt, ob ich mit ihm tanzen möchte. Vaters Blick hat mich fast erstochen, da konnte ich nicht Nein sagen.« Anni straffte sich. »Das war eklig, der hatte ganz verschwitzte Hände. Mit so einem … mit so einem könnte ich doch nicht den Rest meines Lebens verbringen.« Anni schnaufte verächtlich. »Ja, einen wohlhabenden Mann soll ich heiraten, der eines Tages das Hotel übernimmt und mich und meine Kinderschar aushält.«

Im Spiegel erhaschte Ella einen Blick in Annis Gesicht. »Ja, aber das ist doch nicht schlimm. Ich meine, einen guten Mann zu haben, der für einen sorgt … Und … und wieso das Hotel? Soll das denn nicht dein Bruder übernehmen?«

»Der? Nein … Vater und Heinrich verstehen sich nicht. Vater hält ihn für einen Weichling und traut ihm nicht zu, eines Tages das Haus zu führen. Er hatte die Hoffnung, dass Heinrich auf der Schule in Kiel etwas entschlossener wird, aber … Nun soll ich das ausbaden, und Vater macht kein Geheimnis aus seinen Plänen. Mittlerweile fühle ich mich wie beim Pferdehandel. Er preist mich bei den Männern an wie einen tüchtigen Karrengaul. Aber ich nehme keinen Mann, den er mir aussucht. Unter keinen Umständen!«

»Dein Vater will sicher nur das Beste für dich.«

Jetzt drehte sich Anni zu Ella um. »Ella, warst du noch nie verliebt?«

»Verliebt? Ich ... in wen sollte ich denn verliebt gewesen sein?«

»Sei ehrlich, war da noch keiner, der ... na, bei dem dir die Knie weich wurden und die Schmetterlinge im Bauch hin und her flatterten?«

Ella musste lachen. »Nein, ich hatte noch keine Schmetterlinge im Bauch. Du etwa?«

Anni wandte das Gesicht wieder ab, und Ella sah im Spiegel, wie Anni plötzlich rot wurde. »Anni!«, stieß sie in empörtem Ton hervor.

Anni zuckte mit den Achseln. »Also, der Philipp ist schon ein sehr netter Mann. Der ist nicht so alt und hässlich. Im Gegenteil. Er ist charmant und schon viel herumgekommen in der Welt.«

»Er ist ein Musiker!«, bemerkte Ella vorwurfsvoll.

»Ja und?«, fragte Anni und fingerte an ihrer Frisur herum. Dann nickte sie zufrieden. »Ich finde, dass sich Frauen ihre Männer selbst aussuchen sollten. Die Zeiten haben sich geändert.«

Am Abend, auf dem Weg nach Hause, war Ella sehr nachdenklich. Sie hatte keine Augen für den rötlichen Glanz, den die untergehende Sonne am Horizont ausstrahlte. Sie war nur froh, dass es noch halbwegs hell war, wenn sie in die Kate zurückkehrte, denn dann konnte sie dort noch ein wenig arbeiten. Ihre Mutter schaffte es einfach nicht allein. Sie kümmerte sich zwar wieder um die Fische, die der Franz noch immer brachte, und räucherte sie. Doch dann quälte sie der Husten für den Rest des Tages. Nachmittags stand sie mit ihrem Schmuck an der Strandpromenade und wartete auf Badegäste, die ihr als Urlaubserinnerung etwas abkauften. Dabei nahm sie sich zusammen, um ihren bellenden Husten zu unterdrücken. Ella hatte ihrer Mutter angeboten, das Räuchern zu übernehmen.

»Nein, Kind, du bist morgens schon so früh auf den Beinen, und wenn du dich auf den Weg ins Hotel machst, darfst du nicht nach Hering riechen.«

Dieser Aussage musste Ella zustimmen. Sicherlich hätte die Mamsell vor Wut geschnaubt, hätte Ella die Gästezimmer mit verräucherter Kleidung betreten. Sie gab sich ja so schon größte Mühe, dass man ihr ihre Herkunft nicht anmerkte. Die ganze Kate hatte im Lauf der Jahrzehnte den Geruch des Räucherfischs angenommen. Im Sommer sammelte Ella auf dem Rückweg vom Hotel die Blüten der Wildrosen vom Wegesrand und legte sie in Wasser ein. Damit benetzte sie ihre Kleidung und ihre Haare nach dem Waschen. Nicht auszudenken, was passiert wäre, hätte sich ein Gast beschwert, dass seine frischen Laken nach Räucherfisch rochen!

Doch an diesem Abend beschäftigten sie ganz andere Gedanken. War sie schon einmal verliebt gewesen? Nein, das glaubte sie nicht. Natürlich gab es junge Burschen, die sie für gut oder weniger gut aussehend hielt. Und als sie einmal der Sohn vom Fischer Franz mit Fisch beliefert hatte, der gehörte zu den Hübscheren, da hatte ihr Herz kurz schneller geschlagen, und sie hatte gar nicht richtig sprechen können. Aber das war auch schnell wieder verflogen. Über Männer hatte sie noch nie groß nachgedacht, es gab Wichtigeres in ihrem Leben. Sie musste arbeiten, um ihre Mutter und sich selbst zu versorgen. Es war ihr wichtig, alle Aufgaben, die man ihr übertrug, so zu verrichten, dass es keinen Anlass zur Klage gab. Sie wusste gar nicht, nach welchen Gesichtspunkten sie einen Mann auswählen sollte. Sie konnte sich auch nicht vorstellen, dass sich ihr Leben eines Tages dahingehend verändern würde. Sie hatte ja gesehen, wohin das führte. Das Käthchen hatte sich mit einem Mann eingelassen. Eine Schwangerschaft wurde bei Dienstmädchen nicht geduldet. Ella hätte es nie gewagt, ihre Anstellung im Hotel aufs Spiel zu setzen.

Anni hingegen … bei dem Gedanken an ihre Freundin wurde Ella missmutig. Anni war viel forscher als sie, und Anni war mutig. Vielleicht fehlte ihr die leitende Hand einer Mutter, aber so, wie sie am Morgen über Philipp gesprochen hatte … Ella spürte, dass da mehr war. Hatte sich Anni in Philipp verliebt?

9

Ella beobachtete Anni fortan mit ganz anderen Augen. Schon nach wenigen Tagen war ihr klar, dass zwischen Philipp und Anni mehr bestand als nur eine nüchterne Beziehung zwischen Musiker und Sängerin. Am Morgen, wenn Ella Annis Zimmer richtete, war diese meist gut gelaunt und summte eine Melodie vor sich hin. Auch wies sie Ella neuerdings öfter an, sich mit dem Haar besonders viel Mühe zu geben. Ella tat ihr Bestes, und jedes Mal, wenn Anni Philipps Namen erwähnte, glitzerte es in ihren Augen.

Wie eine Rose in den ersten warmen Sommertagen schien Anni regelrecht zu erblühen. Diese kleinen, aber deutlichen Veränderungen fielen auch ihrem Vater auf, so ihr eleganterer Gang, ihre weiblichere Ausstrahlung und ihr zaghafter Versuch, ihren alten Jugendkleidern abzuschwören. Gelegentlich wies sie Ella an, Bänder und Schleifen vorsichtig abzutrennen und die Unterröcke wegzulassen. Oft hielt sich der Vater noch in den Räumen auf, wenn Anni sich bereits fertig gemacht hatte. Sobald sie sich dann anschickte, die Privaträume zu verlassen, verließ er wie zufällig seinen Salon und bedachte seine Tochter mit einem prüfenden Blick.

Es verging nicht viel Zeit, da fing er Anni eines Morgens auf ihrem Weg nach unten ab und bat sie in sein Zimmer. Ella hatte gerade die Laken von Annis Bett abgezogen und wollte damit in die Waschküche hinunter, als sie laute Worte aus dem Zimmer von Herrn Konrad vernahm.

Ella stand mit dem Laken auf dem Arm im Flur, und Neugier gehörte sich ja nicht. Doch als sie Annis aufgebrachte Stimme hörte, hielt sie inne. Zaghaft tappte sie einige Schritte weiter und lauschte.

»Du bist meine Tochter, und ich sage dir, mit wem du zu verkehren hast und mit wem nicht. Ich habe den Kontakt zu diesem Musiker viel zu lange geduldet, aber jetzt reicht es, Annemarie. Die Gäste tuscheln schon. Damit ist jetzt Schluss!«

»Du kannst mir das Singen nicht verbieten«, empörte sich Anni mit halblauter Stimme.

»Ab sofort wirst du nicht mehr im Saal singen. Und dieser Philipp hat die letzte Saison bei uns gespielt.«

Als Ella an den Schritten hörte, dass die Unterredung offenbar ein jähes Ende nahm, drehte sie sich hastig um und wollte gehen. Gerade noch rechtzeitig, bevor jemand bemerkte, dass sie heimlich gelauscht hatte, schaffte sie es durch die Tür zur Stiege.

Am nächsten Morgen schien Herr Konrad sie erwartet zu haben. Als Ella das Tablett mit dem Kaffee in seinen Salon trug, legte er seine Tageszeitung beiseite.

»Guten Morgen, Herr Konrad«, sagte sie artig, so wie jeden Tag.

Mit strengem Blick musterte er Ella.

Sie wurde ganz starr vor Schreck. Hastig überlegte sie,

ob sie sich in den letzten Tagen bei der Pflege der Privaträume etwas zuschulden hatte kommen lassen. Sie war sich aber keines Fehlers bewusst. Hatte er sie gar am Tag zuvor doch bemerkt? Ella hatte das Gefühl, dass das Tablett verdächtig wackelte, als sie es mit zittrigen Händen abstellte.

»Mädchen, ich weiß, dass du meiner Tochter recht nahestehst. Näher wohl als ich. Ich möchte, dass du ein Auge auf sie hast und mir berichtest, wenn … wenn sie irgendetwas tut, das ich wissen müsste.« Er verschränkte die Arme vor der Brust.

Ella klopfte das Herz bis zum Hals, und sie spürte, wie ihre Wangen brannten. »Ja … ja, natürlich, Herr Konrad.«

»Gut, ich verlasse mich auf dich.« Er durchbohrte sie mit einem harten Blick und schlug seine Zeitung auf.

»Und sag der Mamsell, dass das zweite Zimmer hergerichtet werden muss. Mein Sohn kehrt in zwei Tagen zurück.«

»Ja, Herr Konrad.«

Ella knickste und floh mit eiligen Schritten in das Schlafzimmer. Bisher hatte Anni sich ja nichts zuschulden kommen lassen, zumindest nichts, wovon Ella wusste. Entschlossen griff sie nach der Bettdecke und schüttelte sie auf. Hoffentlich blieb es auch dabei. Ella hatte keine Lust, Anni bei ihrem Vater anschwärzen zu müssen.

Als sie wenig später Anni das Frühstück brachte und dann ihr Haar bürstete, beobachtete sie die Freundin ganz genau. Anni sprach wieder von Mode, aber Ella vermochte sich nicht recht auf ihre Worte zu konzentrieren.

»Was ist? Du bist so abwesend heute.« Anni hatte bemerkt, dass Ella über irgendetwas nachgrübelte.

Ella besann sich und überspielte ihre Unsicherheit mit festen Bürstenstrichen.

»He! Die Haare ausreißen musst du mir aber auch nicht.«

»Entschuldigung, Anni.« Ella rief sich innerlich zur Ruhe.

»Hast du schon gehört, dass mein Bruder nach Hause kommt?«

»Ja, dein Vater hat mich angewiesen, sein Zimmer herzurichten.«

Annis Blick verfinsterte sich. »Na, hoffentlich hat mein Vater dann auch ein bisschen Ablenkung. Er ist sehr ... bemüht, endlich einen Mann für mich zu finden.«

Ella schwieg.

»Er findet, ich gebe mich zu viel mit Philipp ab. Sogar das Singen hat er mir verboten, und ich soll keinen Umgang mehr mit ihm haben.«

»Das ist sehr schade.« Verunsichert kaute Ella auf der Unterlippe. Anni durfte nicht bemerken, dass sie gelauscht hatte.

»Aber du, Ella ...«

Anni drehte sich mit einem so heftigen Ruck um, dass Ella das Haar aus der Hand glitt.

»Ich geleite dich ja gern am Abend ein Stück am Strand entlang, wenn du nach Hause gehst. Wenn ... wenn ich dann ganz ... rein zufällig, versteht sich ... den Philipp treffe ... Wärst du böse, wenn ich ein paar Schritte mit ihm gehe?«

Ella verzog das Gesicht. Genau dieses Verhalten hatte Herr Konrad sicherlich gemeint.

»Anni, ich weiß nicht, ob das so gut ist. Wenn dein Vater davon erfährt ...«

»Wer sollte es ihm erzählen?«

»Nun, Anni, es sind außer uns meist auch andere Leute am Strand unterwegs.«

»Aber sonst weiß ja niemand, dass mein Vater mir den Umgang mit Philipp untersagt hat.«

Ella presste die Lippen aufeinander. Was sollte sie tun?

Am nächsten Morgen richtete Ella wie üblich die Räumlichkeiten von Herrn Konrad und Anni her, bevor sie sich zum Zimmer des jungen Herrn Konrad begab.

Die Arme beladen mit frischem Bettzeug, trat sie über die Schwelle und sah sich mit leiser Neugier um. Sie hatte an Heinrich Konrad lediglich eine undeutliche Erinnerung. Er war ein schmächtiger Junge gewesen, den sie nur selten gesehen hatte. Im Gegensatz zu Annis Zimmer enthielt dieser Raum keine persönliche Note. Ella wusste selbst nicht, was sie erwartet hatte, aber dass das Zimmer so gar keine Rückschlüsse auf seinen Bewohner zuließ, wunderte sie. Es hätte jedes andere Zimmer aus dem Gästebereich sein können. Allerdings stand es ihr nicht zu, neugierig zu sein. Also besann sie sich und öffnete als Erstes die Fenster, denn der Raum war lange unbewohnt gewesen, und die Luft roch abgestanden. Von der Tagesdecke, mit der das Bett abgedeckt gewesen war, stieg eine kleine Staubwolke auf, als Ella sie wegzog. Hier war eindeutig mehr Arbeit nötig, als nur das Bett frisch zu beziehen. Nachdem sie alles erledigt hatte, eilte sie nochmals in die untere Etage.

In dem schmalen Flur des Kellers stieß sie auf Sofie.

»Wo bleibst du denn? Es müssen noch zwei Zimmer fertig gemacht werden.« Sofie warf ihr einen bösen Blick zu.

»Ich richte erst das Zimmer des jungen Herrn Konrad her.«

»Ich richte erst das Zimmer des jungen Herrn Konrad her«, äffte Sofie sie nach. »Seit du dort oben zu schaffen hast, hältst du dich wohl für etwas Besseres, wie?« Sofie reckte das Kinn und drängte sich an Ella vorbei. Die sah ihr verdutzt nach. Natürlich hatte sie nicht mehr so viel Zeit, Sofie bei den Hotelzimmern zu helfen. Aber die Aufgabe bei den Konrads hatte sie sich nicht ausgesucht, das hatte die Mamsell so angewiesen. Und so, wie sich die Dinge gerade entwickelten, war Ella nicht froh darüber. Sie stieß ein wütendes Schnauben aus, machte sich weiter an die Arbeit und holte einen Putzeimer.

Sorgfältig befreite sie alle Möbel vom Staub. Sie überprüfte den Kleiderschrank, der allerdings leer war, und befüllte zu guter Letzt den Waschkrug. Zufrieden besah sie ihr Werk. In dem Zimmer roch es frisch, und es war bereit, seinen Bewohner willkommen zu heißen.

Dann machte sich Ella auf, um Sofie zu helfen. Vielleicht ließ sich deren Missgunst dadurch besänftigen.

Als Ella an diesem Abend in die Kate zurückkehrte, saß ihre Mutter mit betroffener Miene neben dem Ofen. Ella stöhnte innerlich, denn die Schwierigkeiten im Hotel genügten ihr eigentlich schon.

Sie gab sich Mühe, nicht allzu verdrießlich dreinzuschauen. »Mutter, was ist passiert?«

»Ach, Ella, der Franz war heute hier. Er will uns keinen Fisch mehr bringen.«

»Keinen Fisch mehr?« Hastig überschlug Ella im Kopf, was diese Nachricht hinsichtlich ihrer Einkünfte zu bedeuten hatte. Das waren jeden Monat ein paar Mark Verlust.

»Er sagt, er fängt so wenig. Und er könnte die Fische besser an den Händler nach Kiel verkaufen.«

»Aber dann muss er mehr für das Boot bezahlen.« Ella löste den straffen Haarknoten am Hinterkopf.

»Er sagt, das Schiff ist inzwischen völlig morsch. Er müsste viel Geld hineinstecken, um es weiter seetauglich zu halten. Er hat … er will es uns abkaufen.«

Ella fuhr zusammen. »Vaters Boot?«

Die Mutter hob nur müde die Schultern. »Ella, ich glaube nicht, dass der Vater noch nach Hause zurückkommt. Was … was sollen wir mit dem Boot sonst anfangen?«

Traurig ließ Ella den Kopf hängen. »Aber wir können Vaters Boot doch nicht verkaufen!«

»Ella …« Mühsam erhob sich die Mutter von ihrem Platz und kam auf ihre Tochter zu. Beschwichtigend legte sie ihr eine Hand auf die Schulter.

»Ich weiß, dass du noch immer auf Vaters Rückkehr hoffst. Inzwischen glaube ich es aber nicht mehr. Fast fünf Jahre haben wir keine Nachricht mehr von ihm erhalten.« Ihre Stimme zitterte.

»Wenn wir das Boot verkaufen, haben wir einige Monate lang ein zusätzliches Auskommen. Aber wer weiß, was die Zeit bringt? Alles wird teurer. Du verdienst gut im Hotel, und ich konnte diesen Sommer einige Münzen beiseitelegen. Die Strandgäste mochten den Schmuck sehr gern. Es wäre besser, das Boot abzugeben. Eine Reparatur können wir uns nicht leisten, und der Liegeplatz im Hafen … Du weißt, dass auch das etwas kostet. Ein Boot braucht einen Fischer. Wir haben immer noch das Rauchhaus, und das wissen alle. Sollten die Fänge besser werden, bekommen wir auch sicher wieder Arbeit.«

Ella seufzte. Ihre Mutter hatte recht. »Gut«, sagte sie knapp und spürte, wie ihr Tränen in die Augen stiegen.

Der Winter stand bevor, und somit würde ihre Mutter wahrscheinlich wieder Medikamente vom Doktor benötigen. Ihr bescheidenes Gehalt, das ihr die Mamsell wöchentlich auszahlte, reichte gerade, um alles für den Haushalt zu kaufen. Etwas Butter und Speck, Milch vom Bauern sowie Mehl zum Backen. Und sie kauften das grobe Mehl. Ihr Brot war immer grau und enthielt manchmal sogar kleine Steine. Nicht so weiß und weich wie jenes, welches sie am Morgen ihrer Freundin Anni servierte. Auch Kleidung war teurer geworden. Statt Leinen und Baumwolle verarbeitete man in den Webereien schon Brennnesselfasern, und manches war nur noch unter dem Ladentisch zu bekommen. Selbst Herr Konrad hatte wohl Probleme bei seinen Händlern in Kiel, denn in der Küche des Hotels gab es inzwischen Unterschiede für die Gäste. Die Betuchten aus den Suiten bekamen nach wie vor Kaffee aus Bohnen. Für die anderen Gäste stand nur noch ein Ersatzkaffee aus Malz und Gerste bereit. Dennoch waren in diesem Jahr viele Sommerfrischler gekommen. Den meisten war keine offensichtliche Not anzusehen. Ella wusste aber sehr wohl, wie es in den bescheidenen Häusern zuging. Sie erlebte es ja am eigenen Leib.

Von alldem bemerkte Anni nicht viel. Sie lebte in einer Welt, in der man noch Kleidung kaufen konnte, in der die Mahlzeiten pünktlich auf dem Tisch standen und in der man zuversichtlich in die Zukunft blickte. Kleine Einschränkungen wie den Mangel an Kaffee nahm man allgemein in Kauf. Nach dem ersten Schreck, dass das Land den Krieg verloren hatte, setzten die wohlhabenden Bürger wieder auf Aufschwung. Bei der armen Bevölkerung hingegen wurde die Depression immer spürbarer.

Ella hatte das Glück, dass Gerda jeden Mittag eine Suppe kochte. Oft bestand sie nur aus Rüben und Kartoffeln. Aber sie war warm und machte satt. In dieser halben Stunde saßen die Mamsell, Gerda, die Küchenfrauen, die Dienstmädchen Sofie und Ella sowie der Kutscher und der Kohlenjunge vereint und dankbar am Tisch. So konnte Ella zu Hause Lebensmittel einsparen, und es blieb mehr für ihre Mutter übrig. Diese brauchte Kraft für ihren Weg zum Strand und vor allem für den bevorstehenden Winter.

10

Am nächsten Morgen hatte Gerda drei Tabletts auf dem Tisch in der Küche stehen. Die Mamsell fing Ella ab, bevor diese mit dem ersten die Treppe hinaufsteigen konnte.

»Der junge Herr Konrad ist gestern Abend noch gekommen. Du bringst erst dem Herrn Konrad seinen Kaffee, dann dem jungen Herrn Konrad. Danach kümmerst du dich um das Schlafzimmer des Herrn Konrad und bringst dem Fräulein Konrad das Frühstück. Nachdem du dem Fräulein ihr Zimmer und das des jungen Herrn Konrad gemacht hast, hilfst du wieder der Sofie.«

»Jawohl, Mamsell.« Ella hastete mit dem ersten Tablett die Stufen hinauf. In Zukunft musste sie sich bei den Zimmern noch mehr beeilen, vor allem bei den Handreichungen für Anni. Sie mochte diese ruhige Arbeit, wenn sie Anni beim Ankleiden und Frisieren half, war dies doch eine kleine Abwechslung zum ständigen Treppensteigen, das die meiste Zeit ihres Tages ausfüllte.

Sie brachte dem Herrn Konrad seinen Kaffee, echten Kaffee. Dann eilte sie wieder hinunter und holte rasch das nächste Tablett. Als sie vor der Zimmertür des jungen Herrn Konrad stand, hielt sie einen Augenblick lang inne, um wieder zu Atem zu kommen. Es schickte sich nicht, das Tablett zu servieren und dabei zu schnaufen wie ein Pferd. Dann klopfte sie.

»Ja bitte«, erklang eine Männerstimme.

Ella betrat das Zimmer und knickste höflich. »Guten Morgen, Herr Konrad«, sagte sie. »Ich bringe Ihnen Ihren Kaffee.«

Der Mann stand am Fenster, sodass Ella im Gegenlicht nicht viel erkennen konnte. Erst als er zwei Schritte auf sie zukam, erkannte sie sein Gesicht.

»Guten Morgen. Ein neues Dienstmädchen? Bist du schon lange im Haus? Stell den Kaffee bitte dort ab!« Er deutete auf eine Kommode neben der Tür.

Einen kurzen Moment lang starrte Ella den jungen Mann verwirrt an. Er war das jugendliche Abbild seines Vaters, hochgewachsen mit breiten Schultern und dunklem Haar. Allerdings hatte er viel weichere Gesichtszüge und auch einen ganz anderen Blick als sein Vater. »Ich … ich bin seit dem Frühjahr hier im Haus«, stammelte Ella verlegen und besann sich darauf, dass er ihr eine Frage gestellt hatte.

»Oh, und schon in den Privaträumen? Dann hält die Mamsell wohl große Stücke auf dich.« Er lächelte, und seine Wangen zeigten zwei Grübchen. Auch das unterschied ihn vom alten Herrn Konrad.

Verlegen zuckte Ella mit den Achseln und knickste nochmals.

»Nun … wie ist dein Name?«

»Ella.« Verlegen rieb sie sich die Hände, denn ohne Tablett wusste sie nicht so recht, wohin damit.

»Freut mich, Ella. Nun dann … meine Schwester wartet sicher schon auf ihr Frühstück.«

»Ja … ja.« Ella knickste abermals und verließ eilends den Raum. Im Flur überfiel sie ein so starker Schwindel, dass sie innehalten und tief durchatmen musste. Was war das? Wurde sie krank? Das konnte sie sich nicht leisten. Beherzt ging sie weiter, um Annis Tablett zu holen.

»Das hat mein Vater dem Heinrich gestern Abend gleich auf die Nase gebunden.«

»Entschuldige bitte, was?« Ella war nicht bei der Sache, während sie Annis Haar hochsteckte. Ihr kurzer Schwindelanfall am Morgen bereitete ihr Sorgen.

»Du hörst mir auch nicht mehr zu. Keiner in diesem Haus hört mir zu!«, blaffte Anni sie an. »Ich habe dir gerade erzählt, dass Vater meinem Bruder gestern gesagt hat, er solle sich keine Hoffnung auf das Hotel machen. Himmel, ich weiß nicht, was zwischen den beiden gewesen ist, dass mein Vater den Heinrich für so unfähig hält! Ist mir aber auch einerlei. Die beiden streiten, solange ich denken kann. Nur deswegen werde jetzt ich vor den Karren gespannt. Spätestens im Frühjahr will er mich verheiratet wissen.« Hilflos hob Anni die Hände. »Und als wäre es die klarste Sache der Welt, fragt Heinrich meinen Vater auch noch, ob er denn schon einen Kandidaten hat.«

»Und?«

»Und was?«

»Na, hat er einen?«

»Ella, das wäre mir egal. Ich habe dir bereits gesagt, dass ich keinen Mann heirate, den mein Vater mir aussucht.«

»Ja, aber was willst du dagegen unternehmen?« Ella schüttelte den Kopf.

»Ich … ich weiß nicht. Vielleicht laufe ich einfach davon.« In Annis Stimme schwang ein trotziger Unterton mit.

»Nun warte doch erst einmal ab! Noch hat dein Vater keinen Mann für dich gefunden. Wie lange bleibt dein Bruder denn hier?«

»Heinrich? Keine Ahnung. Er hat kürzlich die Kadettenschule beendet. Vielleicht will er noch studieren, aber momentan sind die Zeiten auch an den Universitäten schlecht. Aber er ist fein raus. Schließlich wird von ihm ja nicht verlangt, in diesem Hotel zu versauern.«

Ella steckte die letzten Nadeln in Annis Haar.

Plötzlich sprach Anni leiser und mit verschwörerischem Unterton »Ella, ich warte heute Abend draußen auf dich, aber ich begleite dich nur ein kleines Stück, hörst du?«

Ella konnte sich an zwei Fingern ausrechnen, was Anni vorhatte. »Anni, ich weiß nicht …«

»Ella, bist du meine Freundin?«

Ella wusste nicht mehr genau, ob sie das war. Es hatte sich so vieles verändert, seit sie im Hotel arbeitete. Früher war sie noch frei und unabhängig gewesen, auch wenn die Not größer gewesen war. Inzwischen aber hatte sie das Gefühl, sich zwischen den Wänden des Hotels und dessen Bewohnern zu verheddern wie eine Fliege im Spinnennetz. Anni hatte sich verändert. Sie war nicht mehr das kleine Mädchen, das am Strand frische Luft atmen sollte. Sie war eine junge Frau und rang mit ganz anderen Schwierigkeiten. Mit Schwierigkeiten, von denen Ella kaum etwas verstand.

An diesem Tag beeilte sich Ella besonders, mit der Arbeit in Annis Raum fertig zu werden. Sie wollte nicht noch mehr hören. Statt sich danach aber den Gästezimmern zuzuwenden, musste sie den Raum des jungen Herrn Konrad herrichten. Sofie würde wieder sehr ungehalten sein. Ella wollte nicht auch noch deren Zorn abbekommen und sputete sich.

In der Annahme, dass Heinrich Konrad das Zimmer längst verlassen hätte, öffnete Ella die Tür. Als sie sah, dass der junge Herr Konrad noch auf seinem Bett lag, erschrak sie. »Oh! Ich … Entschuldigung.« Fast wäre sie über die Schwelle zurückgetaumelt.

»Ella, keine Angst! Komm herein! Du musst ja deine Arbeit erledigen.« Er schwang die Beine über die Bettkante und setzte sich auf. »Eigentlich sollte ich schon längst im Herrensalon sein. Aber am Morgen mag ich diesen Tabakrauch noch nicht so gern.« Er zwinkerte ihr zu.

Ella versuchte, ihren Herzschlag zu beruhigen. Ähnlich erschrocken war sie nur einmal gewesen, als sie unvermutet auf einen Gast in seinem Zimmer gestoßen war. Es gehörte sich nicht, dass das Personal und die Gäste zusammentrafen.

»Ich kann … auch gleich … noch einmal wiederkommen«, stammelte sie, immer noch zutiefst verlegen.

»Nein, ich gehe sofort, damit du deine Arbeit verrichten kannst.« Er stand auf und zupfte sein Jackett gerade. »Auf der Kadettenschule gab es kein Personal. Da mussten wir unsere Betten selbst machen. An derartigen Luxus muss ich mich erst wieder gewöhnen.« Mit einem Lächeln auf dem Gesicht, das wieder seine Grübchen zum Vorschein brachte, schob er sich an Ella vorbei. »Ich muss mich also entschuldigen.« Dann verschwand er durch die Tür.

Ella rang nach Luft. In ihrem Kopf kreiste es plötzlich

so wild, dass sie sich mit einer Hand an der Kommode abstützen musste. Sie presste Augen und Lippen zusammen, um dieses seltsame Gefühl so schnell wie möglich zu unterdrücken. Dann holte sie tief Luft. Mit energischen Schritten durchquerte sie das Zimmer, öffnete das Fenster und machte sich an die Arbeit. Als sie die Bettdecke aufschüttelte, umwehte sie der Hauch eines männlichen Duftes. War es das Rasierwasser des jungen Herrn Konrad? Ella hatte plötzlich ein flaues Gefühl im Magen. »Verflixt!«, fluchte sie leise und gab sich einen Ruck. Was war nur los mit ihr? Hatte sie irgendetwas Falsches gegessen?

Den ganzen Tag horchte Ella immer wieder in sich hinein und wappnete sich, jedes weitere Anzeichen von Krankheit sofort zu unterdrücken. Doch es passierte nichts mehr.

Am Abend war sie erschöpft und müde. Als sie auf dem Heimweg unterhalb der Promenade Anni auf sich warten sah, verfinsterte sich ihre Laune nochmals. Anni trug einen beigefarbenen Mantel mit einem Gürtel und einen roten Hut. Regelmäßig brachte der Kutscher Pakete für Anni. Sie enthielten Dinge, die sie in Hamburg bestellt hatte. Anni konnte sich das leisten. Sie musste sich nicht erst um eine Ausgabekarte bemühen. Nach wie vor bestand Annis Kleidung aus feinsten Stoffen.

Ganz tief in Ella regte sich zum ersten Mal so etwas wie Neid. Es war nicht gerecht, dass manche Menschen sich nehmen konnten, was sie wollten. Sah Anni denn gar nicht die große Not ringsum? Früher hatte sie sich doch so liebevoll um Ella und ihre Mutter gekümmert. Nun hatte sie nur noch diesen Philipp im Kopf.

»Wo bleibst du denn?« Ungeduldig zappelte Anni herum.

Ella hob nur kurz entschuldigend die Schultern. Sie wusste, dass dies kein gewöhnlicher Heimweg werden würde.

»Ich begleite dich ein Stück wie immer. Philipp wartet am Kliff auf mich. Aber du darfst es niemandem verraten, hörst du?«

»Und wenn euch jemand sieht?«, gab Ella zaghaft zu bedenken.

Anni rollte mit den Augen. »Ella, bitte! Das ist die einzige Möglichkeit, mit Philipp zu reden. Zu Hause passt Vater auf wie ein Wachhund. Das Kliff ist meine letzte Rettung. Nur hier bin ich vor meinem Vater sicher.« Die letzten Worte sprach sie so eindringlich aus, dass Ella nichts mehr erwidern konnte. Ergeben ging sie neben Anni her.

Kurz bevor sie das Kliff erreichten, kam eine Gestalt aus den Dünen auf sie zu. Es war Philipp. Der Musiker trug einen langen dunklen Mantel und einen Hut. Winkend kam er auf die beiden jungen Frauen zu. Ella sah sich besorgt um, doch außer ihnen war niemand mehr am Strand. Sie kannte Philipp nur vom Sehen. Als Musiker durfte er im Saal speisen.

»Da bist du ja! Ich dachte schon, du kommst nicht mehr!«, rief er.

»Danke, Ella.« Anni lächelte Ella kurz an und eilte auf Philipp zu.

Zu Ellas Überraschung umarmten sich die beiden zur Begrüßung. Anni winkte noch einmal, dann setzte sie ihren Weg an Philipps Seite fort.

Ella blieb zurück. Ein kalter Wind streifte ihr Gesicht, und sie schauderte. Was Anni tat, war nicht recht. Was sie selbst tat, war jedoch ebenso gegen alle Vorschriften, denn sie würde Annis Vater nichts darüber berichten. Sie spürte, wie sich ein Stein auf ihre Seele legte. Ein Stein, den sie fortan wohl tragen musste. Und der kalte Wind trug auch etwas fort, was an diesem Tag wohl für immer vorbei war – die unbeschwerte kindliche Freundschaft der beiden jungen Frauen.

Ella griff sich an den Hals und spürte die Wärme des kleinen Bernsteinanhängers.

Fortan verhalf Ella Anni zu ihren allabendlichen heimlichen Treffen und servierte am Morgen aufgeregt und fahrig den Kaffee im Zimmer von Herrn Konrad. Der Zwiespalt war fast unerträglich. Hätte Herr Konrad erfahren, dass Ella ihm Annis Verhalten verheimlichte, wäre ihr der Hinauswurf wohl sicher gewesen. Hätte Ella ihm berichtet, was vor sich ging, wäre Anni wohl in Teufels Küche geraten. Das Spinnennetz um Ella verdichtete sich immer mehr.

11

Laboe, im Oktober 1919

An einem stürmischen Oktobertag reiste Bertram Keller an. Am Morgen hatte die Mamsell die Mädchen angewiesen, die Suite mit der Nummer zwei besonders sorgfältig herzurichten.

Ella hatte sich zu Mittag gerade an den Tisch gesetzt, an dem Gerda die Suppe austeilte, und war froh über eine kurze Pause. Da klingelte es an der Rufwand. Sofies und Ellas Blicke richteten sich sogleich auf die kleinen Klingeln.

Die Mamsell reagierte noch schneller. »Ella, los! Das ist das Zimmer von Fräulein Konrad.«

Verdutzt hob Ella die Brauen, stand aber sofort auf. Tagsüber hatte Anni sie noch nie gerufen. Eilig band sie sich die Schürze, die sie zum Essen abzulegen pflegte, wieder um, richtete ihr Häubchen und eilte los.

Vor Annis Zimmertür blieb sie unvermittelt stehen, denn von drinnen drangen Stimmen auf den Flur. Zum einen war es Annis aufgebrachte Stimme, zum anderen die ihres Bruders, entschlossen und beruhigend.

»Warum hat er mir das nicht früher gesagt?« Annis Tonlage war schrill.

»So beruhige dich doch! Es ist doch noch gar nichts entschieden. Er ist nur als Gast hier.«

»Als Gast … als Gast. Du weißt, was Vater damit bezweckt.«

»Anni, bring Vater bitte nicht in Schwierigkeiten! Lern ihn doch erst einmal kennen!«

»Er war vor sieben Jahren hier. Du müsstest dich gut daran erinnern, wie er sich benommen hat.«

»Da waren wir doch alle noch Kinder.«

»Ja, und aus Kindern werden Erwachsene. Ändert man sich dann?« Annis Tonfall war nun eine Mischung aus Klage und Vorwurf.

Ella hörte, wie Heinrich entmutigt schnaubte. »Ich halte mich wohl besser aus der Sache heraus.«

»Ja, halt dich nur heraus und sieh zu, wie deine Schwester dem Nächstbesten in die Hände gegeben wird. Und dann verschwindest du wieder … Ach … wohin auch immer.«

»Anni, das ist ungerecht. Du weißt sehr wohl, dass ich das Hotel mag, dass Vater aber nichts von mir hält …«

»Siehst du? Man ändert sich nicht. Genau das, was ich sage. Und jetzt hat er diesen … diesen Fiesling eingeladen.« Anni schluchzte.

Ella stand schon viel zu lange vor der Tür. Schließlich nahm sie ihren ganzen Mut zusammen und klopfte lauter als nötig. Im Zimmer wurde es plötzlich still. Sie hörte, wie Anni sich die Nase schnäuzte. »Ja bitte.«

Ella betrat den Raum. »Sie haben gerufen, Fräulein Konrad?«

Heinrich sah Ella an, hob entwaffnet die Hände und ging an ihr vorbei.

Ella nahm den leichten Hauch seines Rasierwassers wahr. Inzwischen war ihr der Duft vertraut geworden. Der junge Herr Heinrich war ihr gegenüber sehr nett. Manchmal, wenn sie ihn morgens noch auf seinem Zimmer antraf, unterhielt er sich mit ihr. In diesen Augenblicken spürte sie immer noch ein leichtes Herzklopfen, inzwischen aber auf angenehme Weise.

Mit bösem Blick sah Anni ihrem Bruder hinterher. Dann richtete sie ihre Aufmerksamkeit auf Ella. »Umziehen … ich soll mich umziehen und frisch machen.« Wütend ballte sie die Fäuste.

»Was ist denn geschehen?«, fragte Ella leise.

Anni schnaubte wieder, diesmal aber resigniert. »Mein Vater hat Bertram Keller eingeladen. Meinen zukünftigen Ehemann.«

»Wie bitte?« Sprachlos schüttelte Ella den Kopf. Sie verstand überhaupt nichts mehr.

»Kellers waren früher oft Gäste bei uns. Habe ich dir nie von ihnen erzählt? Bertrams Mutter betonte damals schon immer, welch hübsches Paar wir doch abgäben. Ich war dreizehn Jahre alt, Ella! Er ist zwei Jahre älter, so alt wie Heinrich. Bertram ist ein … Widerling. Und ausgerechnet ihn hat mein Vater auserkoren.« Hilflos hob sie die Hände.

»Hat er das gesagt?«

»Mehr oder weniger …« Anni setzte sich auf den Stuhl am Frisiertisch. »Und jetzt sollen wir zusammen dinieren.«

Ella löste die Haarnadeln, die sie am Morgen sorgfältig in Annis Haar gesteckt hatte.

Während ihre Hautfarbe von wütendem Rot zu tiefster Blässe und wieder zu Rot wechselte, starrte Anni auf ihr Spiegelbild.

»Wie soll ich dir denn das Haar frisieren?«, fragte Ella vorsichtig.

»Ach, mach einfach …« Anni wedelte mit der Hand und senkte den Blick.

Also gab sich Ella besondere Mühe. In ihren Augen sah die Freundin immer hübsch aus, gleichgültig, zu welcher Seite sie die blonden Strähnen aufsteckte. Als Anni auf Nachfrage nach der Kleiderwahl wieder nur ergeben mit den Achseln zuckte, seufzte Ella und suchte aus dem Kleiderschrank ein hübsches dunkelgrünes Samtkleid heraus. Das hatte Anni schon früher bei wichtigen Anlässen getragen, und so wäre der Herr Konrad sicher zufrieden mit dem Auftritt seiner Tochter.

Nachdem Anni umgezogen war, besah sich Ella ihr Werk. »Kann ich noch irgendetwas für dich tun?«

Anni nickte. »Sag dem Philipp, dass ich heute nicht kommen kann. Sag ihm … Nein, sag ihm nichts weiter! Er muss heute Abend sowieso im Saal spielen.«

Ella sah an Anni vorbei zum Fenster. Dort prasselten dicke Tropfen gegen die Scheibe. Es war kein Tag, um am Strand spazieren zu gehen, obwohl sich Anni und Philipp in den letzten Wochen bei Wind und Wetter getroffen hatten.

Auf dem Weg zu den Stuben oberhalb des Saals hoffte Ella inständig, dass die heimliche Liaison nun endlich beendet war. Vorsichtig huschte sie über die Stiegen, damit niemand sah, dass sie noch einen Auftrag zu erledigen hatte.

Philipp sah sie misstrauisch an, nachdem sie an seine Tür geklopft hatte. Er wirkte müde und wirkte leicht ungepflegt, so als wäre er gerade erst aufgestanden. Ella fragte sich, was Anni überhaupt an diesem Mann fand. Er sah weder besonders gut aus, noch hatte er – bis auf sein gutes Klavierspiel – ins Auge fallende gute Eigenschaften.

Ella sprach leise, obwohl sie hier oben in den Stuben allein waren. Einzig die Mamsell hatte noch ihr Zimmer auf diesem Stockwerk, seit das Käthchen hatte gehen müssen. »Ich soll vom Fräulein Konrad ausrichten, dass sie heute nicht kommen kann.«

Philipp hob die Augenbrauen und wischte sich mit einer Hand über das Gesicht. »Nicht? Ist etwas passiert?«

»Ein besonderer Gast logiert im Hotel. Zudem mutmaßt das Fräulein Konrad, dass Sie heute Abend wohl Klavier spielen müssen.«

»Ja? Ich weiß von nichts. Die Mamsell hätte mir …«

»Man wird Ihnen wohl noch Bescheid geben.« Ella schickte sich an zu gehen.

»Moment! Hat … hat Annemarie sonst noch etwas gesagt?«

»Nein. Ich muss jetzt gehen.« Ella machte auf dem Absatz kehrt.

Am Abend, auf dem Nachhauseweg, hielt Ella draußen vor dem Hotel kurz inne. Sie kehrte noch einmal zur großen Terrasse zurück, stieg vorsichtig drei der fünf Stufen hoch und achtete darauf, dass sie dicht am Geländer blieb. Draußen war es finster, nur aus dem Saal strahlte helles Licht durch die Fenster nach außen. Es regnete leicht. Sie sah die Mamsell und die Sofie, welche die Platten servierte. Ella hatte den Saaldienst gern der Sofie überlassen. Seit sie die Privaträume betreute, war Sofie aber oft so ungehalten gewesen, dass auch die Mamsell etwas bemerkt hatte.

Daraufhin hatte sie entschieden, dass Sofie für das Servieren und Abräumen zuständig war. Dies bedeutete zwar abends eine längere Arbeitszeit, und man stand auch stetig unter der Beobachtung der Mamsell, aber Sofie wirkte zufrieden. Eigentlich war Ella nicht traurig darum, wäre an diesem Abend aber nur allzu gern mit im Saal gewesen.

Den Hotelgästen hatte man auf der rechten Seite ihre Tische angewiesen, auf der linken Seite stand ein größerer runder Tisch, an dem die Familie Konrad mit ihrem Gast Platz genommen hatte.

Ella sah ihn nur von hinten. Auch im Sitzen war er nicht sehr groß und hatte blondes Haar. Aber sein Lachen dröhnte laut bis nach draußen. Links von Bertram Keller saß Anni. Ella las ihrer Freundin die Verärgerung vom Gesicht ab. Anni hatte die Lippen aufeinandergepresst, ihre Haltung wirkte steif. Ihr gegenüber saß Heinrich. Er wirkte etwas entspannter als seine Schwester und schien sich höflich mit Bertram Keller zu unterhalten. Immer wenn sich dieser bewegte, erhaschte Ella einen Blick auf Annis Vater. Der hatte seine Tochter im Blick wie die Katze eine Maus. Die Anspannung, die an diesem Tisch herrschte, spürte Ella selbst in der kalten Oktoberluft. Neben dem Eingang des Saals saß Philipp am Klavier und sorgte für leichte Unterhaltung. Er hatte sich inzwischen gekämmt und anständig angezogen. Doch stand seine Erscheinung in keinem Vergleich zum Auftreten der Herrschaften am Privattisch. Ellas Blick fiel noch einmal auf Heinrich, und sie beobachtete ihn einen Moment lang. Er hatte eine ruhige, besonnene Art. Auch wenn sie wusste, dass dieser Abend für ihn nicht ohne Konflikt war, ließ er sich nichts anmerken.

Ella schlich die Stufen hinab und tauchte ein in das Dunkel des Herbstabends. Manchmal war sie ja ein bisschen neidisch auf Anni gewesen. Doch diesmal empfand sie Mitleid mit ihr. Der Reichtum der Familie Konrad legte ihr viel härtere Fesseln an, als Ella je geahnt hatte.

»Schneid sie ab!«

»Anni, nein! Das kann ich nicht.«

Anni hatte Ella am Morgen bereits erwartet. Im Nachtgewand stand sie mitten im Zimmer. Mit der einen Hand hielt sie eine Schere hoch, mit der anderen eine ihrer Haarsträhnen.

»Anni, das ist doch verrückt. Leg die Schere weg!« Ella hob beschwichtigend die Hände und dämpfte die Stimme. Niemand durfte mitbekommen, was sich gerade in Annis Zimmer abspielte. »Ich werde diesen Mann nicht wiedersehen, er ist schrecklich. Und ich muss … mich verändern. Dann will er mich wahrscheinlich sowieso nicht mehr.« Zu allem entschlossen, hob Anni die Schere.

»Tu das nicht!«

Doch es war zu spät. Anni setzte die Schere an und schnitt sich die erste Strähne ab. Dann hielt sie Ella die Schere hin. »Mach weiter!«

Entsetzt starrte Ella auf die zu Boden gefallenen Haare.

»Anni, nein! Ich … kann das nicht.«

Mit zwei Schritten trat Anni an ihre Frisierkommode und hielt eine ihrer Frauenzeitschriften hoch. »Genauso kurz wie die da!« Sie tippte auf das Bild einer Frau mit einem Bubikopf.

Ella schüttelte den Kopf und verschränkte die Arme vor der Brust.

Anni schnaubte vor Zorn. »Mach jetzt, du bist das Dienstmädchen. Ich befehle es dir.« Mit diesen Worten schnitt sie sich eine weitere Haarsträhne ab.

»Anni, dein Vater wird …«

»Ich weiß, aber mach weiter!« Anni setzte sich auf dem Stuhl zurecht und hob auffordernd die Schere hoch.

Ella griff danach. War Anni verrückt geworden? Kurz überlegte Ella, die Schere zu nehmen und einfach wegzulaufen.

»Ella! Jetzt!«

Ella schüttelte den Kopf und fuhr mit der Hand über Annis langes blondes Haar. Dann setzte sie die Schere an. Durch die ersten Schnitte war es um die Haarpracht sowieso geschehen. Sie gab sich Mühe, den Schaden zu begrenzen, dennoch tat ihr jede fallende Haarsträhne in tiefster Seele weh.

Sie brauchte etwas länger als sonst in Annis Zimmer, aber schließlich saß ihre Freundin mit ungehörig kurz geschnittenem Haar vor dem Spiegel. Zufrieden betrachtete sie ihr neues Aussehen. »Gut. Und jetzt geh! Ich kleide mich heute allein an. Das Zimmer kannst du später in Ordnung bringen.«

Ella klopfte sich einige der abgeschnittenen Haare vom Hauskleid. Später musste sie ein Kehrblech mit nach oben nehmen. Bei diesem Gedanken hätte sie fast gekichert. Dieses kleine Malheur würde wohl das geringste Übel des Tages bleiben. Ihr Blick fiel auf das Bett. Dort hatte Anni bereits ein Kleid zurechtgelegt. Auf den ersten Blick sah es aus wie ein Nachthemd. Ella presste die Lippen aufeinander, verließ wortlos Annis Zimmer und betrat kurz darauf das Nebenzimmer, das Heinrich Konrad bewohnte.

Der stand ebenfalls vor dem Spiegel, als Ella hereinkam.

»Guten Morgen, Ella«, begrüßte er sie, nicht anders als an den Tagen zuvor. Gleich darauf fragte er allerdings: »Was ist? Du siehst aus, als hättest du ein Gespenst gesehen.«

Ella stand mitten im Zimmer und wusste nicht, was sie sagen sollte. Annis Verhalten hatte sie gänzlich aus der Fassung gebracht. »Guten Morgen«, stammelte sie. Dann wies sie mit einem Zeigefinger zaghaft auf die Wand zu Annis Zimmer und schüttelte den Kopf. »Herr Konrad, ich glaube, es wird … es wird heute gehörigen Ärger geben im Haus.«

»Meine Schwester? Was hat sie getan?«

»Ich … ich konnte sie nicht aufhalten.«

»Augenblick!« Heinrich drängte sich an Ella vorbei. Sie hörte, wie er bei Anni klopfte und ihr Zimmer betrat. Kurz darauf kam er zurück, schloss die Tür hinter sich und strich sich mit beiden Händen über das Gesicht. »O Gott!« Dann wandte er sich an Ella. »Du bleibst hier, bis ich sage, dass du gehen kannst. Nicht, dass mein Vater … Warum hat sie das nur getan?« Wütend rang er die Hände.

Draußen auf dem Flur hörte Ella eine Tür klappen. Dann Schritte, die an Heinrichs Raum vorbeigingen.

Heinrich deutete mit dem Finger auf Ella. »Rühr dich nicht vom Fleck, was auch immer geschieht!« Dann ging auch er zur Tür, öffnete sie gerade so weit, dass er durchtreten konnte, und verschwand.

Einen Wimpernschlag später zuckte Ella zusammen, als sie ein lautes Brüllen vernahm. Es war die Stimme von Annis und Heinrichs Vater.

»Bis du von allen guten Geistern verlassen?«

Es rumpelte, als wäre ein Stuhl umgefallen.

Dann war Heinrichs Stimme zu hören. »Vater …«

»Vater? Was habe ich nur falsch gemacht, dass ich zwei so entartete Kinder gezeugt habe?«

Etwas knallte zu Boden. »Und du wagst es, wie eine Hure hier hereinzukommen? Habe ich nicht versucht, dir das Beste angedeihen zu lassen? Ist das der Dank?«

»Ich werde nicht heiraten! Ich gehe!«

Ella spürte, welche Anstrengung es Anni kostete, diese Worte hervorzubringen.

Es gab einen dumpfen Schlag. Anni stieß einen Laut wie ein weidwundes Tier aus.

»Gehen? Wohin? Du bist meine Tochter. Du bleibst hier!«

Ein weiterer dumpfer Schlag.

»Vater!« Heinrichs Stimme bebte.

»Ich werde euch noch beibringen, wer das Sagen in diesem Haus hat. Und wenn ich sage, du heiratest den Bertram, dann heiratest du den Bertram. Und du, Sohn, geh mir aus den Augen! Sonst vergesse ich mich noch einmal.«

Ella hörte schnelle Schritte. Schützend umschlang sie den Oberkörper und wich zurück. Heinrich betrat das Zimmer und hob beruhigend die Hand. In seinen Augen aber stand die blanke Angst.

»Und du …« Herr Konrad senior brüllte immer noch.

Es rumpelte wiederholt, und Ella hörte Anni gequält aufschreien. Dann waren Schritte auf dem Flur zu hören.

»Du wirst …« Die Stimme war dicht vor Heinrichs Zimmertür zu hören. »Du wirst jetzt dort bleiben, bis du nicht mehr wie eine Hure aussiehst, und dann wirst du diesen Mann heiraten. Dein unbotmäßiges Verhalten dulde ich nicht.«

Ella und Heinrich mussten mit anhören, wie Anni im Nebenzimmer zu Boden gestoßen wurde. Dann knallte die Tür, und ein leises Wimmern war zu hören.

Ella zitterte am ganzen Körper.

Heinrich schien ihren Zustand zu bemerken, war aber selbst kreidebleich. »Nein, nein! Du kannst nichts dafür«, sagte er mit belegter Stimme und kam auf Ella zu. »Es ist allein ihre Schuld.«

Ella schluchzte leise, löste sich dann aber aus ihrer Erstarrung und machte Anstalten zu gehen. Allerdings konnte sie nicht mehr klar denken und hatte große Angst um Anni.

Heinrich schnitt ihr den Weg ab. »Bleib hier! Du kannst ihr nicht helfen. Mein Vater … ich kenne ihn. Er wird sich gleich nach vorn in das Foyer begeben. Wenn er dich hier erwischt …« Heinrich deutete auf Annis Zimmertür. »Sie ist sein Fleisch und Blut, und du hast gehört, was er getan hat.« Fahrig strich er sich durch das Haar. »Ich hätte nicht nach Haus kommen dürfen. Er wird sich nie ändern.«

Ella starrte Heinrich mit großen Augen an. Sie hatte nicht gewusst, mit welcher Strenge Herr Konrad seine Kinder behandelte.

Hilflos hob Heinrich die Hände. »Ja, seit unsere Mutter nicht mehr lebt … Er hat uns mit harter Hand erzogen. Bei unserer Tante war Anni sicher, aber sie wurde ja zurückgerufen. Und ich …« Er schüttelte den Kopf. »Im Hotel wird Vater gleich so tun, als wäre nichts geschehen. Anni allerdings … Man wird sie wohl einige Tage nicht zu Gesicht bekommen. Ich sage nachher der Mamsell

Bescheid. Sie ist schon so lange im Haus … sie weiß … sie kümmert sich.«

Als endlich Ruhe herrschte, schob Heinrich Ella aus der Tür und schickte sie die Stiege hinab. Es war der erste Tag, an dem Ella ihre Arbeiten in den Privaträumen nicht mehr verrichtete. Diese Aufgabe übernahm die Mamsell höchstpersönlich. Mit versteinerter Miene trug sie mehr Waschkrüge in die Privaträume als sonst und legte verschwiegen zwei blutige Handtücher in der Waschküche ab. Alle schwiegen. Die Mamsell und Gerda schüttelten betroffen die Köpfe, ohne sich dabei anzusehen. Ella spürte, dass Herr Konrad wohl nicht zum ersten Mal einen gewalttätigen Ausbruch gehabt hatte.

»Ella, ich übernehme für einige Tage den Dienst bei den Konrads. Du gehst der Sofie zu Hand.« Dies war die einzige Anweisung, die sie von der Mamsell hörte.

12

In der nächsten Nacht schlief Ella schlecht. Die Geräusche, die sie während des Streits gehört hatte, wiederholten sich pausenlos in ihrem Kopf. Ob es Anni gut ging? Dazu kam der erste große Herbststurm, der über Stunden an den Fensterläden der Kate rüttelte. Mehrmals stand Ella auf, um nach dem Ofenfeuer und nach ihrer Mutter zu sehen. Der setzte das feuchtkalte Wetter bereits wieder zu, und sie schlief unruhig auf ihrem Lager in der Stube.

Mit Sorge brach Ella am nächsten Morgen zu ihrer Arbeit im Hotel auf. Der Wind trieb immer noch Regenschauer vor sich her. Überall lagen Äste auf dem Weg, und am Strand erspähte sie Berge an Treibgut. Wäre sie nicht so in Eile und Sorge gewesen, hätte sie nach Brauchbarem gesucht, doch danach war ihr diesmal nicht zumute. Die Überbleibsel des Sturms wären sicher auch noch Tage später am Strand zu finden.

Vor dem Hotel angekommen, beobachtete Ella, wie der Kutscher sich mühte, einen großen Ast vom Stalldach zu ziehen. In der Küche war es noch still. Ella huschte hinein, entzündete eine Öllampe und schürte das Feuer im großen Küchenofen an. Gerda traf kurz nach ihr ein und nickte nur wohlwollend. »Das war kein guter Tag gestern, und dann noch dieser Sturm heute Nacht.« Die Köchin machte sich an die Arbeit. Ella ging ihr zur Hand und stellte die Tabletts auf den Tisch. Auf dem dritten ließ sie kurz ihre Hand ruhen.

Mit forschen Schritten kam die Mamsell in die Küche. »Guten Morgen.«

»Guten Morgen«, sagten Gerda und Ella wie aus einem Mund. In diesem Augenblick betrat auch Sofie den Raum.

Eigenhändig kümmerte sich die Mamsell um die Kaffeekannen und Tassen. Ella wollte sich gerade anschicken, mit Sofie die ersten Räume zu reinigen, da waren schnelle Schritte auf der hinteren Stiege zu hören.

Im Pyjama kam Heinrich ins Untergeschoss geeilt. »Ist sie hier?«

Sofie und Ella starrten ihn nur verblüfft an. Die Mamsell erschien im Durchgang zur Küche. »Heinrich, was tun Sie hier?« Außer Herrn Konrad selbst war sie die Einzige, die Anni und Heinrich beim Vornamen nennen durfte.

»Sie ist weg! Ich wollte nach ihr sehen, und … sie ist nicht in ihrem Zimmer.«

»Hier ist sie auch nicht. Sofie, Ella, lauft! Seht im Saal und in den Salons nach! Und in den Kammern!« Aufgeregt wedelte die Mamsell mit den Händen.

Die beiden Hausmädchen eilten los. Sie suchten in allen Räumen. Trafen sie sich auf einem der Korridore, schüttelten beide jedes Mal die Köpfe. Zum Schluss rannten sie die Stufen zu den Dienstbotenkammern hinauf. Die Tür der Mamsell war verschlossen, aber hier würde sich wohl niemand verstecken. Ohne anzuklopfen, riss Sofie die Tür zu Philipps Zimmer auf.

»Er ist auch weg!«, rief sie Ella zu.

Ella spähte in das leere Zimmer. Nichts ließ mehr darauf schließen, dass noch vor Kurzem der Musiker hier gewohnt hatte.

»Ist er … ist er gestern abgereist?« Ella konnte sich nicht erinnern, ihn gesehen zu haben. Aber sie hatte auch nicht darauf geachtet.

»Verflixt!« Sofie schüttelte den Kopf. »Das Fräulein wird doch keine Dummheit begangen haben!«

Ella machte auf dem Absatz kehrt und rannte wieder ins Untergeschoss. Sofie folgte ihr.

Heinrich stand noch immer bei Gerda in der Küche. »Habt ihr sie gefunden?«

»Nein«, antwortete Sofie.

Inzwischen hatte Ella ihren Mantel vom Haken genommen und hastete zur Tür.

»Wohin willst du?«, rief Gerda verwundert.

Doch Ella war schon auf und davon. Eine düstere Vorahnung hatte Besitz von ihr ergriffen. Sie rannte zum Strand und von dort weiter in Richtung des Kliffs. Ihre Lungen brannten, es regnete immer noch, der Sand war nass und tief, und überall lag Schwemmgut herum. Als sie die Steilküste erreichte, kam sie nicht weiter. Die Wellen fraßen sich noch immer in den Sand der Dünen. Sie kehrte um und machte sich auf den Weg zum Rand der Steilküste. Der scharfe Wind trieb ihr Tränen in die Augen, doch sie eilte weiter. Plötzlich erspähte sie etwas zwischen dem Strandhafer. Dort lag etwas. Unvermittelt blieb sie stehen. Dann ging sie zögernd darauf zu.

Das Kliff ist meine letzte Rettung. Nur hier bin ich vor meinem Vater sicher. Annis Worte hallten in Ellas Kopf wider.

Erst sah es so aus, als läge dort ein Mensch. Das Herz klopfte Ella bis zum Hals. Dann aber sah sie, dass es nur ein Mantel war. Annis Mantel. »Nein!« Gequält seufzte sie auf und näherte sich dem Kleidungsstück, das nass und verschmutzt am Boden lag. Daneben entdeckte sie einen Schuh im Sand. »Nein, Anni!«, schrie sie und umschlang ihren Oberkörper mit den Armen. »Nein!« Hilfe suchend sah sie sich um. Doch weit und breit war niemand zu entdecken. Zu ihren Füßen, fast siebzig Meter tief unten, donnerten die Wellen grollend auf das Land. Ella bückte sich, hob den nassen Mantel auf und presste ihn an sich. Dann rannte sie zurück zum Hotel. Sie war völlig durchnässt und schmutzig, doch sie stieg eilends die Eingangstreppe hinauf, die sonst nur den Gästen vorbehalten war. Die Eingangshalle war leer.

»Hilf…« Ella bekam kaum einen Ton heraus. »Hilfe! Zu Hilfe!«, rief sie. Als Erster stürzte der Portier Herr Walter herbei. Er schien nicht zu ahnen, was vor sich ging. »Was …?« Da schob sich schon die Mamsell an ihm vorbei, gefolgt von Heinrich. Auf der anderen Seite erschien Herr Konrad aus seinen Privaträumen.

»Hilfe!«, stieß Ella noch einmal mit erstickter Stimme hervor und hielt den nassen Mantel hoch.

»Wo hast du den Mantel gefunden?« Prüfend begutachtete die Mamsell das nasse Kleidungsstück.

»Ist er … ist er das …?« Heinrich beugte sich ebenfalls über das Fundstück.

»Was ist hier eigentlich los?« Herr Konrad stemmte die Hände in die Seiten. »Warum steht das Dienstmädchen tropfnass und schmutzig in der Eingangshalle?«

Heinrich fuhr herum und durchbohrte seinen Vater mit

einem wütenden Blick. »Anni ist fort. Und das …« Anklagend wies er auf den nassen Mantel.

»Nein!« Herr Konrad trat auf Ella zu.

Die zuckte ängstlich zurück und landete in den Armen der Mamsell, die sie schützend festhielt.

»Wo … ist … meine Tochter?«, donnerte Herr Konrad los und riss Ella den Mantel aus den Händen.

Ella schluchzte. »Wir haben sie gesucht … ich … am Strand.«

»Wo hast du den Mantel gefunden?« Herr Konrad beugte sich drohend zu Ella herab.

»An … an der Steilküste, oben auf dem Kliff.«

»Verdammt! Walter! Sofort zum Hafen, ob dort ein Schiff liegt! Heinrich, steh nicht herum! Zieh dich an und nimm den Kutscher mit! Wir müssen sie finden.«

Plötzlich rannten alle durcheinander. Nur Ella stand noch immer im schützenden Arm der Mamsell. »Komm, Mädchen! Komm mit!« Sie nahm Ella an die Hand.

Wenig später kauerte Ella zitternd am Herdfeuer in der Küche. Die Mamsell und Gerda bedachten sie abwechselnd mit besorgten Blicken. Gerda reichte ihr einen Becher mit heißer Milch, doch Ellas Kehle war wie zugeschnürt.

Sie wusste nicht, wie lange sie dort gesessen hatte, als irgendwann Heinrich wieder in die Küche kam. Er war nass und kreidebleich, sein Haar vom Wind zerzaust. Die Frauen sahen ihn alle gleichermaßen hoffnungsvoll an. Er schüttelte nur den Kopf. »Wir haben sie nicht gefunden. Wir haben sie nicht gefunden.«

Der Winter legte sich wie ein dunkles Tuch über das Hotel. Ella gab sich alle Mühe, ihr Tagwerk zu verrichten. Der alte

Herr Konrad schien binnen weniger Wochen um Jahre zu altern. Sein Haar wurde grau, und sein Gesicht wirkte eingefallen. Wenn Ella ihm am Morgen den Kaffee brachte, stand oft schon eine gläserne Karaffe mit Cognac auf dem Tisch. Der Geruch des scharfen Getränks stieg ihr unangenehm in die Nase. Da saß er, die Tageszeitung in der Hand, und richtete den Blick ins Leere. Ella gab sich Mühe, nicht aufzufallen und besonders leise zu sein. Sie bemerkte, dass das Bild von Annis Mutter von der Wand verschwunden war. Irgendjemand hatte es gegen ein Landschaftsgemälde ausgetauscht, doch auf der Tapete war noch der Rand zu erkennen, wo es vorher gehangen hatte. Wie auch dieser Rand verblasste die Erinnerung an Anni nicht so schnell. Ihr Zimmer blieb nach wie vor unberührt. Noch hatte es niemand gewagt, über die Schwelle zu treten. In den ersten Tagen, seit sie die Herrschaften wieder bediente, hatte Ella vor dieser Tür innegehalten und gelauscht, ob nicht doch ein Laut aus dem Zimmer nach draußen drang. Stattdessen hörte sie im Geist den dumpfen Ton, den sie vernommen hatte, als der Vater seine Tochter an jenem verhängnisvollen Tag zu Boden gestoßen hatte. Wenn sie daran dachte, lief Ella jedes Mal aufs Neue ein Schauer über den Rücken.

Heinrich trug schwer an dem Verlust der Schwester. Zunächst war er sehr schweigsam gewesen, dann aber hatte er Ella kleine Geschichten aus seiner Kindheit erzählt. Er saß einfach da, beobachtete sie bei ihrer Arbeit und sprach mit leiser Stimme. Ella hätte ihn gern getröstet, in die Arme genommen. Doch das stand ihr nicht zu. Zwischen den beiden entwickelte sich jedoch eine gewisse Nähe. Ella erzählte vom Verlust ihres Vaters und wie sehr Anni sie und ihre Mutter während der Kriegsjahre unterstützt hatte. Sie wusste, er würde sie bei seinem Vater nicht anschwärzen.

Heinrich nickte anerkennend. »Ja, sie hatte ein gutes Herz.«

Nach einigen Wochen hielt es Ella nicht mehr aus. An einem Morgen, sie war mit den Zimmern fertig, und sowohl der alte Herr Konrad wie auch Heinrich hatten ihre Räume verlassen, da blieb sie vor Annis Tür stehen. Nach anfänglichem Zögern drückte sie die Klinke nach unten. Die Tür war nicht verschlossen. Sie huschte über die Schwelle. Das Zimmer wirkte düster, die Vorhänge standen nur einen Spaltbreit offen. Alles war sorgfältig aufgeräumt. War dies ein Werk der Mamsell? Ella erinnerte sich noch, wo Annis Haare auf dem Boden gelegen hatten, aber dort glänzten die Dielen peinlich sauber im schwachen Licht. Auch das Bett war frisch bezogen. Ella sah sich zaghaft um und erschrak, als sie das Bildnis von Heinrichs und Annis Mutter plötzlich an der Wand entdeckte. Die Augen der verstorbenen Frau Konrad schienen sie vorwurfsvoll zu mustern. Rasch wandte sie den Blick ab. Dass sie hier herumschnüffelte, war ungehörig. Doch trotz aller Bedenken trat sie an Annis Schminkkommode. Die Zeitschrift, die zuletzt dort gelegen hatte, war verschwunden. Die Döschen mit dem Puder standen wohlsortiert vor dem Spiegel und schienen nur darauf zu warten, dass Anni gleich hereinkam und sich an ihren Platz setzte. Ella seufzte leise, und eine kalte Hand schien nach ihrem Herzen zu greifen.

Zaghaft berührte sie das weiß lackierte Holz. Dann entdeckte sie den Griff der Schublade unter der Platte der Kommode. Ohne nachzudenken, zog sie diese einen Spaltbreit auf, stutzte und öffnete sie dann ganz. In diesem Fach hatte Anni ihren Schmuck aufbewahrt. Es war leer. In Ellas Kopf überschlugen sich die Gedanken. Sie wusste ganz genau, was dort gelegen hatte. Kleine Goldringe, die Anni im Krieg nicht abgegeben hatte, obwohl die Bevölkerung dazu aufgerufen worden war. Drei Colliers mit blauen und roten Steinen. Diese hatten früher Annis Mutter gehört. Dazu Ohrstecker und Armreifen. Alles war verschwunden. Ella fasste sich an den Hals, wo der kleine Bernsteinanhänger hing. Auch der von Anni hatte hier in der Schublade gelegen, wenn sie zu ihren Kleidern anderen Schmuck getragen hatte. Sie hatte ihn aber immer sofort wieder angelegt, wenn es ihre Alltagskleidung zuließ. Nachdenklich schürzte Ella die Lippen. Hätte Anni den gesamten Schmuck angelegt, wenn sie vorgehabt hätte, in die Ostsee zu gehen? Auch war der Mantel, den Ella gefunden hatte, nur ihr Alltagsmantel gewesen. Ruckartig drehte sich Ella um und trat an den Kleiderschrank. In diesem sah es fast genauso aus wie am letzten Tag, als Anni noch anwesend gewesen war. Fast! Da Ella mit dem Inhalt des Schranks bestens vertraut war, fiel ihr sofort auf, dass hier und da ein Stück fehlte. So auch das gelbe Kleid, einige Teile der Unterwäsche und drei Paar Schuhe. Ein Schuh hatte allerdings am Strand gelegen. Ella schloss die Tür und starrte auf das weiße Holz. Sie hatte den Schrank so oft bestückt, sie kannte jedes Kleidungsstück, das darin aufbewahrt wurde. War dies hier nur ihr aufgefallen? Das konnte sie sich nicht vorstellen. Zudem hatte niemand ein Wort darüber verloren, dass am Tag vor der stürmischen Herbstnacht der Pianist Philipp überstürzt abgereist war.

Seit Annis Verschwinden horchte Ella oft in sich hinein,

und eine innere Stimme sagte ihr, dass Anni nicht in den Tod gegangen war. Diese Stimme regte sich nun wieder. Sie rang nach Luft und hielt sich den Mund zu, um nicht laut aufzuschluchzen. Dann verließ sie in aller Eile das Zimmer. Wo auch immer Anni sein mochte … sie wäre wohl kaum mit ihrem gesamten Schmuck und mehreren Kleidern übereinander in die Ostsee gesprungen. Dies musste auch der alte Herr Konrad wissen.

13

Laboe, im Mai 2019

Ich weiß nicht mehr, was ich glauben soll. Zwei geliebte Menschen habe ich verloren. Bei beiden hege ich dennoch die Hoffnung, dass sie eines Tages wiederkehren. Diese Hoffnung kann ich aber mit niemandem mehr teilen. Herr Konrad hat Anni für ertrunken erklärt. Fast hat es den Anschein, als wolle er jede Erinnerung an sie im Keim ersticken. Niemand im Hotel wagt, ihren Namen auszusprechen, mit Ausnahme von Herrn Heinrich. Aber auch ihm gegenüber traue ich mich nicht, meinen leisen Verdacht auszusprechen. Seine Trauer ist tief und die Wut auf seinen Vater sehr groß. Sein Vater hat ihn angewiesen, von nun an im Haus zu bleiben. Er solle sich an den Gedanken gewöhnen, das Hotel zu übernehmen. Ich weiß nicht genau, warum Herr Heinrich seinem Vater so ein Dorn im Auge zu sein scheint, aber erfreut sind sie beide nicht darüber. Herr Heinrich fühlt sich dennoch verpflichtet, das Erbe seiner Familie anzutreten. Ich hoffe, dass er dieser Aufgabe standhält. Vielleicht wird der Frühling wieder etwas Wärme und Licht in dieses Haus bringen, bevor alle Herzen zu Eis erstarren.

Eine laut schwatzende Gästegruppe überfiel die Terrasse der Pension Broecker. Kathrin schrak auf und schickte sich an, eiligst ihren Platz zu räumen. Sie war noch ganz versunken in die Geschichte des Fischermädchens. Wie schrecklich musste die Ungewissheit gewesen sein, ob ihre Freundin noch lebte oder doch Selbstmord begangen hatte.

Kathrin legte ihre Sachen in der Küche ab und half ihrer Mutter, den Gästen Getränke und Kuchen zu servieren. Danach stand sie leicht unschlüssig herum.

»Fahr doch die Nicole besuchen!«, schlug ihre Mutter vor und lächelte aufmunternd.

»Meinst du?«

»Ja, die freut sich. Jedes Mal, wenn wir uns treffen, fragt sie nach dir. Ihr sprecht ja auch nicht mehr so oft miteinander …«

Während ihre Mutter nochmals Kaffee aufsetzte, kramte Kathrin ihr Handy aus der Tasche. Nicht zögern, machen!, befahl sie sich im Stillen. Wenn sie allzu lange darüber nachdachte, kniff sie am Ende vielleicht doch noch. Sie suchte Nicoles Nummer heraus und schrieb ihr eine Nachricht. *Hallo, bin in Stein. Hast du Zeit? Ich könnte vorbeikommen. LG Kathrin.*

Es dauerte nicht lange, bis Kathrin von Nicole eine Antwort erhielt.

Klar, gern! Komm rüber!

Kathrin musste lächeln. »Na gut, dann fahre ich mal zu Nicole.«

Ihre Mutter freute sich. »Prima. Viel Spaß und grüß schön!«

Kurz darauf fuhr Kathrin schon auf der Landstraße Richtung Brodersdorf. Mit dem Auto waren es gerade mal zehn Minuten. Wie gering eine Entfernung sein konnte und die Distanz dennoch so groß! Kathrin war leicht nervös. Wie lange hatte sie Nicole nicht mehr gesehen? Das musste schon wieder gut zwei Jahre her sein. Seinerzeit war Nicole gerade mit ihrem vierten Kind schwanger gewesen.

Nur Minuten später lenkte Kathrin das Cabrio auf den Hof des großen landwirtschaftlichen Anwesens der Familie Hellmann. Rings um den gepflasterten Hof reihten sich Stallungen und Hallen hufeisenförmig aneinander. Ganz rechts lag das Bauernhaus, umrahmt von hohen Bäumen. Große Landmaschinen standen unter den Hallendächern, und ein gelber Labrador lief schwanzwedelnd auf Kathrins Auto zu. Sie parkte den Wagen und stieg aus. Der Hund begrüßte sie überschwänglich und ließ einen Tennisball vor ihre Füße fallen. »Na, wer bist du denn?« Kathrin nahm den Ball und warf ihn ein Stück weit fort. Glücklich wedelnd sprang der Hund hinterher und kam gleich darauf zurück. Vor der großen Halle, die als Kuhstall diente, kurvte ein Kind mit seinem Bobbycar umher. Kathrin ging darauf zu, denn weit konnte Nicole auch nicht sein. Das kleine Mädchen trug eine rosafarbene Jacke, eine Mütze mit Bärenohren und hatte rote Pausbacken. Der Labrador wackelte neben Kathrin her, und das Mädchen beäugte die Besucherin halb neugierig, halb schüchtern. »Hallo!«, sagte Kathrin, aber das Kind lächelte nur verlegen. Aus dem Stall waren Geräusche zu hören, und Kathrin ging einfach hinein. »Hallo!«, rief sie etwas lauter.

»Ich bin hier! Im Melkstand!«, tönte es aus einem abgetrennten Bereich. Kathrin sah sich kurz bei den Kühen in der luftigen Halle um. Es waren viele. Einige hatten sich auf dem Boden niedergelassen und kauten, andere standen an den halb offenen Seiten in der Sonne. Es roch feinwürzig nach Silage und Holzspänen.

Nicole stand in Gummistiefeln und Gummihose im Melkbereich und hielt einen langen Wasserschlauch in den Händen. Als sie Kathrin entdeckte, ließ sie den Schlauch fallen und kam auf ihre Freundin zu. »Hallo, wie toll! Ich freue mich so.« Sie breitete die Arme aus und musste gleichzeitig lachen, denn Kathrin hob abwehrend die Hände.

»Ich freue mich auch, aber …« Kathrin wich lachend einen Schritt zurück.

»Keine Sorge, ich bin sauber! Guck nur – nirgends eine Spur von Kuhkacke!« Nicole sah an sich hinab.

Währenddessen tappte das kleine Mädchen an ihnen vorbei und näherte sich zielstrebig dem Wasserschlauch. »Pia, nein!«, rief Nicole und kam ihrer Tochter zuvor. Die Kleine quittierte das Verbot mit einem trotzigen Blick und trollte sich.

Nicole richtete den Wasserstrahl wieder auf den höher gelegenen Teil des Melkstands, wo die Kühe sonst kreisförmig aufgereiht wurden. Kathrin wusste von früher, wie es hier zuging. An der einen Seite betraten die Tiere den Melkstand und trotteten nach dem Melken auf der anderen Seite zurück in den Stall. Von der tieferen Grube in der Mitte aus wurden die Euter von Hand gereinigt. Dann wurde jede Kuh überprüft und das Melkgeschirr angelegt. Dies geschah zweimal am Tag. Einmal in aller Herrgottsfrühe und einmal am Abend. Kathrin hatte sich nie vorstellen können, so etwas ein Leben lang tun zu müssen. Nicole hingegen kannte den Tagesablauf vom elterlichen Hof, und es war immer klar gewesen, dass auch sie eines

Tages einen Landwirt zum Mann nehmen würde. Kathrin musste lächeln. Nicole war schon lange mit Simon zusammen, und nach so mancher Party und durchzechter Nacht hatte Kathrin ihre Freunde gleich noch zum morgendlichen Melken begleitet. Den Kühen war es gleichgültig, ob man müde oder halb betrunken war, sie mussten gemolken werden.

»Ich mache das hier gerade noch fertig, in Ordnung?« Nicole bedeutete Kathrin, dass sie draußen warten solle.

Also begab sich Kathrin nach vorn in den Stall, und der Labrador brachte ihr gleich wieder den Ball. Das kleine Mädchen kurvte mit seinem Plastikgefährt geräuschvoll über den Hof. Vor dem Wohnhaus standen mehrere größere Kinderräder. Kathrin seufzte leise vor sich hin.

»So, da bin ich. Und jetzt können wir auch ...« Nicole kam auf Kathrin zu und hatte ihre Gummikleidung abgelegt. Nun trug sie zerschlissene Jeans, einen schlabberigen Pulli und Gummigaloschen. Nicole war etwas kleiner als Kathrin und früher immer eine recht zarte Person gewesen. Inzwischen hatten sich ihre Hüften leicht gerundet, und auch das Gesicht schien etwas voller geworden zu sein. Sie hatte noch immer langes blondes Haar, das sie zum Pferdeschwanz gebunden hatte, und ihre Augen leuchteten wie eh und je. Vielleicht wirkte sie etwas müder als früher, und auch die Ringe unter den Augen waren nicht zu übersehen. Aber dafür, dass Nicole mit Haus, Hof und vier Kindern sicher viel leistete, sah sie bemerkenswert fit aus. Kathrin schalt sich sogleich für ihr aufkeimendes Mitleid. Nur weil sie selbst bei einem derartigen Pensum nach drei Tagen auf dem Zahnfleisch gegangen wäre, konnten andere doch durchaus ihre Erfüllung in einem solchen Leben finden.

Jetzt umarmte Kathrin ihre alte Freundin. »He, du siehst gut aus!«

»Danke, du auch. Schicker Flitzer.« Nicole deutete auf das Cabrio.

»Nur geliehen, ich habe immer noch kein eigenes Auto.«

Nicole lächelte. »Nicht? Und ich dachte, du bist so eine Schickimicki-Großstadttussi mit cooler Altbauwohnung, schnellem Auto und jeden Abend Cocktails.«

Der Labrador winselte.

Mit einem Fuß kickte Nicole den Ball weg.

Kathrin schüttelte den Kopf. »Cocktails … nein, eher Chips, Sofa und immer noch Dachgeschoss.«

Nicole knuffte Kathrin mit dem Ellbogen in die Seite. »Na, dann bin ich ja beruhigt. Komm, ich muss noch die Ponys füttern. Pia? Pia!« Nicole zog ihre Freundin mit sich, und auch das kleine Mädchen fuhr ihnen hinterher.

»Ponys?«, fragte Kathrin. Nicole war als Jugendliche viel geritten, hatte es aber später aufgegeben. Kathrin selbst mochte Pferde, hatte zusammen mit Nicole auch einige Reitstunden genommen, aber Reiten war nicht ihr Sport gewesen. Putzen, füttern und schmusen, ja … raufklettern, nein.

Nicole hob theatralisch die Arme. »Shetlandponys. Zwei Stück. Claus und Emil. Ich sage dir … der Hof, die Kühe … die Kinder. Alles kein Problem. Aber diese Ponys, die machen mich noch fertig. Mein Schwiegervater hat sie Paula geschenkt, meiner Zweitältesten. Die ist jetzt acht. Und wer muss sich drum kümmern? Ich.«

Sie gelangten an eine kleine Koppel, die brusthoch mit Holzbrettern eingezäunt war. »Da, sieh nur! Bei einer Kuh reicht ein dünner Draht, bei diesen Ponys … sie würden wahrscheinlich sogar die Chinesische Mauer überwinden.«

Hinter dem Bretterzaun tauchten zwei schwarze Nasen auf, die sich erwartungsvoll in die Höhe reckten.

»Aber Nicole, die sind doch süß!«, quietschte Kathrin begeistert und strich über die warmen, weichen und ziemlich kleinen Nüstern der Ponys.

Nicole lachte verzweifelt. »Süß? Du kannst sie haben. Kein Problem. Ich packe sie dir gleich auf den Rücksitz. Das sind kleine schwarze Teufel, sage ich dir.«

Empört meldete sich jetzt das kleine Mädchen zu Wort, das bereits einen Sack mit Heu hinter sich herzog. »Mama! Claus und Emil bleiben!«

Nicole und Kathrin lachten. Kathrin beugte sich zu der kleinen Pia hinunter. »Keine Sorge! Ich nehme die Ponys ganz bestimmt nicht mit. Sind das deine Freunde?«

Die kleine Pia strahlte. »Emil reiten … Opa mit Emil und Claus Kutsche fahren.«

Kathrin nickte anerkennend.

»Ja, und ich kann die kleinen Biester immer irgendwo einfangen. Neulich sehe ich aus dem Küchenfenster zu den Ponys hinüber und denke noch: Ach, wie schön! Sie lagen so friedlich im Sand. Keine zwanzig Minuten später ruft mich die Holle Meyer an, du weißt schon … die vom Nachbarhof, und kreischt mich an, unsere Ponys würden ihre Wäsche fressen. Ich im Schweinsgalopp dort rüber, und was war? Die beiden schwarzen Monster hatten binnen Minuten den Garten von Holle verwüstet. Claus rannte mit einer Unterbuxe vom alten Meyer um die Ohren durchs Gemüsebeet, und Emil planschte im Gartenteich.«

Kathrin lachte herzhaft, auch weil ihre Freundin so

grimmig schaute. Währenddessen gaben die beiden Ponys ein leises Wiehern von sich, das bald darauf in ein aufforderndes Brummen überging. »Nein, Nicole, so was tun die doch nicht. Die sind bezaubernd.«

Ergeben hob Nicole die Hände. »Glaubt mir ja keiner, was hier manchmal abgeht. Ein Irrenhaus ist nichts dagegen. Komm, wir füttern die Racker, und dann spendiere ich einen Kaffee.«

In der geräumigen Küche des Bauernhofs trafen sie Nicoles Schwiegermutter.

»Oh, hallo! Dich habe ich ja lange nicht mehr gesehen.« Frau Hellmann strahlte vor Wiedersehensfreude. »Schön, dass du uns mal besuchen kommst. Nicole, soll ich Torsten gleich vom Fußball abholen?«

»Ja, das wäre lieb. Dann können Kathrin und ich noch ein bisschen quatschen.«

Thorsten, Paula ... Kathrin musste überlegen, wie das dritte Kind von Nicole hieß ... Junge, Mädchen, Junge, Mädchen ... Thorsten, Paula, Lars und Pia.

Nicole schien die Gedanken ihrer Freundin lesen zu können. »Thorsten ist jetzt zwölf, Paula neun, Lars sechs und Pia zwei. Komm, setz dich!«

Nicole und ihre Familien wohnten im Obergeschoss des Hofs, aber die Küche der Schwiegereltern war der Dreh- und Angelpunkt des Hauses. Hier stand ein langer Holztisch, und es gab eine große Küchenzeile, die mit Kochutensilien vollgepackt war. Kathrin stellte sich die vielen hungrigen Esser vor, die jeden Tag um den Tisch herumsaßen. Zudem gab es einen wuchtigen grünen Kachelofen, der dem Raum viel Gemütlichkeit verlieh.

Nicole schob Hefte und Spielsachen beiseite, stellte eine Kaffeekanne und zwei Tassen auf den Tisch, setzte sich und zog die kleine Pia auf den Schoß. Das Mädchen angelte sogleich nach einem Teller mit Keksen, griff nach einem und zerkaute ihn genüsslich.

Kathrin nahm Nicole gegenüber Platz.

»Nun erzähl mal, was gibt's Neues bei dir in Hamburg? Und was treibt dich in die Provinz?«

»Puh ... Viel Neues kann ich nicht berichten. Arbeit ... Arbeit ... und sonst nichts Nennenswertes. Ich schreibe eine Artikelserie über die Ostseebäder. Und da dachte ich mir, es wäre schön, zu Hause anzufangen.«

»Warst du schon in Laboe?«

Kathrin lächelte. »Ja, bei Luigi habe ich schon einen Kaffee getrunken.«

»Oh! Na, dann wissen ja alle, dass du wieder da bist.« Auch Nicole lächelte. »Ach, weißt du, ich komme viel zu selten raus. Luigi ... da haben wir früher doch stundenlang herumgesessen. Hast du von Heike gehört?« Nicole schob Kathrin den Teller mit den Keksen hinüber.

»Hm, nein ... die war doch in Lübeck ... Ärztin?«

»Zahnärztin, um genau zu sein. Vorletztes Jahr hat sie die Praxis ihres Vaters in Laboe übernommen.«

»Oh, wie schön!«

»Carsten und Franzi haben geheiratet, und Franzi ist schwanger. Wurde auch Zeit ... so lange in wilder Ehe ...«

»Kann ja nicht jeder so früh durchstarten wie du.« Kathrin deutete auf Pia.

»He, was heißt früh? Ich bin jetzt Mitte dreißig. In zehn Jahren sind alle Kinder aus dem Gröbsten raus, und ich kann das Leben wieder genießen.«

»Oder so …« Kathrin hob die Hände. »Da bin ich außen vor …«

Nicole lächelte schief. »Ja … Sag, hast du mal wieder mit Kai gesprochen?«

Kathrin hatte gewusst, dass Nicole die Frage stellen würde, doch der Dorn stach sofort wieder zu. Sie zog eine Grimasse. »Nein, hab ich nicht.«

Nicole seufzte. »Ach, Kathrin …«

Kathrin hob die Hand, um Nicole Einhalt zu gebieten.

»Nein, Kathrin … das muss dir mal jemand sagen. Zehn Jahre sind nun vergangen. Was gewesen ist … aber Kai hat sich geändert, glaub mir.«

Vor Empörung prustete Kathrin laut hörbar los. »Ach ja? Hat er? Und hat er inzwischen nicht auch Frau und Kinder?«

»Das weißt du nicht?« Verwundert schüttelte Nicole den Kopf.

»Was? Von seinem Familienglück und so was will ich echt nichts wissen.«

Nicole lachte auf. »Kathrin, komm mal wieder auf den Boden! Nichts dergleichen hat er. Das mit Frauke damals, das war nach zwei Jahren vorbei. Hat dir das niemand erzählt? Wahrscheinlich hat sich keiner getraut, weil du beim Namen Kai immer gleich hochgegangen bist wie eine Silvesterrakete. So, Schluss! Das ist zehn Jahre her. Ich will dir das jetzt mal sagen. Du versteckst dich seitdem in Hamburg … und er … ja, er war zwei Jahre mit ihr zusammen. Dann ist das aber mächtig in die Hose gegangen, und seitdem lebt er hier wie ein sauertöpfischer Einsiedler. Wahrscheinlich genauso wie du in deiner Großstadt.«

Kathrin starrte Nicole mit großen Augen an. Eine solche Standpauke hatte ihr schon lange niemand mehr gehalten.

»Und nur damit du's weißt. Nach Frauke hatte er keine andere Frau mehr. Nichts … nada. Aus dem einstigen Sonnyboy ist ein Eigenbrötler geworden. Und … auch wenn du's wahrscheinlich nicht wissen willst … er trauert dir nach. Er hat eingesehen, dass er damals einen Riesenfehler gemacht hat. Wobei …«, sie hob warnend einen Finger, »… du ja auch nicht ganz unbeteiligt warst. Du warst schon sehr … wie sagt man heutzutage … busy in deinem Job. Hast du mal daran gedacht, dass das für Kai vielleicht etwas … schwierig war? Er ist eben *nur* Kapitän eines Ausflugsschiffs. Ich glaube, er hatte einfach ein Problem damit, dass du in deinem Job so losgaloppiert bist. He! Du hast die Wohnung bezahlt … du hattest immer schicke Klamotten … und du warst viel unterwegs. Und er stand am Herd und kochte das Abendessen.«

»So war das nun auch wieder nicht …« Kathrin hörte selbst, wie gebrochen ihre Stimme klang. Nicht heulen!, befahl sie sich.

»Männer brauchen eben ab und zu das Gefühl, gebraucht zu werden. Du weißt schon … dass sie die Ernährer der Familie sind und so weiter. Ich glaube, das hat Kai damals so gefoppt. Deswegen hat er sich auch mit Frauke eingelassen. Er … er brauchte einfach eine Frau, die zu ihm aufsah, was er bei dir wohl … vermisst hat.«

»Ich …« Kathrin spürte, wie ihr die Tränen kamen. »Ich habe ihn geliebt … und dann muss ich erfahren, dass er fremdgeht mit dieser … dieser …« Jetzt heulte sie doch.

Die kleine Pia sah sie mitfühlend an. »Bist du traurig …

Keks?« Das Mädchen hielt ihr ein angekautes Plätzchen hin.

Unter Tränen musste Kathrin lachen.

Stolz strich Nicole ihrer kleinen Tochter über das Haar. »Guck, so sollte man das machen. Ärger … traurig … Keks … alles wieder gut.«

Kathrin schüttelte den Kopf. »Ja, aber so einfach ist es nicht.«

Nicole hob Pia vom Schoß, setzte sie auf den Boden, beugte sich über den Tisch und ergriff Kathrins Hände. »Jetzt bist du endlich mal hier. Nimm dir ein Herz und sprich wenigstens noch einmal mit ihm! Ich glaube, das täte euch beiden gut. Glaub mir!«

»Ich will es mir überlegen.«

»Gut. Und nur damit du's weißt … du bist hier jederzeit willkommen, und ich bin auch immer noch deine beste Freundin. Hörst du?«

»Nicole?«

»Hm?«

»Danke!« Kathrin fühlte sich in der Tat ein bisschen besser. Sie hatte sich vielleicht in den letzten Jahren mit ihrer Wut auf Kai zu sehr verrannt. Dass sie damals selbst nicht ganz unschuldig gewesen war, daran hatte sie noch nie gedacht. Nicoles Worte waren zwar hart gewesen, aber auch wie eine kalte Dusche an einem verkaterten Morgen.

»He, was ist denn hier los?« In seiner grünen Latzhose stürmte Simon in die Küche und winkte Kathrin freudig zu. »Dass du uns mal besuchst!« Die blauen Augen des jungen Landwirts strahlten. Nachdem er sich die Wollmütze vom Kopf gezogen hatte, stand sein strubbeliges blondes Haar wie immer zu Berge. »Ist noch Kaffee da? War noch ganz schön frisch draußen auf der Weide, aber der Zaun ist jetzt fertig.« Er setzte sich neben seine Frau und küsste sie auf die Wange.

»Mama! Mamaaa!« Ein ebenso blonder Junge stürmte in die Küche, gefolgt von einem etwas kleineren Kerl, der Tochter Paula und von Nicoles Schwiegermutter.

»Lars, schrei nicht so!« Nicole tätschelte dem Jungen den Kopf. Auch Schwiegervater Gerd kam noch hinzu, und ehe sich Kathrin versah, saß sie inmitten einer Großfamilie. Alle redeten durcheinander, alle knabberten Kekse, und die Kinder hatten Kakaobärte um die Münder, die sie mit den Ärmeln abwischten. Währenddessen wartete der freundliche Labrador unter dem Tisch sehnsüchtig darauf, dass irgendjemand seinen Ball wegschubste.

Voller Wärme betrachtete Kathrin ihre Freundin, den Mittelpunkt des allgemeinen Gewusels. Nicole hatte ihr Glück gefunden, und diesmal überkam Kathrin erstmals nicht jener leise Neid, den sie beim Anblick fröhlicher Familien so oft empfand. Nein, diesmal fühlte sie sich wie ein Teil der fröhlichen Runde.

Als Kathrin sich am Abend in ihr Bett im Rosenzimmer kuschelte, fühlte sie sich erleichtert. Nicoles klare Worte hatten die grauen Schleier auf ihrer Seele beiseitegeschoben. Die Erkenntnis, dass es auch in Kais Leben nach der Trennung nicht gerade glattgelaufen war, beruhigte sie, ohne Schadenfreude hervorzurufen. Sie hatte sich in der Tat in die Vorstellung verrannt, dass er mit Familie und allem Drum und Dran glücklich sei. Dass auch er womöglich nicht glücklich war, daran hatte sie gar nicht gedacht. Und da niemand das Thema Kai hatte ansprechen dürfen, war ihr nichts zugetragen worden. Sie empfand auch keine Eifersucht mehr. Natürlich war es anfangs schwer gewesen, aber mit den Jahren war der Schmerz verblasst und hatte eigentlich nur ein Gefühl von Trauer hinterlassen. Ein Loch, das sie nicht hatte füllen wollen. Aber das war ihr Problem und nicht seine Schuld. Ob sie ihm inzwischen wieder ganz neutral begegnen konnte? Sie seufzte. Das würde sie wohl nur erfahren, wenn sie ihm tatsächlich gegenüberstand. Ob sie insgeheim immer noch mit ihm zusammenkommen wollte oder ob ihr gekränkter Stolz bloß nach einer Genugtuung verlangte, das wusste sie nicht. Kein Mann hatte auch nur annähernd jene Gefühle in ihr ausgelöst, die sie für ihn gehabt hatte. Allerdings hatte sie auch keinen anderen Mann an sich herangelassen und sich mit einem ehernen Schutzschild umgeben. Der hatte aber plötzlich dünne Stellen bekommen. Der Nachmittag in Nicoles Familie hatte lange unterdrückte Gefühle in ihr geweckt. Sie wollte irgendwann eine Familie, Kinder … ein Zuhause. Dies alles würde sie aber nie bekommen, wenn sie auf immer und ewig in der Dauerschleife der Vergangenheit hängen blieb. Sie hörte ihren Schutzschild förmlich knacken und zerbrechen. Doch diesmal hatte sie keine Angst davor, was ihr die Zukunft womöglich noch bringen mochte. Es wurde Zeit, endlich wieder vorwärtszugehen. Die ersten Schritte hatte sie inzwischen schließlich schon hinter sich.

Sie nahm das alte Tagebuch noch einmal zur Hand. Auch für das Fischermädchen war es weitergegangen. Die junge Ella hatte wohl gedacht, nach Annis Verschwinden werde ihre Welt stillstehen oder gar zerbrechen, doch irgendwie ging es doch weiter.

14

Laboe, im Frühsommer 1920

Sie nennen diese Musik Jazz, und es sieht schon seltsam aus, wenn im Saal so wild herumgezappelt wird, statt sich sittsam wie beim Paartanz zu bewegen. Es war das erste Mal, dass Herr Heinrich sich gegen seinen Vater durchgesetzt hat. Er hat die Liebe zum Hotel durchaus wiedergefunden und betreut die Gäste sehr gern. Sein Vater ist an manchen Tagen auch kaum noch in der Lage dazu. Manchmal kann ich sein Schlafzimmer nicht machen, weil er noch zu Bett liegt, am helllichten Tag.
Als im Frühjahr die ersten Gäste kamen, waren wir alle überrascht, wie schnell sich das Leben woanders doch wohl verändert. Damit hatte die liebe Anni wohl gar nicht so verkehrt gelegen. Der alte Herr Konrad hingegen ist da sehr steif und hält eisern an der guten alten Zeit *fest. Es gab wieder Streit. Doch diesmal hat Herr Heinrich recht behalten. »Vater, wir haben keinen Kaiser mehr«, hat er ihn beschworen. Und der alte Herr Konrad gab nach, auch weil seine Gäste ihn dazu drängten. So gab es zwei wichtige Änderungen im Hotel. Zum einen wurde die strikte Trennung des Damen- und Herrensalons aufgehoben.*

Da hat sogar die Mamsell erschrocken dreingeschaut, als hätte Herr Heinrich verkündet, die Gäste würden fortan unbekleidet herumlaufen. Doch es kommen nun auch wieder jüngere Paare, und die möchten nicht getrennt den Tag verbringen. In den Salons rauchen nun auch die Damen. Nicht die schweren Pfeifen oder die langen Zigarren, sie rauchen Zigaretten. Auch etwas, worüber die Mamsell den Kopf schüttelt. Zudem sehen die jungen Damen aus, als gingen sie im Nachtgewand umher. Die Kleider sind lang und eng, man erkennt die Frauen auf den Fluren an ihren trippelnden Schritten, da sie kaum mit den Beinen schwingen können. Abends zum Tanz werden die Kleider kürzer. Ich habe schon so manchen Abend heimlich staunend auf der Terrassentreppe gestanden und in den Saal gespäht. Es gibt jetzt auch drei Musiker, das Klavier bleibt oft verwaist. Sie haben große Zupfinstrumente mitgebracht, und die Musik dröhnt bis zum Strand hinüber. Darüber hat sich wohl schon der Bürgermeister beschwert.
Auch bleiben die Gäste nicht mehr wochenlang zur Sommerfrische, es wird fast jeden Tag an- und abgereist. Dies sorgt für Durcheinander und sehr viel Arbeit. Herr Heinrich hat befohlen, dass Sofie und ich etwas mehr bei den Gästen helfen müssen. Der arme Herr Walter kommt an manchem Tag nicht nach mit dem Gepäck. So steht jetzt auch eine von uns in der Eingangshalle, wenn sich eine Anreise ankündigt, um die Koffer auf die Zimmer zu bringen. Dass der junge Herr Heinrich uns oft abberuft, ohne die Mamsell zu fragen, hat schon für ernste Worte

gesorgt. Doch Herr Heinrich besteht auf dieser neuen Regelung.
Ich bin immer aufgeregt, wenn ich so unvermittelt auf die Herrschaften treffe. Herr Heinrich sagt, ich mache das sehr gut. Ich sei höflich und anständig. Sofie und ich kommen dadurch oft kaum hinterher mit dem Reinemachen der Zimmer, und die Waschfrau lässt die Feuer in den Kesseln gar nicht mehr ausgehen.
Alles scheint von einer großen Unruhe erfasst zu sein. Es fühlt sich an, als würden die Uhren schneller laufen. Man bekommt manchmal Herzklopfen, ohne dass es einen Grund dafür gibt. Doch es fühlt sich aufregend an. Man wird von dieser Stimmung mitgerissen wie von einer Windbö, und das Tagwerk geht einem leichter von der Hand. Am Abend treffe ich nun manchmal den Herrn Heinrich am Strand. Er geht dort auch gern spazieren, vielleicht weil er seinem Vater fern und seiner Schwester nahe sein kann. Ich unterhalte mich dann immer mit ihm.

Die Mamsell stand mitten in der Küche und gab Anweisungen für den Tag.

Ella musste ein Gähnen unterdrücken, sie schlief nicht gut. Der Husten ihrer Mutter war in diesem Frühjahr nicht besser geworden, und zusätzlich befiel die Ärmste immer wieder ein hohes Fieber. An manchen Tagen hatte Ella Bedenken, aus dem Haus zu gehen, aber sie konnte sich von der Arbeit im Hotel nicht freimachen. Daher sollte die alte Johanna, die Magd vom Bauern Reimann, wenigstens um die Mittagsstunde einmal nach der Mutter sehen.

»Gestern Abend reiste noch Fräulein Lucia Ludwig aus Berlin an. Sie bewohnt die Suite Nummer drei und bringt ein eigenes Dienstmädchen mit. Das Bett des Fräuleins machen wir. Ich möchte nicht, dass es da zu Klagen kommt. Ella? Ella!«

Ella fuhr aus ihren sorgenvollen Gedanken um die Mutter hoch. »Ja, Mamsell.«

»Das Fräulein Ludwig ist bevorzugt zu behandeln, wünscht Herr Konrad. Sofie, du musst dich heute allein um die Salons kümmern.«

Sofie verzog ganz leicht die Mundwinkel. Es war immer noch viel zu viel Arbeit für die beiden Mädchen, als dass eine von ihnen noch Sonderaufträge erledigen konnte. Ein zu bevorzugender Gast bedeutete immer großen Aufwand. Und Sofie war jedes Mal eifersüchtig, wenn Ella gerufen wurde. Sofie und Ella waren keine Freundinnen. Notgedrungen aber mussten sie zusammenhalten, weil ihre Arbeit jeweils von der anderen abhing. Sie sprachen aber nur das Nötigste miteinander.

Ella verscheuchte alle Gedanken, die sie ablenken konnten. Es war nicht gut, wenn sie sich nicht voll und ganz ihrer Arbeit widmete.

Ein dunkelhaariges Mädchen in Dienstkleidung betrat die Küche. »Guten Morgen. Ich bin Irmi, das Mädchen von Fräulein Ludwig. Das Fräulein Ludwig möchte einen Saft zum Frühstück, drei Scheiben Brot mit Konfitüre, Haferflocken mit warmer Milch und drei Löffeln Zucker.«

Abgesehen davon, dass das Mädchen vor der Mamsell keinen Knicks gemacht hatte, ging es jetzt einfach an allen vorbei und setzte sich an den großen Holztisch. Voller

Verwunderung folgten ihr die Blicke der Anwesenden. Die Mamsell rang hörbar nach Luft.

»Saft? Und was kann ich für dich tun, Irmi?« Die Mamsell hatte ihre Fassung wiedergefunden. Sie bedachte das Mädchen mit einem scharfen Blick, der jeden, der die Mamsell kannte, in eine Salzsäule verwandelt hätte.

Irmi hingegen strich mit der Hand über ihr Kleid und würdigte die Mamsell keines Blicks. »Ich trinke eine Milch zum Frühstück.«

Ella sah, wie Sofie sich die Hand vor den Mund hielt, um nicht laut zu kichern.

Die Mamsell trat an den Tisch und beugte sich leicht nach vorn. »Mädchen, es gibt hier kein Frühstück für Bedienstete. Dies mag dort, wo du herkommst, anders sein. Hier gibt es um Glockenschlag zwölf eine Suppe. Wenn dich dürstet, kannst du Wasser trinken.« Die Mamsell straffte sich und richtete sich kerzengerade auf. »Zudem pflegen wir hier einen gesitteten Umgang. Ich stehe diesem Haus vor, und daher ist mir mit dem nötigen Respekt zu begegnen. Hast du das verstanden?«

Das Mädchen sah die Mamsell mit großen Augen an, stand dann aber hastig auf und stellte sich zu den anderen in die Reihe. »Ja, Mamsell.« Jetzt konnte sie auch knicksen.

»Gut. Ella wird mit dir gleich das Frühstück für das Fräulein nach oben bringen und den Zimmerdienst übernehmen. Und bevor es zu Fragen kommt … du musst dein eigenes Zimmer selbst rein halten.«

Sofie gab ein belustigtes Prusten von sich, das auch ihr einen scharfen Blick der Mamsell einbrachte.

»Und nun husch, husch! Haltet nicht weiter Maulaffen feil! An die Arbeit! Gerda, erst die Tabletts für die Herrschaften Konrad und dann das Frühstück für das Fräulein Ludwig.«

Ella beeilte sich, den morgendlichen Kaffee für die Herren Konrad in deren Räume zu bringen. Zu ihrer Verwunderung war der alte Herr Konrad an diesem Tag schon auf den Beinen und hatte die Karaffe auf dem Tisch noch nicht angerührt.

Herr Heinrich hingegen wirkte an diesem Tag leicht missmutig. »Warst du schon bei dem Fräulein Ludwig?«

»Nein, Herr Konrad, zu ihr führt mein nächster Weg.«

»Hm, gut, gut.« Mit fahrigen Fingern knöpfte er sein Jackett zu. »Mein Vater wünscht vorzügliche Behandlung für Fräulein Ludwig.«

»Wir bemühen uns.« Ella blieb der leicht gereizte Ton in Herrn Heinrichs Stimme nicht verborgen. Auch nicht, dass er an diesem Morgen sehr abweisend wirkte. Sie hätte ihm gern vom Auftritt des Dienstmädchens erzählt, spürte aber, dass dies kein guter Augenblick für eine lockere Unterhaltung war, welche die beiden sonst am Morgen gern führten. Irgendetwas schien in der Luft zu liegen. Ella kannte die Stimmungslagen im Hotel inzwischen sehr gut. Es gab entspannte Tage, aber es gab auch Tage, an denen die Luft knisterte wie vor einem starken Sommergewitter. Heute war ein Gewittertag.

Wenig später stieg sie mit Irmi die Stiege zu den Suiten hinauf. Irmi redete in einem putzigen Berliner Dialekt, den Ella noch nicht oft gehört hatte. Und Irmi redete anscheinend gern und viel.

»Also, diese schmalen Treppen hier, die gibt es bei uns im Haus nicht. Und eure Mamsell, die ist ja ein Drache. Ist die immer so streng? Und zu wenige Boys habt ihr. Euer

Portier musste gestern fünfmal laufen, bis er das Gepäck des Fräuleins aus dem Wagen hatte.«

Ella horchte auf. »Bleibt das Fräulein länger?«

Irmi zuckte mit den Achseln. »Das weiß ich nicht genau. Das Fräulein hat ziemlich geheimnisvoll getan. Ihre Mutter hat sie hierhergeschickt.«

»Oh, muss sie sich erholen?«

Irmi kicherte. »Nein, das glaube ich nicht.«

Das Fräulein Ludwig saß im Salon der Suite. »Irmi, wo bleibst du denn? Soll ich am ersten Tag hier schon verhungern?«

Ella knickste höflich. »Guten Morgen, Fräulein Ludwig. Ich bringe Ihnen das Frühstück und bitte um Entschuldigung, dass Sie warten mussten.« Sie kam nicht umhin, einen neugierigen Blick auf das Fräulein zu werfen, während sie das Tablett abstellte.

Fräulein Ludwig war von kräftiger Statur, ihr Morgenmantel spannte sich über den großen Busen. Ihr Haar war blond und kurz, wie es jetzt plötzlich viele Frauen zu tragen schienen. Dennoch war darin irgendetwas eingewickelt, das wohl der Schönheit diente. Ihr Gesicht war breit, und sie hatte schmale Augen. Ella fühlte sich sofort an das etwas derbe Antlitz der Köchin Gerda erinnert. Alles in allem war Fräulein Ludwig eine wenig elegante Erscheinung, zudem rauchte sie bereits am frühen Morgen eine Zigarette mit einem langen Mundstück.

Ungehalten löffelte sie sofort ihre Haferflocken, ohne dabei die Zigarette aus der anderen Hand zu legen. Noch kauend, gab sie neue Anweisungen. »Irmi, ihr müsst die Koffer auspacken, die Kleider zerknittern noch alle. Und schür das Feuer im Ofen, hier ist es ja bitterkalt. Außerdem gibt es kein Badezimmer. Hol also warmes Wasser, Mädchen!« Der letzte Satz war an Ella gerichtet.

»Sehr wohl.« Ella knickste wieder.

Während Ella das Bett richtete, sah sie, wie Irmi ihrer Dienstherrin die merkwürdigen Dinger aus den Haaren entfernte. Die zeigten jetzt deutliche Wellen, als wenn Gerda ihr Waffeleisen darangehalten hätte.

»So richtig komfortabel ist es hier ja nicht. Ich hatte mir das anders vorgestellt, Irmi.«

Ella wollte nicht lauschen, aber Fräulein Ludwig sprach so laut, dass sie gar nicht weghören konnte.

»Es steht ja in keinem Vergleich zu unserem Haus. Aber ach, was klage ich?«

Wenig später verschloss Irmi die Tür zum Salon und schickte sich an, mit Ella die großen Reisekoffer des Fräuleins auszuräumen. Ella staunte nicht schlecht, wie viel Gepäck die Dame mit sich führte. Irmi und Ella hatten größte Mühe, alles im Kleiderschrank der Suite zu verstauen. Es waren nur edelste Stoffe, die Ella kaum auf der Haut spürte. Dazu kamen Hüte, Schals sowie sage und schreibe, zehn Paar Schuhe. Ella dünkte, dass das Fräulein Ludwig doch zu einem längeren Besuch in Laboe zu weilen gedachte.

Zaghaft versuchte Ella, etwas mehr über den neuen Gast herauszufinden. »Kommt das Fräulein aus einem großen Haus?«

Irmi schüttelte den Kopf. »Das Fräulein Ludwig kommt aus dem *Hotel Sonnenallee*. Das führen ihre Eltern. Es ist eins der größten Hotels in Berlin.«

»Oh, auch ein Hotel. Aha.« Ella schob die Kleider im

Schrank noch dichter zusammen, passte aber auf, dass sie nicht zerknitterten.

»Ja, aber es ist ganz anders als hier. Dies hier ist ja wie eine … eine … Pension.« Irmi sah sich dabei mit leicht vorwurfsvollem Blick um. »Bei uns ist es irgendwie … größer. In der Familie Ludwig hat jeder sein eigenes Dienstmädchen oder einen Dienstjungen. Sie bewohnen einen ganzen Flügel des Gebäudes. Und dann gibt es im Hotel noch zwei Köche, zehn Küchenfrauen, zwei Portiers, fünf Boys … Na ja, und viele Dienstmädchen eben.« Irmi dachte offenbar scharf nach, wo sich die Hüte des Fräuleins im Schrank noch unterbringen ließen.

»Und, wie viele Mädchen arbeiten dort im Hotel?«

Irmi hob die Nase. »Also, ich arbeite nur für das Fräulein. Und im Hotel sind … je nachdem, wie viele Gäste dort wohnen … auf jeden Fall mehr als hier. Jedes Dienstmädchen betreut vier Zimmer …« Irmi musste offenbar nachdenken. »Fünfzehn Dienstmädchen.«

Ella überschlug die Zahl kurz im Kopf. »Ihr habt sechzig Zimmer?«

»Ja, und alle haben ein Bad mit Toilette … nicht wie hier …« Jetzt wirkte sie richtig hochmütig. »Ich weiß nicht, wie lange es das Fräulein hier aushält. Es ist …. es ist ja alles sehr klein und altmodisch.«

Ella antwortete nichts. Ihr kam das *Hotel Konrad* immer wie das modernste Gebäude in ganz Laboe vor. Natürlich wusste sie nicht, wie es in der Stadt aussah, vor allem nicht in einer so großen Metropole wie Berlin. Aber im Vergleich zu ihrem eigenen Zuhause war das Hotel an der Strandpromenade ein Palast.

»Und dort bekommt ihr Frühstück?« In Erinnerung an

die Szene vom Morgen musste Ella schmunzeln. Dabei wandte sie sich von Irmi ab, damit die ihre Belustigung nicht sah.

»Natürlich. Wir bekommen drei Mahlzeiten. Und wir haben alle eine eigene Kammer unter dem Dach. Lebst du nicht hier im Haus?«

Ella schüttelte den Kopf. »Nein, nur die Mamsell und die Musiker wohnen in den Kammern über dem Saal.« Ella reichte Irmi ein Paar Schuhe nach dem anderen. Irmi kroch dabei ganz tief in den Schrank, um dort auch alle aufstellen zu können. Ella hörte aus dem Schrank, wie Irmi scharf die Luft einzog. »Und wer versieht hier den Nachtdienst?«

»Nachtdienst?« Ella wusste nicht, was Irmi meinte.

»Na, wenn das Fräulein Ludwig des Nachts noch Appetit hat oder Getränke wünscht. Also, bei uns im Haus haben immer drei Mädchen Nachtdienst. Wenn ein Gast oder jemand von der Familie klingelt, sind sie sofort zur Stelle.«

»Es gibt für die Gäste doch ein Dinner im Saal.« Ella zuckte mit den Achseln.

»Das Fräulein Ludwig nimmt aber gern noch einen nächtlichen Imbiss, gerade wenn sie aus dem Kino oder aus dem Varieté kommt.«

Jetzt musste Ella lachen. »Also, in Laboe gibt es weder Kino und noch … Varieté. Wir … wir haben aber ein Kurhaus.«

»Das alles wird dem Fräulein nicht gefallen. Sie liebt Vergnüglichkeiten.« Irmi war wieder aus dem Schrank aufgetaucht und schüttelte den Kopf.

»Im Saal spielt abends Musik zum Tanz.« Ella schob die Unterlippe vor und überlegte. »Na ja, und wir haben den Strand.«

»Ich glaube nicht, dass das Fräulein an den Strand geht. Sie verträgt keine Sonne.«

»Das ist schade, unser Strand ist sehr schön.«

»Irmi? Irmi?« Aus dem Salon war die Stimme des Fräuleins zu hören.

»Ich komme, Fräulein Ludwig!« Irmi ließ Ella im Schlafzimmer zurück. Die rückte die großen Koffer ein Stück zur Tür. Herr Walter musste sie irgendwo anders unterbringen, denn in diesem Raum gab es kaum noch Platz. Dann sah sich Ella prüfend um, hielt die Hand an den großen Kanonenofen, der inzwischen heiß war, und eilte in die Waschküche hinunter, um den Krug neu zu befüllen.

Dass ein Gast auch nachts noch nach einem Imbiss verlangte, war ihres Wissens bei den Konrads noch nie vorgekommen. Aber vielleicht sollte sie Gerda vorwarnen, dass es in Zukunft zu Extrawünschen kommen konnte.

Es dauerte nur wenige Tage, bis jeder im Hotel Lucia Ludwig kannte, einerlei, ob Gast oder Angestellter. Am späten Vormittag, wenn sie frisiert, geschminkt und angekleidet war, pflegte das Fräulein ihre Suite zu verlassen und einen der Salons aufzusuchen. Auf dem Weg dorthin zog sie eine kleine Qualmwolke hinter sich her, denn ihre Zigarette legte sie anscheinend nur zum Schlafen aus der Hand.

Über dieses Verhalten regte sich die Mamsell ganz fürchterlich auf. Überall hinterlasse das Fräulein schlechten Geruch und Asche.

Bei Gerda, Sofie und Ella hieß das Fräulein Ludwig bald nur noch *die Dampflok*. Natürlich vermieden sie es, dies Irmi gegenüber zu erwähnen. Irmi stand den ganzen Tag unweit ihrer Herrschaft und war stets für diese auf dem

Sprung, um noch etwas zu trinken zu servieren, Zigaretten zu reichen oder ihr nachmittags beim Umziehen zu helfen. Das Fräulein Ludwig ging nämlich nie im gleichen Kleid zum Dinner, das sie tagsüber getragen hatte.

Gerda machte es sich zur Gewohnheit, am Abend noch ein Tablett für die Nacht zurechtzustellen. Das Fräulein musste in Laboe zwar auf die Unterhaltung einer Großstadt verzichten, auf ihr Mitternachtsmahl hingegen verzichtete sie nicht. Dass Irmi ihr dieses zu später Stunde noch servieren musste, passte dem Dienstmädchen ganz und gar nicht. Aber es gab nun einmal keinen Nachtdienst im Hause Konrad.

15

Geht es deiner Mutter wieder besser?«, fragte Herr Heinrich Ella mit ehrlicher Sorge.

»Ja, ein wenig, aber das Fieber kommt und geht. Der Doktor weiß ihr auch nicht zu helfen.« Betrübt ließ sie den Kopf hängen. Sie war auf dem Weg nach Hause, die Sonne stand schon tief, und es war sehr ruhig am Strand. Nur die flachen Wellen spülten gegen den Strand. Zwar hätte sie auch durch das Dorf gehen können, doch sie liebte die abendliche Stunde, wenn sie den Sand unter den Sohlen spürte, wenn das Meer rauschte und die Möwen schrien. In diesen unbeschwerten Augenblicken verblassten die Ereignisse des anstrengenden Tags immer ganz schnell.

Oft traf sie inzwischen Herrn Heinrich am Strand. Nie hätte sie zu behaupten gewagt, dass er dort auf sie wartete, doch auch an diesem Abend lehnte er wieder wie zufällig an der Begrenzung zwischen der Promenade und dem Strand, als sie aus dem Hotel kam. Jedes Mal fragte er sehr höflich, ob er sie ein Stück begleiten dürfe. Stets antwortetet sie: »Ja, natürlich, Herr Konrad.« Selbst wenn ihr seine Gesellschaft missfallen hätte, hätte sie die Frage nicht verneint. Schließlich war er ihr Dienstherr. Aber sie hätte auch deshalb nicht verneint, weil sie seine Gegenwart sehr gern mochte. Wenn er neben ihr herging, wurde sie immer ein wenig an die Spaziergänge mit Anni erinnert. Sie fühlte sich einsam, seit es Anni nicht mehr gab. Natürlich war sie den ganzen Tag mit der Arbeit im Hotel beschäftigt und hatte noch dazu ihre Mutter zu versorgen, doch insgeheim fühlte sie sich oft allein. Manchmal musste sie sich zurückhalten, nicht zu vertraulich mit Herrn Heinrich zu sprechen. Doch fühlten sich ihre gemeinsamen Spaziergänge anders an, als es zwischen ihnen angemessen gewesen wäre. Er sprach als Freund zu ihr, nicht als der junge Herr Konrad.

»Vielleicht wird es ihr besser gehen, wenn der Sommer endlich kommt. Noch ist die Wärme ja nicht von Dauer.« Auch jetzt sprach wieder aufmunternde Zuversicht aus ihm.

»Ich hoffe ebenso, dass es bald wärmer wird. Die Gäste wollen sich bestimmt mehr auf der Terrasse und am Strand vergnügen als nur in den Salons.« Halb verzweifelt hob er die Hände und lachte kurz auf. »Aber gutes Wetter lässt sich leider nicht kaufen.«

»Nein … das ist nicht möglich.« Auch Ella lachte leise.

Herrn Heinrichs Gesicht wurde wieder ernst. »Mein Vater bereitet mir Sorge. Er trinkt viel zu viel, seit Anni …« Betroffen hielt er inne. »Die Anwesenheit von Fräulein Ludwig scheint ihn zwar aufzumuntern. Auch wenn …« Er brach ab und hob abermals die Hände.

»Auch wenn …?« Ella wusste nicht, was er ihr sagen wollte.

»Auch wenn sie mir persönlich etwas zu … zu … forsch im Auftreten ist.« Er verzog die Mundwinkel. »Ständig unterhält sie die anderen Gäste im Salon. Zu allem hat sie etwas zu sagen, raucht wie ein Hamburger Lastenkutscher und trinkt schon am Nachmittag Cognac.«

Jetzt musste Ella prusten. Treffender hätte das Auftreten des Fräuleins nicht beschrieben werden können.

»Entschuldige, Ella. Eigentlich dürfte ich über unsere Gäste nicht so reden. Aber ... hier kann ich nicht anders. Wenn ich das den ganzen Tag über mitbekomme, kann ich es am Abend kaum erwarten ... Es ist so schön ruhig hier am Strand. Außerdem ...«

Ella traute sich kaum, ihn anzusehen.

»... ist die Gesellschaft hier deutlich angenehmer.«

Ellas Herz geriet ins Stolpern. Am liebsten hätte sie Herrn Heinrich gesagt, wie sehr auch sie seine Gesellschaft genoss. Eine solch kühne Aussage stand ihr jedoch nicht zu, und sie biss sich auf die Lippen.

»Mein Vater ist ganz erpicht darauf, dass es dem Fräulein bei uns so gut wie möglich ergeht. Die Ludwigs führen ein großes Hotel in Berlin, und er möchte natürlich nicht, dass es dort etwas Schlechtes über unser Haus zu sagen gäbe. Zumindest wehrt er sich nicht mehr ganz so heftig, wenn es darum geht, unseren Gastbetrieb ein wenig fortschrittlicher zu gestalten.« Herr Heinrich stach mit dem Zeigefinger in die Luft. »Aber nur deshalb, weil das Fräulein Ludwig so vieles als altmodisch bemängelt und Neuerungen vorschlägt. Vater hat sogar beim Bürgermeister anfragen lassen, wann denn wohl mit dem Anschluss an das Elektronetz zu rechnen sei. Gut, ich sehe ja ein, dass Laboe in dieser Beziehung etwas hinterherhinkt. Aber er scheint zu vergessen, dass das alles viel Geld kostet.«

»Was würde denn durch das Elektronetz besser werden?« Ella hatte davon gehört, dass es bereits in vielen

Städten Elektrizität gab. Was genau sich dadurch verändern würde, das wusste sie nicht.

»Oh, ziemlich viel. Wir könnten damit die Beleuchtung, aber auch verschiedene Geräte betreiben. Dann wäre es auch möglich, einen eigenen Fernsprecher zu installieren, und die Gäste müssten nicht immer aufs Postamt.«

Ella zuckte mit den Achseln. Sie hatte den Fernsprechapparat noch nie benutzt.

»Es wird sich in den nächsten Jahren sicher einiges bewegen.« Heinrichs Stimme klang jetzt aufgeregt. »Es werden mehr Automobile gebaut werden, und es werden auch viel mehr Menschen damit unterwegs sein. Damit kommen auch wieder mehr Gäste, die von weither anreisen könnten.«

»Na, wenn es für mehr Gäste zuträglich ist …« Ella mochte Automobile immer noch nicht besonders. Die Gefährte waren laut, schnell und trieben die Passanten von der Straße. Der Gedanke, dass diese lärmenden Blechkolosse durch Laboe oder gar über die Strandpromenade ratterten, gefiel ihr ganz und gar nicht. Nein, sie bevorzugte nach wie vor die Pferdefuhrwerke, und irgendein schlauer Mensch hatte ja auch verkündet, dass das Automobil das Pferd wohl nicht verdrängen werde.

Herr Heinrich sah sie jetzt unverwandt an. »Glaubst du mir nicht?«

Ehrlich, wie sie war, schüttelte Ella den Kopf.

Er lachte. »Wart's ab! Wir werden es noch erleben.«

»Es ist doch heute schon alles so teuer geworden. Ich kann den Doktor ja kaum noch bezahlen.« Ella winkte ab. »Da werden sich auch weiterhin nur die Reichen diese Automobile leisten können.«

»Ja.« Nachdenklich blickte Herr Heinrich aufs Meer hinaus. »Es ist alles teurer geworden, das merken wir auch. Der Einkauf in Hamburg kostet jedes Mal ein Vermögen.« Er seufzte. »Aber lassen wir uns davon nicht diesen schönen Abend verderben! Nicht von Lucia Ludwig, nicht von den Automobilen und nicht vom Geld.«

Er ging jetzt so dicht neben ihr her, dass sich ihre Arme fast berührten. Ella hätte sich gewünscht, noch viel länger so nebeneinander hergehen zu können. Sie erinnerte sich an Annis Worte über das Verliebtsein und an ihre erste Begegnung mit Herrn Heinrich, an den Schwindel, der sie befallen hatte. Inzwischen war sie sich sicher, dass sie in ihn verliebt war. Wie ungehörig und wie aussichtslos! Sie war doch nur eine Fischerstochter und ein Dienstmädchen. Aber immer wieder ertappte sie sich dabei, dass sie an ihn dachte, ob beim Schrubben der Böden oder beim Aufschlagen der Betten. In seinem Zimmer fühlte sie sich am wohlsten. Auch wenn er nicht anwesend war, roch es nach ihm. Sie schluckte schwer, denn solche Gedanken zu hegen, während er dicht neben ihr herging, jagte ihr einen Schauder über den Rücken. Es trennten sie Welten, und doch waren sie sich ganz nahe.

Wenn Mamsell Beintger böse war, bediente sie sich einer ganz eigenen Ausdrucksweise. Gewöhnlich zuckten dann alle erschrocken vor ihr zurück, denn jeder hatte Angst, er hätte etwas falsch gemacht. Seit aber das Fräulein Ludwig im *Hotel Konrad* logierte, richtete sich der Zorn der Mamsell zumeist auf etwas, das mit dem Fräulein zu tun hatte. Vor allem am nächtlichen Appetit von Fräulein Ludwig entzündete sich ihre Empörung.

Mit wütendem Gesichtsausdruck ließ die Mamsell Gerda, Sofie und Ella wenige Tage später in der Küche antreten. Ohne Umschweife kam sie gleich zum Thema.

»Das Fräulein besteht darauf, dass ihr Dienstmädchen fortan nachts seine Ruhe hat. Sie hat sich bei Herrn Konrad beschwert. Solange das Fräulein im Hause logiert, soll nun jemand von uns den Nachtdienst übernehmen, der freilich auch entlohnt wird.« Fragend sah sie in die Runde.

Gerda schüttelte entschieden den Kopf. »Ich habe sechs Kinder zu Hause. Da kann ich nicht auch noch in der Nacht fortbleiben.«

»Sofie?«

Ella sah, wie Sofie mit sich kämpfte, denn ein höherer Verdienst war durchaus reizvoll. Dann schüttelte sie aber fast traurig den Kopf. »Mamsell, ich habe vier kleine Geschwister, die muss ich abends versorgen. Das ist so schon kaum zu schaffen.«

Ihr Blick fiel auf Ella. »Ja, du hast eine kranke Mutter, ich weiß.«

Ella seufzte, nickte dann aber, auch sie reizte der Lohn. »Es geht ihr gerade etwas besser. Ich … ich könnte den Nachtdienst wohl übernehmen.«

»Gut, dann beziehst du ab morgen eine Kammer über dem Saal. Ich hoffe ja … aber man weiß es nicht.« Die Mamsell hob die Hände.

Ella wusste nicht, ob ihre Entscheidung richtig gewesen war, aber im Vergleich zu den anderen Dienstmädchen hatte sie die geringste häusliche Last zu tragen. Ihrer Mutter ging es immerhin gut genug, dass sie die täglichen Anforderungen allein bewältigte und nachts ruhig schlief. Zudem gab es in der Kate kaum noch etwas zu tun, nachdem das Räucherhaus nicht mehr betrieben wurde. Der Arzt hatte der Mutter auch dringend geraten, das Räuchern bleiben zu lassen, da sich ihr Zustand bei dieser Arbeit nur verschlimmert hätte. So lebten Mutter und Tochter von Ellas Verdienst und dem Ersparten vom letzten Sommer. Sie besaßen auch noch einzelne Stücke ihres Bernsteinschmucks, die sicher ihre Käufer fanden, wenn es am Strand angenehm warm geworden war. Ob ihre Mutter diese Tätigkeit im Sommer wieder aufnehmen konnte, war allerdings ungewiss, und der Verkauf lief längst nicht mehr so gut wie vor dem Krieg.

»Was bist du heute so nachdenklich?«

Herr Heinrich musterte Ella mit besorgtem Blick. Ihr wurde ganz warm ums Herz, doch sie besann sich rasch wieder und senkte den Kopf. »Ihr Herr Vater hat angewiesen, dass eine von uns nachts im Haus bleiben und das Fräulein bedienen muss.«

Empört stieß Herr Heinrich die Luft aus. »Ja, ich hörte davon. Aber ich dachte, das übernähme die Mamsell.«

Ella schüttelte den Kopf. »Nein, ich werde am Morgen in eine der Kammern ziehen.«

»Oh, wie schade!«

Ella sah ihn überrascht an. »Schade?«

»Nun ja … dann … dann können wir abends nicht mehr zusammen am Strand entlanggehen.«

Ella senkte den Kopf und lächelte.

Herr Heinrich blieb stehen. Als sie sich nach ihm umdrehte, grinste er spitzbübisch. »Dann muss ich mir wohl etwas anderes einfallen lassen.« Er zwinkerte und ging weiter.

Ella zog die Augenbrauen hoch und seufzte leise. Einerseits fand sie den Gedanken, auch nachts im Hotel zu verbleiben, durchaus reizvoll. Vielleicht bekam sie am späten Abend sogar etwas vom Treiben im Saal mit. So wie dieser am Morgen immer aussah, wurde dort wild gefeiert. Dass sie auch etwas früher anfangen konnte, war ebenfalls von Vorteil. Andererseits hatte sie ein schlechtes Gewissen, ihre Mutter allein zu lassen.

Als sie am nächsten Morgen ihr Bündel packte, stand ihre Mutter stirnrunzelnd daneben. »Kind, dann sehen wir uns ja immer seltener.«

»Mutter, es ist nicht für lange. Noch weiß niemand, wann das Fräulein wieder abreist. Ich komme aber alle paar Abende zurück und sehe nach dir. Und wenn es dir schlecht geht, dann schickst du die Johanna zu mir ins Hotel. Sie soll sich in der Küche melden.«

Ella entdeckte eine tiefe Traurigkeit in den Augen ihrer Mutter. »Keine Bange, ich bin ja nicht weit weg.«

»Ach, Ella, ich bin dir keine Stütze mehr. Alt und krank, wie ich bin, kann ich nichts mehr zu unserem Einkommen beisteuern. Du hättest längst einen Mann finden sollen. Aber wer will schon ein Mädchen mit kranker Mutter und kleinem Haus?«

»Mutter, das ist doch Unsinn! Bisher habe ich doch auch gar keinen Mann gewollt.«

»Es würde Zeit. Die Arbeit im Hotel, das ist doch nichts für eine Frau. Du solltest Kinder bekommen und einen Haushalt führen.«

Ella verzog das Gesicht. »Das ist heutzutage nicht mehr so üblich. Frauen gehen durchaus arbeiten und haben ihr eigenes Geld. Du … du hast doch auch immer ein Zubrot verdient, als Vater noch da war.«

»Das war aber auch etwas anderes. Und als Witwe …«

Ella zuckte zusammen, es war das erste Mal, dass ihre Mutter sich so bezeichnete.

»Ich kann dir auch keine Aussteuer bieten. Ach, dass es einmal so kommen musste mit uns …«

»Gräm dich nicht! Schließlich verdiene ich ab sofort ein bisschen mehr. Und irgendwie finden wir schon eine Lösung.« Ella versuchte, ihrer Stimme Zuversicht zu verleihen.

Dennoch verließ sie an diesem Tag die alte Fischerkate mit einem unguten Gefühl.

Gänzlich unter dem Dach des Hotels zu leben, war etwas völlig Neues für Ella. Der Tagesablauf blieb zwar derselbe, doch die Nachtstunden boten kaum Schlaf. Im Saal unter den Stuben spielte die Musik bis spät in die Nacht. Kehrte Ruhe ein, dann wurde es Zeit für Ella, sich noch einmal auf den Weg zum Fräulein Ludwig zu machen. Während Irmi schon schlief, oblag es Ella, ein Tablett mit Kanapees und einen Tee mit Cognac in die Suite des Fräuleins zu bringen. Diese wirkte um diese Zeit ziemlich erhitzt, ihr Gesicht war gerötet, das Haar zerzaust. Trotz ihrer Leibesfülle beteiligte sich das Fräulein mit Leidenschaft am Tanzen. Dankbar nahm sie die kleinen Stärkungen entgegen und trank den Tee als Schlummertrunk. Ella half ihr dann noch aus dem Kleid und wünschte eine gute Nacht. Es war keine aufwendige Arbeit, aber sie raubte ihr einige Stunden Schlaf.

Dann kehrte sie selbst in ihre Kammer zurück. Die war klein und hatte zur einen Seite schräge Wände. Ella hörte den Wind leise pfeifen und das Getrappel der Tauben und Möwen auf dem Dach. Wenn sie aus dem kleinen Fenster blickte, sah sie das Meer.

Beim Zubettgehen versuchte sie, so leise wie möglich zu sein, denn die Mamsell schlief nur eine Kammer weiter. Die Musiker, die zu dieser Stunde den Saal verließen, gaben sich hingegen weniger Mühe, lachten und lärmten auf der Stiege.

Ella kam zumeist erst in der zweiten Nachthälfte zur Ruhe und musste schon vor Tagesanbruch wieder auf den Beinen sein. Es galt, die Salons und den Saal zu säubern, damit die Gäste am Morgen ihr Frühstück einnehmen konnten.

Ella gewöhnte sich schnell an den neuen Rhythmus, und der wenige Schlaf machte ihr nicht allzu viel aus. Dass sie aber kaum noch aus dem Haus kam, war viel schlimmer für sie, und sie fühlte sich eingesperrt. Noch dazu nutzten die Mamsell und Gerda die Gelegenheit und übertrugen ihr am Ende des Tages viele zusätzliche Aufgaben. Dienstbeflissen erledigte Ella alles, sehnte sich aber immer nach dem Strand.

Der Gesundheitszustand des alten Herrn Konrad versetzte das ganze Haus in Sorge. Nach kurzer Besserung hatte sich sein Befinden wieder verschlechtert. Inzwischen war er die meiste Zeit ans Bett gebunden, und Herr Heinrich musste immer wieder nach dem Doktor rufen.

Die Stimmung unter den Bediensteten war gedrückt, auch wenn die Gäste nichts davon mitbekamen.

Herrn Heinrich schien Ellas Gesellschaft am Abend ebenfalls zu fehlen. Am Morgen fragte er stets, ob sie am Abend vorhabe, das Hotel zu verlassen.

Meist musste sie verneinen.

Eines Morgens sah er sie traurig an. »Ach, Ella, jetzt sind wir beide an dieses Haus gebunden! Da mein Vater nicht mehr in der Lage dazu ist, muss ich immer mehr Aufgaben übernehmen. Mir scheint, ich werde wohl den Rest meines Lebens hier verbringen.«

Ella schüttelte gerade sein Bett auf und hielt inne. »Aber ist das denn keine Ehre für Sie? Also … das Familienerbe anzutreten?«

Er lachte leise. »Ehre? Nein, viel eher eine Bürde. Mein Vater hatte bestimmt, dass Anni das Hotel übernehmen sollte, gemeinsam mit einem passenden Ehemann. Nur hat sie sich dem entzogen.« Er seufzte traurig.

Ella neigte den Kopf. »Ich hätte es schön gefunden, wenn … wenn ich die Arbeit meines Vaters hätte fortsetzen können. Aber wir mussten das Boot verkaufen, und das Räucherhaus betreiben wir auch nicht mehr. Ich muss ja im Hotel arbeiten.«

»Aber die Anstellung bei uns im Haus ist doch ein Glück für dich.« Er musterte sie fragend.

»Ja, natürlich bin ich froh und dankbar. Hätte Anni damals nicht … ich wüsste nicht, wovon wir heute leben sollten. Aber meine Mutter meint, es sei bald an der Zeit, dass ich einen Mann finde und eine Familie gründe. Ich werde nicht mein ganzes Leben in diesem Haus verbringen.« So offen war sie noch nie zu ihm gewesen, doch die Frage nach ihrer Zukunft bewegte sie durchaus, und sie hatte niemanden, mit dem sie darüber sprechen konnte.

»Einen Mann?« Heinrich sah sie erschrocken an. »Sag, Ella, gibt es einen konkreten Kandidaten?«

Ella lachte. »Nein.«

»Du kannst uns … mich … hier auch nicht verlassen.« Er wirkte fast verzweifelt. Ella fragte sich, ob das jetzt gespielt war oder ob er es ehrlich meinte.

Mit einem Lächeln überspielte sie ihre Unsicherheit. »Noch bin ich ja hier und bleibe auch.«

In der folgenden Nacht schlich Ella gerade die Stiege vom Flur der Suiten hinab, als sich die Tür zum Flur der Privaträume öffnete.

»Psst … Ella!«

Sie erschrak, erkannte dann aber Herrn Heinrichs Gestalt.

»Ist etwas passiert?«, flüsterte sie erschrocken.

»Nein, nein. Alles ist gut. Ich wollte … ich wollte dir etwas zeigen.« Auf der schmalen Treppe stand er dicht vor ihr. »Komm mit!«

Sie folgte ihm nach unten, dann aber nicht bis ins Kellergeschoss, sondern durch die Eingangshalle bis zum Saal. Dort brannten noch schwach die Öllampen. Es roch nach Rauch, Parfum und Alkohol. Vor knapp einer Stunde hatten sich die Gäste hier noch amüsiert.

Ella zögerte. Sonst betrat sie den Saal nur, wenn die Mamsell es ihr auftrug oder wenn sie mit Sofie am frühen Morgen sauber machte.

»Nun komm schon!« Herr Heinrich winkte ihr zu.

»Was haben Sie vor?« Ella trat zögernd näher.

»Wir treffen uns doch nicht mehr am Strand. Da dachte ich mir, wir könnten doch hier einen kurzen Augenblick für uns haben. Ja, es ist spät. Aber ist der Raum nicht wunderschön, wenn Stille herrscht?«

Ella hatte das noch nie so wahrgenommen. Doch wenn

sie sich jetzt umsah, bemerkte sie, wie sich die schwachen Lichter in den bunten Fenstern und in den Spiegeln an der Wand fingen. Der Saal wirkte plötzlich viel größer und herrschaftlicher, als er in Wirklichkeit war.

Herr Heinrich breitete die Arme aus und drehte sich. »Als wir Kinder waren, sind Anni und ich nachts oft hier hereingeschlichen. Sie war dann die Prinzessin und ich der Prinz. Und um uns herum der Hofstaat.« Er machte eine Verbeugung, als wenn ringsum Zuschauer gestanden hätten. Ella musste lächeln, auch weil sie sich gut vorstellen konnte, wie Anni als junges Mädchen erhobenen Hauptes an ihren Untertanen vorbeigeschritten war.

»Und dann …« Er streckte einen Arm nach Ella aus. »Dann haben wir getanzt.«

»O nein! Nein … ich …«

»Ich habe keine Prinzessin mehr. Bitte!« Er sah sie flehend an.

»Heinrich, ich kann nicht … tanzen.« Dass sie ihn zum ersten Mal beim Vornamen nannte, war ihr gar nicht bewusst.

Er nahm ihre Hand und zog sie zu sich heran. »Jeder kann tanzen. Auch wenn es ohne Musik nicht ganz so schön ist, aber dafür sind wir allein. Stell dir doch einfach die Kapelle vor! Tam-tam … tam-tam …« Er wiegte sich leicht hin und her und umfasste ihre Taille. »Komm, das macht Spaß! Das habe ich schon lange nicht mehr gemacht. Und dir tut ein bisschen Abwechslung auch gut.«

Ella ließ sich von ihm führen. Sie brauchte sich gar keine Musik vorzustellen. In ihrem Kopf kreiste alles, und mühelos folgte sie seinen Schritten. Die Lichter ringsum glitzerten, und Heinrichs Augen funkelten vor Freude.

Trotz der Stille schien in ihrem Kopf ein ganzes Orchester zum Tanz aufzuspielen.

Sie wusste nicht, wie lange er sie im Kreis gedreht hatte, als beide atemlos innehielten.

»Ella, das bleibt aber unser kleines Geheimnis, wie es einst auch Annis und meins war.« Er zwinkerte ihr zu.

Sie nickte nur schwach und fühlte sich wie berauscht. Noch nie hatte sie mit einem Mann getanzt. Ihr Herz klopfte wild.

Heinrich führte sie wieder aus dem Saal und verabschiedete sie an der Tür zur Stiege mit einem angedeuteten Handkuss. »Und nun schlafen Sie wohl … Prinzessin Ella.«

16

Laboe, im Sommer 1920

Ella schaffte es nur alle sieben oder gar zehn Tage, ihre Mutter zu besuchen. Dann eilte sie durchs Dorf, ohne den Umweg über den Strand zu nehmen. Die sommerlichen Abende waren hell und lau. Dies mochten allerdings auch die Gäste sehr gern und saßen lange auf der Terrasse.

Als sie an diesem Abend aus dem Hotel kam, bemerkte sie den fragenden Blick von Herrn Heinrich, der mit Fräulein Ludwig und anderen Gästen beim Aperitif saß. Ella blinzelte nur ganz kurz, da hob er schon die Hand und hatte verstanden, was sie vorhatte.

Zwischen ihnen war eine Vertrautheit entstanden, die deutlich über das Verhältnis zwischen Dienstherr und Angestellter hinausging. Tagsüber gab sich Ella größte Mühe, den nötigen Abstand zu wahren. Keinem durfte auffallen, dass sie ihn inzwischen Heinrich nannte und nicht mehr Herrn Konrad. Das tat sie allerdings nur, wenn sie allein waren. Immer wieder fragte sie sich, ob es gut war, dass sie sich darauf eingelassen hatte. Er war ihr zwar nie näher gekommen, als es dem Anstand entsprach, doch mit dem nächtlichen Tanz hatte er in Ella endgültig ein Gefühl geweckt, das sie sich als Liebe eingestand. Anders konnte sie sich ihr Herzrasen und das schwindelige Gefühl in seiner Nähe nicht erklären. Aber sie waren nicht Prinz und Prinzessin. Sie waren der Prinz und die Magd. Ella wusste, dass sie ihm gegenüber keine tieferen Gefühle hegen durfte, sie mussten unerfüllt bleiben. Dennoch gab sie sich in manch stiller Stunde dem heimlichen Traum hin, dass sie vielleicht eines Tages ohne die umklammernden Mauern des Hotels und der Gesellschaft mit ihm vereint sein könne. Wie auch immer … er und sie … aber es war ein allzu kühner Gedanke, den sie schnell wieder unterdrückte. Sie musste vernünftig sein.

So schalt sie sich im Stillen auch an diesem Tag über die kurze Freude angesichts des wortlosen Verstehens. Die Vertrautheit war gefährlich.

Als sie bei der Fischerkate ankam, wurde sie jäh aus ihren Gedanken gerissen. Dort stand ein fremder junger Mann in dem kleinen Garten und hackte in der Erde. Einen Augenblick lang betrachtete sie die Szene, die sie sich nicht erklären konnte.

»Guten Tag, was tun Sie da?« Sie trat durch das Gartentor.

Der junge Mann sah von seiner Arbeit auf. Er war etwas größer als Ella, aber ungefähr in ihrem Alter. Sein kurzes Haar war strohblond, und er trug ein abgewetztes Hemd sowie eine löcherige Hose. Seine Augen waren blau wie die Ostsee an einem sonnigen Frühlingstag, und seine Gesichtszüge wirkten ebenmäßig bis auf … Ella stockte … bis auf eine große Narbe, die sich von der linken Schläfe bis zum Mundwinkel hinunterzog.

Er schien um die Wirkung des Mals zu wissen und

drehte sich leicht zur Seite, bis er Ella die unversehrte Gesichtshälfte zuwandte.

»Oh, hallo! Du musst Ella sein«, sagte er fast schüchtern.

»Ja, die bin ich. Aber was haben Sie in unserem Garten verloren?«

»Ella!« Dem Ruf der Mutter folgte ein kurzer Hustenanfall. »Ella, das ist Jakob. Komm bitte herein! Ich erkläre es dir.«

Ellas misstrauischer Blick schweifte zwischen dem jungen Mann und ihrem Zuhause hin und her. Dann aber ging sie auf die Eingangstür zu.

»Ella, wie schön! Ich hatte schon Angst, dass du diese Woche gar nicht mehr kommst.« Die beiden Frauen umarmten sich, und Ella spürte, dass ihre Mutter wieder mehr Kraft zu haben schien und sich den Umständen entsprechend guter Gesundheit erfreute.

»Mutter, wer ist das da draußen?« Ella legte einen halben Brotlaib auf den Tisch, den ihr Gerda mitgegeben hatte, daneben einige Münzen.

»Danke, Ella.« Sofort räumte ihre Mutter das Geld fort. »Das ist Jakob. Der wohnt jetzt hier.«

»Der … was?« Völlig verdattert starrte Ella ihre Mutter an.

»Ja, weißt du … Neulich ging ein Soldat von Haus zu Haus und fragte nach der Möglichkeit, irgendwo als Kostgänger unterzukommen. Die armen Soldaten, manche haben ja alles verloren. Ganz im Unterschied zu uns. Wir haben zwar unsere Männer im Krieg verloren, besitzen aber noch Heimat und Haus. Jakob kommt aus …«

»Aus Apenrade. Das liegt oben in Schleswig … besser

gesagt … jetzt in Dänemark.« Der junge Mann stand nun auf der Schwelle, die Gartenhacke noch immer in der Hand.

Ella verstand nicht. »Ja, und was führt Sie jetzt hierher?«

Der junge Mann senkte den Kopf. »Ich war an der Front. Meine Eltern haben den Winter zwischen 1915 und 1916 nicht überstanden. In unserer Gegend herrschte große Not. Als ich wiederkam, bewohnten plötzlich Fremde unseren Hof. Dänen. So wie auch jetzt alles dänisch geworden ist. Ich wollte nicht bleiben. So stellte ich Antrag auf Unterkunft und wurde in die hiesige Probstei geschickt.« Ihm brach fast die Stimme.

»Ja, und ich …«, meldete sich Ellas Mutter zu Wort. »Ich wollte dem jungen Mann gern eine Unterkunft bieten. Es tut mir leid, ich hätte dich fragen sollen. Aber du kommst ja so selten nach Hause. Jakob unterstützt mich, bringt den Garten in Ordnung, damit wir etwas mehr anpflanzen können. Außerdem kennt er sich mit dem Räucherhaus aus. Seine Familie besaß ein Fischerboot.«

»Aha.« Ella wusste nicht recht, was sie sagen sollte. Was sie hier erlebte, kam ihr doch etwas befremdlich vor.

»Ich … ich mache mich wieder an die Arbeit.« Jakobs Gestalt verschwand von der Tür.

Ella sprach flüsternd, da sie nicht wollte, dass der junge Mann ihre Worte mitbekam. »Mutter, meinst du, das ist eine gute Sache? Ich meine … du allein mit …«

»Ella, der Junge ist doch nicht gefährlich!« Die Mutter schüttelte den Kopf und musterte ihre Tochter mit vorwurfsvoller Miene. »Stell dir doch nur einmal vor, Vater wäre so etwas widerfahren! Wir hätten Gott gedankt, wenn ihm jemand ein Dach über dem Kopf gegeben hätte.

Der arme Jakob kommt aus dem Krieg und hat keine Familie mehr …« Anklagend hob sie die Hände.

Ella presste die Lippen aufeinander und schüttelte den Kopf, wusste aber, dass sie die Mutter nicht mehr umstimmen konnte. »Und was ist, wenn ich abends wieder nach Hause komme?«

»Das ist doch ganz einfach. Ich habe mein Lager am Ofen, Jakob schläft in meinem Alkoven und du wieder in deinem.« Die Mutter deutete auf die Bettnische. »Früher waren wir doch auch zu dritt.«

»Ja, Mutter … das war aber … etwas anderes.«

»Ella, er ist ein guter Junge, sehr fleißig. Hat in den wenigen Tagen schon viel geschafft. Gib ihm die Möglichkeit, sich zu bewähren. Außerdem zahlt er ein paar Münzen für seine Unterkunft. Das ist doch gut, nicht wahr?«

Misstrauisch versuchte Ella, fortan doch wieder des Öfteren bei ihrer Mutter vorbeizusehen. Und jedes Mal, wenn sie zu der kleinen Kate kam, überfiel sie das Gefühl, überflüssig zu sein. Jakob war stets höflich, wirkte aber sehr verschlossen. Im Gemüsegarten, den Ella in den letzten Jahren vernachlässigt hatte, grünte es wieder. Auch das kleine Hühnergehege war hergerichtet worden, und bald gackerten dort wie früher einige Hennen. Das letzte Huhn hatte Ella im zweiten Kriegsjahr gegen ein Pfund Butter getauscht. Die Eier der neuen Hühner tauschte Jakob nun gegen Setzlinge und Saatgut für den Garten, sodass die Beete sich bald wieder füllten. Ella kam nicht umhin, seinen Fleiß anzuerkennen. Und ihrer Mutter tat es sichtlich gut, einen Mann im Haus zu haben, der sich um alles kümmerte. Das schlechte Gewissen, nicht selbst etwas für ihre Mutter tun zu können, nagte dennoch an ihr.

Der Juli brachte die erste Sommerhitze mit sich. Am Strand und über dem Meer flimmerte tagsüber die Luft. Um der erbarmungslosen Sonne zu entgehen, blieben viele Gäste in ihren kühlen Zimmern. Ella und Sofie aber mussten wie immer ihre Arbeit verrichten, nur unterbrochen vom Auffüllen unzähliger Krüge voller Wasser, mit dem sich die Gäste abzukühlen suchten.

Die Hitze in der Küche wurde schier unerträglich. Gerda stand mit hochrotem Kopf am Herdfeuer, und selbst die Mamsell verschaffte sich mit einem Fächer ein wenig Kühlung.

Als Ella eines Abends die trockenen Laken von der Leine nahm und kurz die frische Luft zwischen den schattigen Hecken genoss, riss die Stimme der Mamsell sie aus dem beschaulichen Augenblick und trieb sie wieder zur Eile an.

Überrascht sah Ella, dass Jakob an der Tür zur Hotelküche stand. Ella befürchtete sofort das Schlimmste. »Ist etwas mit Mutter?« Selbst die Mamsell wirkte besorgt.

»Nein.« Jakob hob beschwichtigend eine Hand. »Heute Morgen wurde ein Brief für dich abgegeben. Ich … ich dachte, es ist wichtig. Daher bringe ich ihn dir.«

»Ein Brief? Von Vater?« Ella riss Jakob den kleinen Umschlag ungestüm aus der Hand. Es war allerdings kein Absender zu entdecken. Unschlüssig betrachtete Ella einen Augenblick lang den Brief.

»Ich … ich verschwinde dann mal wieder. Guten Tag noch den Damen.« Jakob schickte sich an, wieder zu gehen.

»Danke. Danke dir, Jakob«, sagte Ella leise.

Die Mamsell sah dem jungen Mann kurz nach, dann fiel ihr Blick auf Ella. »Nun, Mädchen, du scheinst ja eine wichtige Nachricht bekommen zu haben. Aber in einer halben Stunde bist du wieder im Haus.«

»Ja, Mamsell.« Mit dem Brief in der Hand kehrte Ella zurück zu den schattigen Hecken. Zaghaft wog sie den Brief in der Hand. Wäre er von Vater gewesen, hätte er dann nicht ihrer Mutter oder ihnen beiden geschrieben? Der erste Schreck verflog. Sie besah sich nochmals den Umschlag. In geschwungener Schrift stand ihr Name auf der Vorderseite. Ihr Herzschlag setzte für einen Augenblick aus. Sie kannte die Schrift. In aller Eile riss sie den Umschlag auf, zog das Briefpapier heraus und schlug sich mit einer Hand vor den Mund.

Meine liebe Ella,
ich habe Dir sicherlich viel Leid zugefügt. Bitte versteh mein Handeln! Ich konnte den Zwang im Haus meines Vaters nicht länger ertragen, während mir doch die ganze Welt offenstand. Dies bedeutete aber, alles hinter mir zu lassen, auch Dich, meine geliebte Freundin. Ich denke jeden Tag an Dich und trage schwer an dem Wissen, was Du wohl gedacht haben musst. Der kleine Anhänger aus Bernstein wärmt noch immer mein Herz und trägt alle schönen Erinnerungen in sich, die ich an unsere gemeinsame Zeit habe.
Du darfst niemandem verraten, dass ich Dir schreibe. Bitte! Ich möchte Dich nur wissen lassen, wie es mir ergeht, und vor allem, dass ich lebe.
Ich bin mit Philipp gegangen. Wir leben in Hamburg. Doch gibt es auch eine Schattenseite. Wir haben nicht viel Geld und müssen um unseren Lebensunter-

halt kämpfen. Aber auch diese Mühe ist es mir wert. Und ich erwarte ein Kind. Das bedeutet leider neue Schwierigkeiten. Zum nächsten Frühjahr haben wir eine Überfahrt nach Amerika gebucht. Dort können wir auftreten. Mein Gesang begeistert das Publikum, und darüber bin ich sehr glücklich. Ein Kind allerdings wird diesen Plan wohl zunichtemachen. Ich weiß noch nicht, wie es weitergeht. Philipp weiß auch noch nichts davon. Ich befürchte, er wird erbost sein. Von Heirat hat er leider noch nie gesprochen. Ach, meine liebe Ella, wie gern hätte ich Dich als Freundin und Vertraute an meiner Seite! Du bist mir immer ein Vorbild gewesen, weil Du auch in größter Not nie verzagt warst. Mit diesem Gedanken werde ich versuchen, meinen Weg weiterzugehen. Ich weiß nicht, wann ich mich wieder bei Dir melden kann, aber sei gewiss, ich trage Dich in meinem Herzen.
In tiefster Freundschaft
Deine Bernsteinschwester

Ella schluchzte leise. Anni lebte. All die Monate hatte sie dies gehofft, und nun bekam sie Gewissheit. Ihr wurde das Herz ein klein wenig leichter. Liebevoll strich sie über die Zeilen. Ganz unten war eine Adresse angegeben. Anni hatte sie wohlweislich nicht auf den Umschlag geschrieben.

17

Im Hotel war Lucia Ludwig inzwischen zum Dauergast geworden. Hatten alle in den ersten Wochen noch gehofft, das Fräulein mit seinen Sonderwünschen werde es alsbald in die Großstadt zurückziehen, so schien es ihr nun im *Hotel Konrad* zu gefallen. Sie stolzierte umher und sprach mit den Angestellten, als wäre es ihr Haus, was der Mamsell sichtlich zuwider war. Der alte Herr Konrad sah den Besuch aber immer noch mit großem Wohlwollen und schien die Dame in ihrem Verhalten sogar noch zu bestärken.

Ellas Hoffnung, ihren nächtlichen Dienst bald wieder aufgeben zu können, verflog endgültig. Tapfer sprach sie sich Mut zu, damit sie die anstrengende Arbeit weiterhin verrichtete. Auch weil Heinrich ihr eine kleine Stütze war und seine Gesellschaft ihr so manche Nacht erleichterte.

Es war ein warmer Augustabend, als Heinrich plötzlich in der Küche erschien. Die Mamsell, Gerda, Sofie und Ella standen stocksteif da, als er in den Raum stürzte und auf Ella zukam. »Mamsell Beintger, entschuldigen Sie, aber ich muss mit Ella sprechen.«

Ohne zu zögern, ergriff er Ellas Arm und zog sie zur

Tür hinaus, von dort über die Straße und bis zum Strand. Ella stolperte neben ihm her.

»Heinrich, was ist denn?«

»Ella … es ist so … so …« Hilflos riss er die Arme hoch.

»Was ist passiert?«

»Diese Frau! Oh, wie kann sie nur?«

»Heinrich!« Ella fasste ihren Begleiter am Arm, um ihn zu beruhigen, er war gänzlich aufgelöst. So hatte sie ihn noch nie erlebt.

Er rang nach Luft und fuhr sich mit beiden Händen über das Gesicht. »Lucia will mich heiraten!«, brach es aus ihm hervor.

Ella brauchte einen Augenblick, um den Sinn der Worte zu verstehen.

»Aber … Sie … und das Fräulein …« Ella schüttelte entsetzt den Kopf. Ihr wurde bewusst, was das bedeutete.

»Ja, eben … ich und das Fräulein … wir haben ungefähr so viel gemeinsam wie die Sonne mit dem Mond. Herrgott, warum tut er mir das an?«

»Er?«

»Mein Vater. Es gibt etwas, was nur wenige wissen, Ella. Mein Vater … er hat schon vor langer Zeit sein Testament gemacht. Darin wurde Anni dazu bestimmt, das Hotel zu übernehmen. Jetzt hat er es geändert. Er weiß wohl, dass seine Zeit bald gekommen ist.«

»Er hat ja auch nur noch Sie als Erben.« Ella musste sich auf die Lippen beißen, um Heinrich nicht von Anni zu erzählen.

»Ella, es ist leider viel komplizierter. In seinem neuen Testament hat Vater bestimmt, dass ich das Hotel nur erbe, wenn ich zu seinen Lebzeiten eine Frau heirate.«

Ella zuckte mit den Achseln. »Sie … Sie werden sicherlich eines Tages eine Frau finden.«

Er schüttelte heftig den Kopf. »Versteh doch … es ist … so schrecklich. So wie es um seine Gesundheit bestellt ist … Der Doktor sagt, dass er das neue Jahr vielleicht nicht mehr erlebt. Und nun muss ich womöglich Lucia Ludwig heiraten.«

»Das verstehe ich nicht.« Ella runzelte die Stirn. »Er … kann Sie doch nicht zwingen.«

»Doch, das können sie beide.« Verzweifelt ließ Heinrich die Schultern hängen und entfernte sich einige Schritte von Ella. Dann straffte er sich und kehrte zu ihr zurück. »Ella, ich muss dir etwas sagen. Es ist … ich kann diese Frau nicht heiraten, weil …« Er rang sichtlich um seine Fassung. »Ich könnte nie eine Frau heiraten.«

Ella suchte nach passenden Worten. Ihr Herz verkrampfte sich, denn ihre Gefühle für Heinrich waren plötzlich stärker denn je zuvor. Ihn so leiden zu sehen, schmerzte sie körperlich. »Heinrich, in Ihren Kreisen ist es wohl manchmal so, dass diese Entscheidungen nicht aus … aus Liebe getroffen werden.«

»Liebe!«, stieß Heinrich hervor und umfasste Ellas Schultern mit beiden Händen. »Ella, ich könnte Lucia nie lieben, weil ich niemals eine Frau lieben werde … so … so, wie es die Ehevorschriften verlangen.« Er ließ sie los und senkte den Kopf. »Ich … ich bin anders.«

»Anders?«

Nun sprach er ganz leise. »Ich könnte nur einen Mann lieben … nur einen Mann. Verstehst du?«

Ella trat einen Schritt zurück.

»Ella, bitte, versteh mich doch! Wir … wir sind gute

Freunde. Seit Anni nicht mehr da ist … Du warst meine einzige Stütze in diesem Haus.«

»Einen Mann?«, wiederholte Ella nur. Ella hatte von Liebesdingen wirklich nicht viel Ahnung. Alles Wissen darüber hatte ihr Anni zugetuschelt, hinter vorgehaltener Hand und mit roten Wangen. Oder sie hatte hier und da zufällig etwas aufgeschnappt. Nicht ohne Neugier, aber immer mit einer gewissen Scham, denn darüber sprach man einfach nicht. Sie wusste natürlich schon, was sich zwischen Mann und Frau zutragen sollte in einer Ehe. Aber dass so etwas auch zwischen Mann und Mann geschah …

»Ella, verurteile mich nicht!«, flehte Heinrich sie an.

Ella hätte ihm am liebsten ins Gesicht geschrien, dass sie ihn liebte. Aber das hätte auch nichts mehr geändert.

Voller Verzweiflung sprach Heinrich weiter. »Lucia weiß leider auch darum, und sie kennt Vaters Testament. Nun droht sie mir mit öffentlicher Bloßstellung, falls ich sie nicht heirate und ihr somit den Weg in unser Hotel ebne. Wenn sie das tut … es ist ja ganz abwegig, dass ich je eine Frau … Aber das würde auch unseren Ruf zerstören. Niemand darf wissen, dass ich …«

Verzweifelt versuchte Ella, einen klaren Gedanken zu fassen. »Warum will das Fräulein denn unbedingt das *Hotel Konrad* übernehmen?«

Hilflos hob Heinrich die Hände. »Ihr Bruder bekommt das Haus in Berlin. Sie will nicht ohne einen Rückhalt dastehen. Diese Frau ist eine hinterlistige Schlange.« Heinrichs Gesicht wurde ganz rot vor Zorn. »Mein Vater weiß ebenso darüber Bescheid, schon seit Jahren. Daher hasst er mich und hält mich für widernatürlich. Da kommt ihm Lucia ganz recht, und er ist begeistert von ihrem Vorschlag. Durch eine Heirat zwischen ihr und mir bliebe ihm die Peinlichkeit eines unverheirateten Sohns erspart, und Lucia brächte den Glanz des Hauses Ludwig in unser Hotel. Sie … sie setzt mir also die Pistole auf die Brust.«

In Ellas Kopf schwirrten die Gedanken durcheinander wie ein Schwarm Vögel in der Brandung.

»Und wenn Sie nicht … wenn Sie nicht heiraten?«

»Wenn er stirbt und ich unverheiratet bleibe, verliere ich jeglichen Anspruch auf das Hotel. Dies würde bedeuten … Nicht nur ich sitze auf der Straße, sondern ihr alle auch.«

Ella jagte ein kalter Schauer über den Rücken. »Und … was können wir dagegen unternehmen?«

Heinrich schwieg eine ganze Weile. Dann zuckte er mit den Achseln. »Nichts … wahrscheinlich nichts. Wenn sie mich bloßstellt, ist es um das Hotel geschehen. Wenn ich sie nicht heirate, gleichfalls … Vielleicht … vielleicht sollte ich fortlaufen«, murmelte er schließlich.

Ella erschrak. »Nein, Heinrich! So etwas dürfen Sie nicht denken. Dann … dann wäre doch auch alles verloren.« Wenn Heinrich einen ähnlichen Weg einschlüge wie Anni … Bei dem Gedanken schauderte es Ella von Neuem. Sie musste sich irgendetwas einfallen lassen. Heinrich durfte nicht den Mut verlieren.

Spät in der Nacht legte Ella die Stirn gegen die kühle Scheibe ihres Kammerfensters. Draußen lag die Ostsee friedlich im Mondlicht. Es waren zu viele Gedanken, die in ihrem Kopf kreisten. Ihre heimliche Liebe zu Heinrich war an diesem Tag gleich zweimal zerbrochen. Doch das Wissen, dass er auch nie eine andere Frau lieben würde, dämpfte ihren Schmerz ein wenig. Sie sagte sich immer wieder, dass er für sie sowieso unerreichbar war. Doch in ihren Träumen …

Durch Annis Freiheit wurde Heinrich in Ketten gelegt. Sie hatte Mut bewiesen und war geflohen. Heinrich hingegen musste die Last des elterlichen Erbes tragen. Aber mit welchen Folgen?

18

Heinrich wurde sichtlich von Seelenqualen gepeinigt. Wenn Ella ihm am Morgen begegnete, sah sie ihm die schlaflosen Nächte an. Vor den Gästen und vor allem gegenüber Lucia Ludwig ließ er sich nichts anmerken. An seinen fahrigen Bewegungen merkte Ella aber, wie er innerlich mit sich kämpfte. Lucia hingegen beäugte ihn wie eine Katze die Maus. Ganz beiläufig lächelte sie ihn an und nickte ihm zu. Dann beobachtete Ella, wie sein Kinn bebte und wie er um Beherrschung rang. Lucia ihrerseits strich im Hotel umher, als wäre sie schon die Hausherrin. Gefolgt von Irmi, besah sie sich jeden Flur. »Hier müssen neue Tapeten an die Wand, und dort muss der Boden ausgebessert werden.« Dem Kutscher übergab sie ihre Einkaufslisten, der daraufhin nach Hamburg fuhr. Gerda wunderte sich zunächst über die seltsamen Lebensmittel, die geliefert wurden. Wachteleier und Lammhaxe … so etwas hatte sie noch nie zubereitet. Doch Lucia bestand auf neuen Gerichten zum Dinner und verspeiste die kalten Reste gern noch in der Nacht. Nach und nach hegte jeder im Haus eine gewisse Abneigung gegen sie.

Ella erging es mit ihrem Wissen noch schlimmer. Sie konnte an nichts anderes denken und grübelte Stunde um Stunde über eine Lösung nach.

Nach mehr als zwei Wochen schien Heinrich aufgegeben zu haben. Als Ella eines Morgens kam, um das Zimmer zu richten, saß er auf der Bettkante und wirkte völlig verzweifelt.

»Es ist einfach nicht möglich. Ich könnte nie ein echter Mann für Lucia sein. Wie stellt sie sich das vor? Man wird doch nach einiger Zeit merken, dass wir … dass wir keine richtige Ehe führen.«

Ella legte das Kopfkissen beiseite, das sie gerade aufgeschüttelt hatte, und setzte sich neben Heinrich. Tröstend legte sie ihm eine Hand auf den Arm. Es war nicht mehr wichtig, dass sie nur ein Dienstmädchen war. Sie war auch seine Vertraute.

Er schenkte ihr ein dankbares Lächeln und seufzte tief. »Außerdem ist es doch sinnlos, und ich werde der letzte Erbe dieses Hauses bleiben. Sie und ich … wir werden keine Nachkommen haben. Da kann ich doch lieber …«

Ella erhob sich so hastig, dass er zurückschrak.

»Ja, Ella, ich weiß, das ist auch für dich und die anderen ein Drama, aber …«

»Sagen Sie das noch einmal!«, stieß Ella hervor.

Er sah sie fragend an. »Dass es mir für euch leidtut?«

»Nein … das mit den Nachkommen.«

»Ella, ich werde nie … lass gut sein … streu nicht noch Salz in meine Wunden!«

Ella trat ans Fenster und rieb sich die Stirn. Sie hatte gerade einen kühnen Einfall gehabt. Noch war es aber nur ein Blitz in ihrem Kopf gewesen. Sie musste ihre Gedanken ordnen.

Plötzlich erhob sich Heinrich. »Ich werde meinen Entschluss auch meinem Vater mitteilen. Hoffentlich überlebt er das, aber …«

»Heinrich, warten Sie!« Ella hob eine Hand, mit der anderen berührte sie ihre Schläfe.

»Da gibt es nicht viel zu warten.«

»Heinrich! Was wäre … wenn es eine Lösung für das Problem der … der unerfüllten Ehe gäbe?«

»Was meinst du damit?«

»Ich meine … was wäre, wenn es doch einen späteren Erben für das Hotel gäbe? Einen rechtmäßigen?«

»Ella, ich werde nie mit Lucia das Bett teilen. Diese Schmach käme früher oder später ans Licht.« Er sah fast angeekelt aus. »Das ist nicht … das kann ich nicht ablegen wie einen Mantel. Versteh mich doch!«

»Ich verstehe Sie. Aber was wäre, wenn es einen Erben gäbe? Für den es sich lohnen würde, das Hotel zu halten?«

Voller Verzweiflung hob Heinrich die Hände. »Wo soll der herkommen? Ich werde ihn wohl kaum zeugen.«

»Sie nicht …«

»Ella, es ist wirklich nicht die Zeit für Ratespiele. Und da kein Nachkomme vom Himmel fallen wird …«

»Heinrich, es … es wird einen Nachkommen der Familie Konrad geben.«

Heinrich sah sie an und schüttelte den Kopf. »Hast du völlig den Verstand verloren?«

Ella rang mit sich, aber der Plan, der ihr gerade in den Sinn gekommen war, würde allen helfen. Allen. Doch wenn sie ihn Heinrich jetzt vorschlug, musste sie das Geheimnis um Anni lüften. Falls Heinrich dem Vorschlag nicht zustimmte, geriet Anni womöglich in noch größere Schwierigkeiten.

»Also, ich finde, es hat keinen Sinn, sich weiter den Kopf zu zerbrechen.« Heinrich machte Anstalten, den Raum zu verlassen.

»Heinrich, warten Sie! Ich muss Ihnen etwas sagen. Und darin könnte die Lösung liegen.«

»Dann sprich doch endlich!«

Ella senkte den Blick. »Anni lebt.«

Ungläubig starrte Heinrich Ella an und sank zurück auf die Bettkante. »Was?«, fragte er fassungslos.

»Heinrich, Anni lebt. Und sie ist auch gerade in Schwierigkeiten. Aber wenn Sie ihr helfen, könnten Sie auch sich selbst helfen.«

»Ich ... ich verstehe nicht. Sie lebt?«

Ella trat zu ihm und setzte sich neben ihn. »Hören Sie mir genau zu! Ihre Schwester lebt. Sie ist mit diesem Musiker nach Hamburg geflohen.«

Heinrich schüttelte den Kopf. »Wie ... wie konnte sie uns das antun ... uns in dem Glauben lassen, dass ...«

»Ich war auch entsetzt. Aber ein wenig kann ich sie verstehen. Gerade jetzt, da Sie ... sich in einer ähnlichen Lage befinden ...« Jetzt hatte sie es ausgesprochen und musste alles auf eine Karte setzen. »Anni ist schwanger. Das droht, ihren Traum zu zerstören. Sie möchte als Sängerin auftreten. Aber das ist nicht möglich mit einem Kind am Rockzipfel. Sie ist verzweifelt, Heinrich.«

»Ein Kind ... was redest du da, Ella?« Heinrich fuhr sich mit den Händen über das Gesicht.

»Denken Sie doch nach, Heinrich! Anni bekommt ein Kind, das Anrecht auf sein Erbe hätte. Ein Erbe, das seine Mutter nie antreten wird. Sie wiederum ... werden nie einen eigenen Erben haben, Heinrich.«

Einen Augenblick lang schwieg Ella. Hoffentlich war sie jetzt nicht über das Ziel hinausgeschossen.

Heinrich nahm die Hände vom Gesicht und starrte auf die Wand. Dann sah er Ella an. »Wie soll das vonstattengehen?«

Ella holte tief Luft. »Sie heiraten Lucia. Aber nur unter der Bedingung, dass sie das Kind als das ihre annimmt. Sie weiß doch, dass Sie … mit ihr … Somit wäre das Problem gelöst. Zu dritt könnten Sie als ideale Familie auftreten. Lucia bekommt das Hotel, Sie Ihre Ruhe, und Anni … ihr wäre geholfen, denn sie könnte weiterhin ihrem Traum nachgehen. Und das Kind …«

»Das ist ein verrückter Plan, Ella.« Heinrich schüttelte den Kopf. Dann hielt er inne und schien nachzudenken. »Verrückt … aber …« Nun sah er Ella an. »Er könnte aufgehen. Aber ob Lucia da mitspielt?«

Ella neigte den Kopf. »Das Fräulein Ludwig ist so erpicht auf dieses Haus, dass ihr jedes Mittel recht sein dürfte.«

Er sprang auf. »Ich muss mit Anni sprechen. Weißt du, wo ich sie finde?«

Ella nickte. »Ich habe einen Brief von ihr bekommen.«

Am nächsten Tag fuhr Heinrich nach Hamburg. Unter dem Vorwand, einen dringlichen geschäftlichen Termin wahrnehmen zu müssen, lieh er sich von einem Gast ein Automobil nebst Fahrer.

Ella konnte Heinrichs Rückkehr kaum erwarten, doch erst am späten Abend traf das Gefährt wieder vor dem Hotel ein.

Es war schon dunkel, als sich Ella und Heinrich am Strand trafen.

»Haben Sie sie gefunden?« Ella konnte ihre Aufregung kaum noch zügeln.

»Er nickte. Ich soll Sie aufs Herzlichste grüßen. Es … es war seltsam, sie zu treffen, nachdem wir doch alle glaubten, sie sei … tot.« Heinrich fuhr sich durch das Haar. Der Tag hatte ihn sichtlich mitgenommen. »Aber ich habe mit ihr gesprochen und ihr erzählt, wie es um uns steht. Sie wäre bereit, nein … sie wäre froh, mir das Kind in Obhut zu geben.«

Zwei Tage später rief ein Klingeln Ella in die Suite von Fräulein Ludwig. Als sie den Salon betrat, bemerkte sie, dass nicht nur das Fräulein nebst Irmi anwesend war, sondern auch Heinrich. Er stand am anderen Ende des Tischs, an dem das Fräulein saß, und hatte die Hände hinter den Rücken gelegt.

Fräulein Ludwig wirkte ziemlich verwirrt. »Was hat das Mädchen hier zu suchen?«

Heinrich räusperte sich. »Lucia, wir müssen etwas besprechen. Es geht um … ich möchte dir einen … Handel vorschlagen. Da Ella mein volles Vertrauen genießt und in diesem Handel eine gewisse Rolle spielen wird, sollte sie anwesend sein. Dein Dienstmädchen kannst du hinzuziehen, wenn du das möchtest.«

Die Blicke des Fräuleins wanderten von Ella zu Heinrich und wieder zurück. Allerdings blitzte in ihren Augen eine gewisse Neugier auf. Sie zog an dem Mundstück ihrer Zigarette und stieß eine kleine Qualmwolke aus.

»Irmi, verlass bitte das Zimmer!«, verlangte das Fräulein und schickte ihr Mädchen mit einem ungeduldigen Handwedeln hinaus. An der Tür drehte sich Irmi noch einmal um und strafte Ella mit einem bösen Blick.

Heinrich straffte sich. Ella sah ihm an, wie schwer es ihm fiel, eine souveräne Haltung zu bewahren.

»Lucia, nachdem du mir so unmissverständlich zu verstehen gegeben hast, dass du dieses Hotel als das deine beanspruchst und mir damit drohst … und als letztendlicher Ausweg nur meine Einwilligung zu einer Heirat mit dir im Raum steht, möchte ich dieser … eventuellen … Abmachung eine Bedingung voranstellen.«

Mit einem Lachen stieß das Fräulein den Rauch ihrer Zigarette aus. »Da bin ich aber gespannt.«

Ella überraschte das Selbstbewusstsein dieser Frau. Plötzlich passte aber alles zusammen. Das viele Gepäck, das schon darauf schließen ließ, dass sie nicht nur für einige Tage im Haus bleiben wollte. Das Umgarnen des alten Herrn Konrad sowie das herrische Auftreten des Fräuleins den Gästen gegenüber. Von Anfang an hatte sie geplant, sich hier einzunisten. Dann war ihr das Wissen um Heinrichs Problem zugeflogen … oder hatte sie schon vorher davon gewusst? Ella vermochte es nicht zu erahnen.

Heinrich richtete sich auf und ging einige Schritte auf und ab. »Sollten wir eine Ehe eingehen, ist dir sicher bewusst, dass wir diese nicht vollziehen werden.«

Das Fräulein kicherte abfällig. »Ja, mir wurde zugetragen, dass ich mir diesbezüglich keine Hoffnungen machen muss.«

Heinrich wurde rot, bemühte sich aber, nicht aus der Fassung zu geraten. »Nun ist es so, dass von der Gesellschaft im Allgemeinen nach einer Eheschließung die Vermeldung freudiger Ereignisse verlangt wird. Hier würden wir wohl in Erklärungsnot geraten.«

Der Gesichtsausdruck des Fräuleins wurde nun ernst. »Ja, in der Tat wäre es ein Problem, wenn der Ehemann seinen Pflichten nicht nachkäme. Wobei mir eine derartige Beanspruchung meines Körpers ebenfalls missfiele.«

»Gut, somit wären wir uns schon einig. Ich kann dir aber eine Lösung des Problems anbieten.« Heinrich hielt inne und musterte das Fräulein mit strengem Blick. Ganz offenkundig wollte er keinen Zweifel an seiner Ernsthaftigkeit aufkommen lassen. »Ich habe eine gute Freundin, die in Not geraten ist. Sie erwartet ein Kind. Allerdings wird sie sich dieses Kinds nicht annehmen können. Und hier kommt mein Angebot. Ich nehme dich zur Frau, Lucia, wenn wir dieses Kind als das unsere ausgeben. Ich werde keine weiteren Forderungen stellen. Du kannst das Hotel nach deinem Gutdünken führen. Mich und das Kind lässt du aber in Frieden leben.«

Das Fräulein hob die Brauen und zog mehrmals an ihrer Zigarette.

»Wie stellst du dir das vor?« Ihr Ton war jetzt so sachlich, als ginge es um eine geschäftliche Abmachung.

»Nun …« Heinrich stützte sich mit beiden Händen auf dem Tisch ab. »Es erfordert etwas Planung und auf jeden Fall absolute Verschwiegenheit. Nach unserer Hochzeit und dem vermeintlichen Vollzug unserer Ehe müsstest du dich natürlich in freudiger Erwartung präsentieren. Ich nehme aber an, dass du dich den Gefahren einer Geburt hier in der Provinz nicht aussetzen möchtest. In Hamburg gibt es sehr gute Ärzte, denen du dich lieber anvertrauen würdest. Als treu sorgender Ehemann würde ich dich natürlich begleiten, und Ella wäre auch dabei.« Heinrich bedachte sie mit einer entschlossenen Handbewegung.

Ella zuckte zusammen. So weit hatte sie ihren Plan noch gar nicht durchdacht. Da war ihr Heinrich offenkundig weit voraus.

»Lucia, du musst nichts weiter tun, als das dir übergebene Kind als dein eigenes zu betrachten. Wir kehren zurück nach Laboe, und alle bekommen, was sie wollen.«

»Ich muss also nichts weiter tun, als zu behaupten, dieses Kind sei unser Kind?« Fräulein Ludwig richtete sich auf und schien den Plan zu überdenken.

Ella zitterte vor Aufregung. Falls das Fräulein nicht auf den Handel einging … nicht auszudenken, was dann passieren würde.

Heinrich breitete die Arme aus. »Mit dieser Lösung würden wir alle Probleme und Fragen hinsichtlich unserer Ehe ausräumen. Wir hätten einen Vertrag.«

Das Fräulein kniff die Augen zusammen und musterte Heinrich mit prüfendem Blick. »Was unsere Ehe betrifft, so hätte ich natürlich auch meine Bedürfnisse. Ich bin noch jung. Wärst du gewillt, Stillschweigen zu bewahren, wenn ich mir … echte Männer suche?«

Ella sah, wie Heinrich nach Luft rang. Dann nickte er. »Solange es dem Ruf des Hotels nicht schadet, was du sicher vermeiden möchtest, kannst du tun und lassen, was du willst. Unsere Ehe wird nur auf dem Papier bestehen.« Um seiner Aussage Nachdruck zu verleihen, hob er abwehrend die Hände.

»Und dieses Balg? Wer kümmert sich darum?«

Heinrich deutete auf Ella. »Sie wird sich als Kindermädchen um das Kleine kümmern, keine Sorge.«

Eine ganze Weile sah das Fräulein Ludwig noch nachdenklich vor sich hin. Dann zündete sie sich eine neue Zigarette an und nickte. »Gut, wir haben eine Abmachung. Wann heiraten wir?«

Die Hochzeit wurde eilig anberaumt, die Feierlichkeiten aber mit Rücksicht auf den schlechten Gesundheitszustand des alten Herrn Konrad klein gehalten.

Lucia wirkte leicht verstimmt angesichts der bescheidenen Feier. Ein großes Fest mit viel Prunk und vielen Gästen wäre ihr lieber gewesen, doch in Anbetracht der rein nützlichen Natur der Eheschließung lenkte sie ein.

Am Abend der Feierlichkeit verkündete Herr Konrad, dass er das Hotel an seinen Sohn und dessen Gattin übergeben habe.

Dass seine Freude über diesen Umstand eher eine Genugtuung war, seinem Sohn seinen Willen aufgezwungen zu haben, erkannten wohl nur Heinrich und Ella.

Kurz nach der Hochzeit verstarb der alte Herr Konrad eines Nachts in seinem Bett.

Seine Beerdigung wurde ein weitaus größeres Ereignis als die Hochzeit seines Sohns, da ganz Laboe dem ehrwürdigen Hotelier die letzte Ehre erwies. Für Heinrich insgeheim ein glücklicher Umstand, nahm ihm doch niemand übel, dass er seine Freude über die Eheschließung nicht zur Schau stellen musste.

19

Der weitaus schwierigere Teil des geheimen Plans stand noch bevor. Lucia schien sogar Gefallen daran zu finden, ihr schauspielerisches Talent zeigen zu können. Mit theatralischen Übelkeitsanfällen am Morgen überzeugte sie bald nach der Hochzeit sogar die Mamsell, in anderen Umständen zu sein. Allerdings verzichtete sie nicht auf ihre abendlichen Feiern im Saal. Sie müsse sich ja schließlich auch um die Gäste kümmern, betonte sie. Heinrich und Ella beobachteten sie argwöhnisch.

Damit Irmi keinen Verdacht schöpfte, kommandierte die neue Frau Konrad ihre Zofe kurzerhand ab, als Dienstmädchen dem ganzen Haus zur Verfügung zu stehen und der Mamsell sowie Sofie zur Hand zu gehen.

Ella hingegen wurde das persönliche Dienstmädchen des Ehepaars Konrad.

Ein Umstand, den Ella nicht bedacht hatte, war die bei Lucia auftretende *Frauenproblematik*. Diese musste vor der Waschfrau tunlichst verheimlicht werden. So gehörte es zu Ellas Aufgaben, fortan alle vier Wochen die Hygienebinden von Lucia in der Nacht auszuwaschen.

Gleich nach der Hochzeit veranlasste Lucia eine Renovierung und Umgestaltung der Privaträume. Heinrich überließ ihr dies ohne Protest. Nur auf seinem privaten Schlafzimmer bestand er. Die Zimmer des alten Herrn Konrad wurden leer geräumt, Handwerker klebten neue Tapeten an die Wände, die Lucia Konrad eigens aus Berlin bestellt hatte. Außerdem wurde eine ganze Wagenladung neuer Möbel angeliefert. Bald erinnerte nichts mehr an dessen früheren Bewohner.

Heinrich hingegen schickte sich an, aus Annis Zimmer ein Kinderzimmer zu machen. Lucias Schauspiel, eine echte Schwangere zu sein, überzeugte sogar fast Ella und Heinrich. Allerdings war es Lucia völlig gleichgültig, wie Heinrich das Kinderzimmer einrichten wollte. Und die strenge Ermahnung der Mamsell, zu viele hochprozentige Getränke seien schädlich für das Ungeborene, stieß bei Lucia auf taube Ohren.

Je mehr Zeit ins Land ging, desto mehr zweifelte Ella, dass sie einen guten Plan ausgeheckt hatten. Heinrich hingegen schien sich ernsthaft auf seine baldige Rolle als Vater zu freuen.

Dass man Lucia eine fortgeschrittene Schwangerschaft bald auch körperlich abnahm, lag daran, dass sie ihre neue Stellung nach Kräften genoss. Sie ging deutlich in die Breite, und ihre Kleider ließen sich nur noch mühsam schließen.

Kurz vor dem Jahreswechsel wurde es Zeit, dass Lucia sich in die vermeintlich sichere Obhut der Hamburger Ärzte begab. Heinrich hatte dafür einiges arrangiert und für Lucia ein Hotel gebucht. Sie schien den baldigen Aufenthalt in der Stadt als willkommene Abwechslung zu sehen. Die Mamsell deutete ihre Aufregung als Vorboten der baldigen Niederkunft.

Am Tag von Lucias Abreise standen Heinrich und Ella erleichtert auf der Straße vor dem Hotel. In der Anonymität der Großstadt ließe sich die Vollendung ihres Plans hoffentlich leichter umsetzen.

Als ihre eigene Abreise wenig später anstand, fühlte sich Ella aufgeregter denn je. Heinrich versuchte, sie zu beruhigen, und meinte, es werde sich schon alles nach ihren Wünschen fügen.

Es war aber nicht nur das baldige Wiedersehen mit Anni, sondern auch die Großstadt an sich, die Ella fast aus der Fassung brachte. Noch nie zuvor in ihrem Leben hatte sie Laboe verlassen.

Hamburg erschien Ella unvorstellbar groß, grau und voller Menschen. Noch nie hatte sie so viel Betrieb auf den Straßen erlebt. Pferdefuhrwerke, Automobile und Straßenbahnen fuhren wild durcheinander, dazwischen drängten sich Aberhunderte Fußgänger.

Heinrich hatte wieder ein Automobil besorgt und dem Fahrer die Adresse gegeben. Sie wollten gleich zu Anni.

Trotz ihrer Aufregung war Ella nicht entgangen, dass der Fahrer verwundert die Augenbrauen gehoben hatte, als er erfuhr, wohin er die Herrschaften bringen sollte. »Sind Sie sich da sicher?«, hatte er nachgefragt.

Auf Ellas fragenden Blick hin schüttelte Heinrich den Kopf. »Anni hat sich das selbst so ausgesucht. Es ist weiß Gott nicht wie in Laboe, Ella.« Er war ja schon einmal dort gewesen.

Ella hatte sich Anni gar nicht anderswo vorstellen können als in den gepflegten Räumen gehobener Kreise. Als sie aber dem Stadtteil namens Hammerbrook näher kamen, wurde ihr bewusst, dass es hier wohl kaum größere Häuser mit Annehmlichkeiten gab. Zwischen Lagerplätzen, Fabriken, Eisenbahnanlagen, schmutzigen Kanälen und Pferdeställen ragten heruntergekommene Mietskasernen in den Himmel. Die Straßen wurden immer enger und schmutziger, und der Fahrer hatte Mühe, sich zurechtzufinden. Noch dazu erregte das Automobil allgemeines Aufsehen, denn hierher verirrte sich wohl selten eins der modernen Gefährte. Zerlumpte Kinder liefen lachend und winkend neben dem Wagen her, während die Erwachsenen einen eher misstrauischen Eindruck machten. Ella duckte sich auf ihrem Platz, denn alles, was sie hier erlebte, machte ihr Angst.

Der Wagen hielt vor einem der großen Häuser. Überall lag Unrat herum. Erschrocken entdeckte Ella einen älteren Mann, der offenbar völlig betrunken vor dem Eingang lag. Heinrich nahm Ella am Arm und schob sie vor sich her. Im Haus mussten sie mehrere Treppen erklimmen, bevor sie in einen schmalen Flur abbogen. Ihr Ziel war keine richtige Wohnung, eher ein langer Flur mit unzähligen Zimmern. Ella hörte Kindergeschrei und grölende Männerstimmen. Eine Frau mit Kopftuch und einer Wanne voller Wäsche kam ihnen entgegen und zwängte sich wortlos vorbei. Ella erinnerten die Einzelzimmer zuerst an ein Hotel wie bei ihnen daheim in Laboe. Aber einige Türen standen offen, und in den kleinen Räumen drängten sich ganze Familien zusammen. Bei diesem Anblick erschrak Ella noch mehr.

Endlich blieb Heinrich vor einem der Zimmer stehen und klopfte. Es war Philipp, der ihnen öffnete. »Herr Konrad.« Er bat Heinrich und Ella einzutreten. Das Zimmerchen, in dem sie sich wiederfanden, war winzig. Neben einem kleinen Ofen, der gleichzeitig als Herd zu dienen schien, gab es zwei Etagenbetten. Das kleine Fenster war zur Hälfte mit einem Stück Stoff abgedeckt. Es war kalt und roch nach Feuchtigkeit und menschlichen Ausdünstungen.

»Heinrich! Ella!« Aus dem unteren Abteil eines der Betten erhob sich Anni. Ella erkannte sie kaum wieder. Ihr hageres Gesicht war eingefallen und ungesund grau. In ihren Armen hielt sie ein Bündel, aus dem es leise greinte. »Ich bin so froh, dass ihr gekommen seid!«

Ella versuchte, sich ein Lächeln abzuringen, das ihr in Anbetracht der Umstände aber nicht gelingen wollte. Sie wusste nicht, womit sie gerechnet hatte, auf jeden Fall aber nicht damit, dass ihre Freundin in derartig ärmlichen Verhältnissen lebte. Erschrocken trat sie zur Seite, als sie bemerkte, dass auf der anderen Seite, im oberen Bett, noch jemand lag. Ein Mann drehte sich dort gerade laut schnarchend um.

»Anni, geht es dir gut?« Heinrich umarmte seine Schwester kurz und mit Abstand, denn sie trug den Säugling noch auf dem Arm.

»Ja, wir haben alles gut überstanden. Er ist jetzt vier Wochen alt«, sagte sie mit einem liebevollen Blick auf das Kind.

Nun ergriff Philipp das Wort. »Wir können hier mit dem Kleinen kaum überleben. Das sehen Sie ja selbst. Daher sind wir sehr froh, dass Sie ihn bei sich aufnehmen wollen. Wir wohnen nur vorübergehend in dieser Unterkunft, bis wir dann bald nach Amerika übersetzen.«

»Ihr passt aber gut auf den Kleinen auf. Das versprecht ihr mir, ja?« Annis Miene zeigte eine Mischung aus Angst und Trauer.

Heinrich nahm Anni das greinende Bündel aus dem

Arm. »Anni, ich werde mein Bestes geben und dieses Kind behandeln wie mein eigenes.«

Ella bemerkte Heinrichs verklärten Blick, mit dem er den Säugling betrachtete.

»Alexander … wir haben ihn Alexander genannt. Bitte, lasst ihn gottgefällig taufen! Wir konnten nicht … er ist ja unehelich.«

Bei diesen Worten verzog Philipp das Gesicht. Ella sah ihm an, dass er wohl nie vorgehabt hatte, Anni zu heiraten oder diesem Kind ein Vater zu sein.

»Anni, keine Sorge! Er wird es gut haben. Und er wird in Laboe genauso glücklich aufwachsen wie wir. Ella …« Heinrich übergab Ella den Kleinen. Anni wandte sich an Ella. »Er schläft noch recht viel. Ich … ich habe ihn gleich an das Fläschchen gewöhnt. Die Milch ist allerdings sehr teuer.« Ihr Blick schweifte zu Heinrich. »Davon solltet ihr in Hamburg etwas kaufen und mit nach Laboe nehmen. Es gibt schon viele Frauen, die nicht mehr stillen, aber bei uns in Laboe … ich weiß nicht, ob man diese Milch dort bekommt. Versprich mir, dass du gut auf ihn aufpasst!« Bei diesen Worten fasste sich Anni an den Hals, wo der kleine Bernsteinanhänger hing.

»Natürlich, Anni.« Ella wiegte das Kind in den Armen. Es fühlte sich ungewohnt an, doch ihr Herz schlug sofort voller Liebe für das kleine Wesen. Sie würde es hüten wie ihr eigenes.

Heinrich übergab Philipp noch einen kleinen Umschlag. »Ihr solltet gut bei Kräften sein, wenn ihr nach Amerika wollt.«

Dankend wandte sich Anni an ihren Bruder. »Es … es war nicht leicht in den letzten Monaten.«

»Aber jetzt habt ihr wieder alle Möglichkeiten. Anni, gehab dich wohl und pass auf dich auf! Und schreib mir hin und wieder einmal!«

»Ja … ja …« Anni wischte sich die Tränen aus den Augen.

Ella trug den kleinen Alexander aus dem Haus und drückte ihn auf der Fahrt in das Hotel, wo Lucia auf sie wartete, ganz fest an sich.

Heinrich schüttelte noch ganz benommen den Kopf. »Das war nicht die richtige Umgebung für ein Kleinkind. Ich weiß nicht, wie Anni … aber sie hat es so gewollt, sie hat es selbst so gewollt.«

Er streckte die Hand aus und streichelte dem kleinen Alexander mit einem Finger über die Wange. »Jetzt kann er ein echter Konrad werden, gesund und kräftig.«

Lucia war nicht gerade erfreut, als die kleine Gesellschaft in ihrer großen Suite im Hotel eintraf. Ella erschien es wie im Traum, dass sie eben noch in Annis ärmlicher Unterkunft gestanden hatte und plötzlich in luxuriöse, warme und trockene Räume mit edlen Möbeln und Polstern kam.

Lucia verschwendete nur einen kurzen Blick auf das Kind. »Ist es das?« Sie beäugte das Bündel auf Ellas Arm. »Heinrich, die Sachen, die du bestellt hast, stehen dort vorn. Bitte, sorg dafür, dass das Kind nicht herumschreit. Ich möchte mich noch etwas von der vermeintlichen Geburt erholen, bevor wir nach Laboe zurückfahren.« Sie lachte kurz auf. »Ella, du weißt sicher Bescheid. Das kleine Ding riecht nicht sonderlich gut. Vielleicht solltest du es zunächst einmal baden.«

Zusammen mit Heinrich badete Ella den kleinen Alexander. Im Gegensatz zu Lucia war Heinrich ganz vernarrt in ihn und ließ ihn nicht aus den Augen. Von einem Hamburger Kaufhaus hatte er sich eine ganze Kiste Säuglingsausstattung liefern lassen und suchte jetzt frische Kleidung für den Kleinen heraus. Ebenso gab es eine Stubenwiege und einen Kinderwagen. Ella fragte sich, wie sie das alles nach Laboe schaffen sollten.

Die ersten Tage waren sehr ungewohnt für Ella. Sie war jetzt kein Dienstmädchen mehr, sondern Tag und Nacht für den kleinen Alexander zuständig. Er machte es ihr leicht, er war sehr pfleglich und schlief fast immer. Die Milchnahrung bekam er mit einem Fläschchen. Nur beim Wechseln der Windeln greinte er leise. Heinrich war an ihrer Seite und schaukelte die Wiege mit größter Geduld. Lucia hingegen zog es vor, ihre Zeit wie gewohnt zu verbringen, und vertrieb sich den Tag und die halbe Nacht in den Salons des Hotels. Hier wusste ja niemand von ihrem neu erlangten Mutterglück.

Als es Zeit wurde, nach Laboe zurückzukehren, verschlechterte sich Lucias Laune zusehends. Dort würde sie die Mutterrolle zumindest etwas überzeugender spielen müssen. Sie beäugte das Kind, als hätte es eine ansteckende Krankheit.

20

Laboe, 1921/1922

Zurück in Laboe, sonnte sich Lucia in der Fülle der Glückwünsche zur Geburt ihres Sohns. Sogar ihre Familie aus Berlin ließ einen opulenten Präsentkorb schicken. Doch als die Glückwünsche nachließen, kümmerte sie sich immer weniger um den kleinen Alexander.

Heinrich hingegen ging ganz in seiner neuen Rolle als Vater auf. Auch wenn es ihm jetzt oblag, das *Hotel Konrad* zu führen, fand er immer Zeit, sich mit dem Kind zu beschäftigen.

Für Ella begann eine ganz neue Zeit. Ihre Tage waren nicht mehr geprägt vom unsteten Auf und Ab auf den schmalen Stiegen, sondern nur noch vom Rhythmus des Kleinen, und das empfand sie fast als langweilig. Um dem schlechten Gefühl des Nichtstuns und den neidischen Blicken von Irma und Sofie zu entkommen, packte sie den kleinen Alexander alsbald in den Kinderwagen und fuhr mit ihm durchs Dorf. So konnte sie auch wieder öfter bei ihrer Mutter vorbeisehen.

Jakob war für sie inzwischen ein gewohnter Anblick in der alten Kate. Immer noch kümmerte er sich um das Haus, den Garten und um Ellas Mutter. Der hatte der Winter wieder schwer zugesetzt.

Jakob empfing Ella und das Kind jedes Mal mit Begeisterung. Der kleine Alexander schien sich in den Armen des jungen Mannes genauso wohlzufühlen wie bei Heinrich.

»Ach, schau!« Die Augen von Ellas Mutter glänzten. »Er wäre sicherlich ein guter Vater.« Dabei warf sie Ella einen langen Blick zu. Ella musste sich räuspern, denn auch sie hatte diesen Gedanken bei Jakobs Anblick schon oft gehabt. Jetzt, da ihr Leben etwas ruhiger geworden war und sie sich nicht mehr ständig Sorgen um Heinrich oder das Hotel machen musste, fühlte sie sich manchmal einsam. Heinrich war nun mit Lucia verheiratet. Aber er war ja auch nicht mehr der Mann, von dem sie einmal geträumt hatte. Mit ihren inzwischen zwanzig Jahren war sie viel nachdenklicher geworden, als sie es früher gewesen war. Und obwohl sie sich wie eine Mutter um den kleinen Alexander kümmerte, wuchs ganz tief in ihr der Wunsch, eines Tages eine Familie zu gründen. Seit ihre Schwärmerei für Heinrich erloschen war wie ein Feuer, über das man einen Eimer kaltes Wasser gekippt hatte, sah sie Jakob plötzlich mit ganz anderen Augen. Hatte ihre Mutter gar einen Hintergedanken gehegt, als sie ihm einen Platz in ihrem Haus angeboten hatte?

Bis auf die große Narbe im Gesicht war Jakob ein ansehnlicher und stattlicher Mann. Die Arbeit in der Kate und ringsum tat ihm sichtlich gut, und er sah viel gesünder und kräftiger aus als vor einem Jahr. Er bediente nun täglich wieder das Räucherhaus und sorgte damit für einen bescheidenen Unterhalt. Er fiel niemandem zur Last, sondern hatte sich aus eigener Kraft ein Einkommen verschafft, das auch Ellas Mutter zugutekam.

Lucia ging in ihrer Rolle als Hausherrin des Hotels gänzlich auf. Sie ließ mehrere Räumlichkeiten renovieren und verändern, sorgte dafür, dass immer mehr Gäste kamen, und war bald eine angesehene Persönlichkeit im Ort.

Sie stellte neue Dienstmädchen ein und erleichterte Irmi und Sofie die Tagesarbeit. Sie organisierte rauschende Feste im Saal, zu denen inzwischen auch die Gäste aus anderen Pensionen und Hotels kamen.

Herr Walter bekam einen Boy zur Seite, der sich um das Gepäck kümmerte und die Gäste auf die Zimmer brachte. Außerdem verpflichtete Lucia eine zweite Köchin. Sie sorgte dafür, dass neben dem Hotel ein Platz geschaffen wurde, auf dem die immer zahlreicher eintreffenden Automobile parken konnten. Heinrich mischte sich nicht viel ein. Er führte das Büro und erledigte die Schreibarbeit mit großer Geduld. Mamsell Beintger hingegen hatte große Schwierigkeiten, sich mit den Veränderungen abzufinden. Als Lucia ihr daraufhin eines Tages die Kündigung aussprach, gab es erstmals ernsthaften Streit zwischen Heinrich und Lucia. Heinrich gab allerdings klein bei. Ella wusste, warum er sich nicht traute, gegen Lucia aufzubegehren, und warum er so sehr darunter litt. Aber die Kündigung der Mamsell war ein echter Affront gegen ihn. Lucias Eskapaden ertrug er mit größerer Qual, als es alle anderen erahnten. Manchmal überfiel ihn eine Melancholie und Traurigkeit, doch Ella konnte ihn mit dem kleinen Alexander immer schnell wieder aufheitern. Alexander war Heinrichs ganzes Glück. Er schenkte dem Kind so viel Liebe wie sonst niemandem.

Die neue Leidenschaft der Gesellschaft war in diesem Sommer das Segeln. Immer mehr Herren und sogar einige Damen zog es aufs Wasser. Daraufhin musste der Bürgermeister den Hafen vergrößern und neue Stege für die Sportboote anlegen lassen.

Lucia konnte dem Segeln nichts abgewinnen, doch Heinrich brannte regelrecht für den neuen Sport. Begeistert erlernte er das Manövrieren eines Bootes und war fortan so oft wie möglich auf dem Wasser der Förde unterwegs. Ella schob den Kinderwagen gern zum Hafen, wo sie mit Alexander auf Heinrich wartete. Aufgeregt erzählte er ihr dann von seinen Erlebnissen auf der Förde. Beinahe war es so wie früher, wenn sie gemeinsam durch den Ort zum Hotel zurückkehrten.

Heinrich bemühte sich immer noch um den kleinen Jungen, wenn er Zeit dazu fand, aber seine Begeisterung ebbte über die Monate etwas ab und verlagerte sich auf die Segelboote.

Ella tat das Kind ein bisschen leid, schließlich war es durch ihr Dafürhalten hierhergekommen. Der geheime Handel hatte zwar für Heinrich und Lucia den erwarteten Erfolg gebracht, denn sie konnten beide ein Leben zu ihren Bedingungen führen, doch Alexander hatte niemanden außer Ella. Bei Lucia fremdelte er sehr. Manchmal nahm sie ihn auf den Arm, um ihn voller Stolz den Gästen vorzuführen, doch er jammerte dann so laut, dass sie ihn schnell wieder in Ellas Obhut übergab. Bei Heinrich lächelte der kleine Junge zwar fröhlich, doch verbrachte Heinrich inzwischen die meiste Zeit bei seinen Freunden vom Segelclub. Überwiegend jungen Männern. Ella verbot es sich, darüber nachzudenken.

Weder Heinrich noch Lucia merkten, dass Alexander seit dem Ende des Sommers zu Ella Mama sagte, und es fiel ihnen auch nicht auf, dass er schon krabbeln konnte. Ella hingegen war überaus stolz, wenn er etwas Neues lernte, und da sich im Hotel kaum jemand um ihn kümmerte, freute sie sich zusammen mit Jakob über alle Fortschritte des Kleinen.

Die Kate war ihr inzwischen wieder ein sicheres Zuhause geworden. Dort fühlte sie sich viel wohler als im Hotel, in dem sich so viel verändert hatte und wo immer hektische Betriebsamkeit herrschte.

Nur nachts schlief sie mit Alexander im Hotel in Annis früherem Zimmer, das nun ein Kinderzimmer war.

Am Tag aber krabbelte Alexander durch die Stube der Kate oder saß lachend auf Jakobs Knien. Glücklich und zufrieden beobachtete Ellas Mutter die drei von ihrem Lager aus. Sie war sehr schwach geworden, und der Arzt verhieß nichts Gutes für den nahenden Winter.

Jakob hatte die Stube gut eingeheizt, und der Frost vor der Tür malte kleine Eisblumen an die Fenster. Draußen neigten sich die Äste der Büsche unter den Eiskristallen, und die Kälte formte den Atem zu kleinen weißen Wolken.

Ella saß bei ihrer Mutter, als die letzten Kräfte schwanden. Der Husten hatte schon vor Tagen aufgehört, und sie hatte kaum noch Luft zum Atmen. Ihre Lippen waren bläulich verfärbt, die abgezehrten Züge ohne jede Farbe. Dennoch glomm noch Leben in ihren Augen.

Mit schwacher Stimme richtete sie ihre letzten Worte an Ella. »Halte die Kate und Vaters Erbe in Ehren.«

»Natürlich, Mutter.«

»Und schick den Jakob nicht fort.«

»Nein, Mutter, das tue ich gewiss nicht.«

Ihre Mutter hob schwach die Hand und berührte den kleinen Bernsteinanhänger, den Ella immer noch um den Hals trug. »Jeden Abend, wenn die Sonne im Meer versinkt, verliert sie vor Trauer eine Träne. Weine nicht um mich, mein Kind …«

Ihre Hand sank zurück auf die Decke, und ihre Augen wurden glasig. Sie starb an einem sonnigen Wintertag im Januar 1922.

Mit dem schlafenden Alexander auf dem Arm trat Jakob an Ella heran und legte ihr tröstend eine Hand auf die Schulter. Es war ein kleiner trauriger Moment, in dem Ella dennoch nicht das Gefühl hatte, mit ihrem Schmerz allein zu sein.

Fortan wurde ihre Beziehung zu Jakob noch vertrauter. Er gab ihr Halt und Geborgenheit, und er sorgte dafür, dass die Kate ihr und Alexander ein Zuhause blieb. Nie hätte sie ihn fortgeschickt.

Nach einigen Wochen fand sie ihre Zuversicht wieder, und gemeinsam lachten sie viel. Auch redeten sie oft stundenlang über Jakobs Familie, die er verloren hatte, und über Ellas Vater, der aus dem Krieg nicht heimgekehrt war. Es tat beiden gut, sich den ganzen Schmerz von der Seele zu reden. Und sie schmiedeten zaghafte Zukunftspläne. Jakob wünschte sich ein Schiff, damit er wieder selbst zum Fischen hinausfahren konnte.

21

Laboe, im Juni 1922

Die Segelregatta sollte ein großes Ereignis werden. Heinrich war schon Tage vorher aufgeregt.

»Mein Boot ist schnell, ich habe gute Aussichten auf einen Sieg.« Er nahm Alexander auf den Arm und ließ ihn im Kreis herumfliegen, bis das Kind vor Freude quietschte. Dann stellte er den Kleinen mit den Füßchen auf den Boden. An Heinrichs Händen wagte er einige Schritte. »Ach, wie schnell er groß geworden ist!« Eine Weile beschäftigte er sich mit dem Kind, dann galt seine Aufmerksamkeit aber schnell wieder der bevorstehenden Regatta. »Wir werden viele Gäste im Haus haben, ich muss noch Wein bestellen.«

Auch Lucia wurde immer umtriebiger. Sie engagierte eine Band, die abends zum Tanz mit den modernsten Liedern aufspielen sollte. Der Preis für solche Festlichkeiten war inzwischen ins Unermessliche gestiegen. Ella bekam ihr Gehalt in mehreren Hundertmarkscheinen ausbezahlt. Alexanders neuer Matrosenanzug hatte sogar einige Tausend gekostet. Das Geld war so rasend schnell wertlos geworden, dass niemand wusste, was er am nächsten Tag für seine Scheine bekam. Die Konrads sahen sich von dieser Entwicklung kaum berührt. Sie hatten auch von dem wertlosen Geld immer noch genug. Dass man im Dorf für ein Brot eine Handvoll Scheine mitbringen musste, kümmerte sie nicht. Heinrich amüsierte sich sogar noch darüber, wenn er einen Schein bekam, der mehrmals mit einer neuen Bewertung überdruckt war.

Trotz der schwierigen Zeiten zog die Regatta viele Schaulustige an. Aus den umliegenden Dörfern und aus Kiel kamen die Menschen, um die Segelboote und deren Kapitäne zu bestaunen. Stolz erklärte Heinrich den Hotelgästen, wie er das Rennen zu gewinnen gedachte.

Ella, die mit dem kleinen Alexander etwas abseits im Salon saß und mit ihm spielte, beobachtete Heinrich und Lucia aus den Augenwinkeln. Ein unbeteiligter Beobachter hätte vermuten können, sie seien das ideale Ehepaar, doch Ella blieben die feinen Nuancen der beiden nicht verborgen, mit denen sie Umgang mit ihren Gästen pflegten.

Lucia schwatzte und trank mit einem Bremer Kaufmann. Der Herr, etwas älter als Lucia, ließ sich von der jungen Frau umgarnen und verschlang sie mit lüsternen Blicken. Heinrich hingegen legte einem Segelfreund vielleicht das eine oder andere Mal die Hand allzu deutlich auf die Schulter.

Ella zog Alexander zu sich auf den Schoß. Was war nur aus ihnen geworden? Ihr schien es so, als schraubten sich Heinrich und Lucia immer weiter empor, wie die Schwalben an einem heißen Sommertag. Nur dass diese sich dann irgendwann im Sturzflug wieder dem Boden näherten. Im Hotel schien das Leben eine einzige Feier zu sein. Wie schwer es die Menschen draußen hatten, das wollte hier niemand wahrhaben.

Am Tag der Regatta stand auch Ella mit Jakob am Wasser. Die Boote starteten am Strand, um dann, vom Wind getrieben, am Horizont immer kleiner zu werden. Der Wind stand günstig. Die Zuschauer mussten zwar ihre Hüte festhalten, und die Fahnen an den Masten knallten laut in der Luft, doch den Booten verschaffte der Wind eine rasante Fahrt. Von Aussichtstürmen aus riefen Beobachter die Zwischenstände zu den Zuschauern hinunter. Spannung lag in der Luft.

Nachdem die Boote in der Ferne die Kehre gemacht hatten, zog sich das Feld auseinander. Die Spitze wurde von drei Seglern angeführt, die sich ein Bug-an-Bug-Rennen lieferten. Zu diesen Booten gehörte auch das von Heinrich Konrad. Die Zuschauer schrien und applaudierten, obwohl dies auf den Booten sicher nicht zu hören war. Je mehr sich die Boote der Ziellinie näherten, desto lebhafter drängten sich die Menschen in Richtung Hafen. Ella und Jakob folgten dem Pulk, begaben sich aber Alexander zuliebe nicht mitten hinein.

»Lass uns an der Promenade entlanggehen«, schlug Ella vor. Obwohl sie wenig Lust auf das Gedränge im Hafen hatte, wollte sie den kleinen Jungen doch zu seinem vermeintlichen Vater bringen, wenn dieser seinen Erfolg feierte.

Das Rennen auf dem Wasser wurde immer spannender, die Stimmen der Rufer von den Türmen schwollen an. Plötzlich herrschte einen Augenblick lang Totenstille. Sie währte nur den Bruchteil einer Sekunde, aber sie überfiel Ella wie ein böses Omen. »Was … was ist passiert?«, fragte Jakob und versuchte, etwas zu erkennen. Von der Seeseite her war immer lauter werdendes Gemurmel zu hören.

»Ich weiß es nicht, ich sehe nichts.« Jakob zog Ella am Arm mit sich. Vom Hafen aus konnten sie plötzlich auf das Wasser blicken. Viele Menschen standen am Strand, wiesen nach vorn oder hielten sich voller Entsetzen die Hände vor den Mund.

Dort, wo eben noch die drei führenden Boote durch das Wasser geflogen waren, schwamm nur noch ein großer Trümmerhaufen. Kleine Jollen waren bereits vom Hafen aus unterwegs. Abgeknickte Segelmasten ragten in die Luft, ein Boot hatte sich mit dem Kiel nach oben gedreht, und die weißen Segel bedeckten die Wellen wie ein Leichentuch.

»O Gott, Jakob! Heinrich!« Ella starrte auf die Szene vor sich und drückte Alexanders Köpfchen ganz fest an die Brust.

»Ich … ich sehe nach …« Jakob schob sich zwischen den Schaulustigen hindurch. Die Menschen hatten sich aus ihrer Erstarrung gelöst und drängten nun alle ans Wasser.

»Der Zweite hat versucht, den Dritten zu kreuzen«, hörte Ella aus den vielen Stimmen heraus. »Der Erste kreuzte, und der Zweite geriet durch die Welle aus dem Gleichgewicht!«, rief eine andere Stimme. »Da! Sie haben jemanden aus dem Wasser geborgen.«

Ella schöpfte Hoffnung, dass das Unglück vielleicht nicht so schlimm war, wie es auf den ersten Blick aussah.

Es dauerte eine gefühlte Ewigkeit, bis die kleinen Jollen zurück an Land kamen. Die Menschenmenge schwieg. Einen Mann hatte man gerettet. Triefend nass kauerte er in einem der Boote. Ella konnte nicht erkennen, ob es Heinrich war. Mit einem anderen Boot wurden zwei Tote an Land gebracht.

Jakob kam wieder zu Ella. Er brauchte nichts zu sagen, denn an seinem Gesichtsausdruck erkannte sie, was passiert war.

»Nein! Nein, Jakob! Sag, dass es nicht Heinrich ist …«

Fassungslos schüttelte der junge Mann den Kopf und nahm Ella den kleinen Alexander aus den Armen.

Ella schwankte, musste sich irgendwo festhalten, um nicht zu stürzen. In ihrem Kopf drehte sich alles, dann wurde es dunkel. Sie spürte, dass man sie hochhob, dass sie getragen wurde. Ringsum vernahm sie Stimmen, ohne die Worte zu verstehen.

Als sie wieder zu sich kam, lag sie in ihrem alten Alkoven in der Kate. Ganz kurz nur hoffte sie, alles nur geträumt zu haben, doch dann sah sie Jakob neben sich.

Sie fuhr hoch.

»Langsam, langsam, Ella! Du warst eine ganze Weile ohnmächtig.« Jakob drückte sie auf die Bettstatt zurück.

»Alexander? Wo ist Alexander?«

»Sofie hat ihn mit ins Hotel genommen. Sie kümmert sich um ihn.«

»Frau Konrad?«

»Auch sie hat man ins Hotel gebracht.«

»Wie … wie konnte so etwas passieren?«

»Die Schiffe sind zusammengestoßen. Warum, vermag keiner zu sagen. Der Mann, der überlebt hat, war der vom führenden Boot. Er hat das Unglück erst bemerkt, als das zweite Schiff ihn gerammt hatte. Das war das Schiff von Heinrich.«

»Heinrich …«

»Er ist ertrunken, Ella. Die Männer meinten, er sei sicher durch einen heftigen Schlag bewusstlos geworden und durch die Wucht des Zusammenstoßes ins Wasser gestürzt.«

»Ertrunken«, wiederholte Ella nur tonlos. »Ertrunken.«

Am nächsten Morgen hatte sich Ella so weit erholt, dass sie auf eigenen Beinen wieder ins Hotel gehen konnte. Es war still im Haus. Sie kannte diese Stille inzwischen nur allzu gut. Sie ging immer mit einem Verlust einher.

Sie eilte durch die Küche und stieg die Treppe zu den Privaträumen hinauf. Leise betrat sie das Zimmer des kleinen Alexander. Sofie saß mit ihm am Boden, und er spielte mit einer kleinen Eisenbahn, als wäre nichts geschehen.

»Mama«, sagte er, als er Ella sah, und reckte die Ärmchen. Ella hatte es ihm nicht angewöhnen können, sie Ella zu nennen und zu Lucia Mama zu sagen.

Ella zog das Kind vom Boden in ihre Arme. Dann wandte sie sich an Sofie, die inzwischen auch aufgestanden war.

In all den Jahren hatten sie kein gutes Verhältnis zueinander gefunden. Allzu oft war Sofie eifersüchtig auf Ella gewesen. Und sie wusste auch um das Verhältnis von Ella zu Heinrich.

Sofie senkte den Blick. »Es tut mir leid, Ella.«

Ella versuchte, nicht wieder in Tränen auszubrechen. Sie hatte schon die ganze Nacht hindurch geweint. »Wie geht es Frau Konrad?«

»Man hat sie gestern in ihre Zimmer gebracht. Irmi war bei ihr.«

»Pass bitte noch einen Augenblick auf Alexander auf!« Ella setzte das Kind auf den Boden. »Ich komme gleich wieder.«

Sie klopfte an die Tür zu Lucias Salon.

Als keine Antwort erfolgte, öffnete sie die Tür. Lucia saß auf ihrem Platz am Tisch. Vor ihr stand eine halb leere Flasche Cognac. In der linken Hand hielt sie ihr Zigarettenmundstück, in der rechten eine Zigarette, die sie immer wieder und wieder zwischen Daumen, Zeigefinger und Mittelfinger im Kreis drehte.

»Frau Konrad, mein Beileid.« Ella deutet einen Knicks an.

Lucia sah an ihr vorbei ins Leere. »Beileid … Beileid … das sollte ich wohl eher dir aussprechen.« Sie lachte auf und musterte Ella mit scharfem Blick. »Weißt du, ich mochte den Heinrich eigentlich ganz gern. Trotz seiner … Neigung. Seine Freundschaft konnte ich aber nie erringen. Es hätte vieles einfacher gemacht …« Sie zuckte mit den Achseln. »Du hingegen … ach, wärst du nur von höherem Stand gewesen! Unseren Handel wäre er wohl lieber mit dir eingegangen.« Sie lachte spöttisch. »Nun ist er nicht mehr unter uns.«

Sie lehnte sich zurück und legte die Zigarette aus der rechten Hand auf den Tisch. »Ich erbe natürlich das Hotel.«

Ella spürte, wie ihre Trauer in Zorn umschlug. Diese Frau trauerte keinen Deut um Heinrich. Sie dachte wieder nur an sich selbst.

In theatralischem Ton sprach Lucia weiter. »Ach, Ella, ich befinde mich in tiefer Trauer und werde es wohl in nächster Zeit nicht ertragen, dieses … Kuckuckskind in meiner Nähe zu haben. Nimm das Balg mit!« Ihr Blick wurde wieder scharf, und sie kniff die Augen zu schmalen Schlitzen zusammen. »Aber wenn Heinrichs geheimnisvolle Freundin nachfragt, die das Kind geboren hat … ich liebe es natürlich wie mein eigenes, und sie braucht keine Hoffnung zu hegen, es jemals zurückzubekommen. Alexander wird mein Pfand bleiben, das weißt du. Also pass schön auf ihn auf!« Ruckartig setzte sie sich auf. »Ich bin kein Unmensch, und natürlich bekommt ihr eine angemessene Apanage, wenn ihr das Kind durchfüttert. Nur halt es mir vom Hals und aus dem Hotel fern. Hier ist sowieso kein Platz für Kinder. Und nun husch! Ich muss weitertrauern.« Sie griff nach der Flasche und goss sich ein weiteres Glas ein.

Ella konnte die Herzlosigkeit dieser Frau kaum fassen und begab sich in Alexanders Kinderzimmer. Dort packte sie seine Sachen zusammen, während ihr Sofie überrascht zusah. »Was hast du vor?«

»Was ich vorhabe? Ganz einfach, ich packe. Frau Konrad will Alexander nicht mehr sehen. Sie ist so voller Trauer.« Ella lachte spöttisch. »Das Kind in ihrer Nähe zu haben, erträgt sie nicht.«

Ella nahm nur so viel für Alexander mit, wie sie tragen konnte, reichlich Kleidung und sein Lieblingsspielzeug. Alles andere hatte sie in der Kate. Mit der Zeit hatte Jakob ihm dort schon ein Bettchen gebaut, in dem er mittags schlief, und auch ein Stühlchen, damit er am Tisch sitzen konnte.

Alexander verstand noch nicht, was ringsum passierte. Er lachte, als ihn Ella durch die Straßen trug. »Wohin?«, fragte er mit seiner kindlichen Stimme.

Ella drückte ihn fest an sich. »Nach Hause, Alexander. Wir gehen nach Hause.«

Immer wenn Ella den kleinen Alexander betrachtete, bekam sie ein schlechtes Gewissen. Sie hatte gehofft, dem Kind mit ihrem Plan zu einer guten Zukunft zu verhelfen. Doch was hatte er jetzt? Er lebte mit Jakob und ihr in der Kate statt im Hotel seiner Familie. Den kleinen Jungen aber kümmerte das nicht. In seinem Leben hatte es immer nur Ella gegeben, seine Mama. Alle anderen Menschen waren gekommen und gegangen und vermischten sich schnell mit seinen Erinnerungen und Eindrücken. Die Kate war schon lange sein Zuhause. Dass er dort nun plötzlich auch nachts schlief, bemerkte er kaum, wie er auch sein Zimmer im Hotel anscheinend nicht vermisste.

Ella hingegen tat sich schwer mit ihrem neuen Leben. Die Kate war so voller alter Erinnerungen an Vater und Mutter, an den Hungerwinter im Krieg oder an die Begegnung mit Anni, die alles verändert hatte. Jakob war sehr nachsichtig mit ihr. Er kümmerte sich um sein Auskommen, holte den Fang von den Fischern, räucherte und verkaufte ihn. Er kannte alle Handgriffe, wusste, wie er sich Holz beschaffen musste, und zahlte Ella jede Woche das Kostgeld, wie er es auch schon ihrer Mutter gezahlt hatte. Doch er war auch für Ella und Alexander da. Er tröstete den Kleinen, wenn er weinte, deckte ihn am Abend sorgsam zu und schob ihm am Morgen geduldig ein Löffelchen Brei nach dem anderen in den Mund.

Ella ging wieder an den Strand. Selten wählte sie den Weg Richtung Laboe, sondern verließ lieber das Dorf und wandte sich zur Steilküste. Dort war es gefährlicher als am Strand, und manchmal stand das Wasser so hoch wie nach der Nacht, in der Anni verschwunden war.

Oft dachte sie an die Freundin, wusste aber nicht, was

aus ihr geworden war. Nach Heinrichs Tod hatte sie ihr eine kurze Antwort an die Adresse in Hamburg geschickt. Vielleicht war sie aber auch längst in Amerika. Zumindest hatte sie keine Nachricht bekommen.

Ella sammelte wieder Bernstein. Die Bearbeitung hatte sie schließlich von ihrer Mutter erlernt, und vielleicht konnte sie auf diese Weise etwas zum Unterhalt ihrer kleinen Gemeinschaft beisteuern. Lucia hatte ihr Versprechen wahr gemacht und schickte Alexander regelmäßig Geld. Ella gab es aber nur für seine Belange aus, den Rest sparte sie für den kleinen Jungen an.

Der Herbst ging, der Winter kam. Ella hatte bald wieder einen kleinen Kasten voller Schmuck zusammen, den sie im nächsten Sommer verkaufen wollte.

Jakob schien in den dunklen Wochen des Winters ein wenig nachdenklicher zu werden. Ella ertappte ihn das eine und andere Mal dabei, wie er sie aufmerksam betrachtete. Wenn sich ihre Blicke trafen, schrak er zusammen, wandte sich rasch ab und suchte sich eine Beschäftigung. Dann musste Ella lächeln.

Eines Abends im Februar saß er am Tisch und sah zu, wie sie mit Sandpapier einen kleinen Bernstein bearbeitete. Plötzlich schien ihn ein Ruck zu durchfahren, und er räusperte sich. »Ella …«

Sie hob den Kopf von ihrer Arbeit.

»Ella, ich habe wirklich lange und gründlich darüber nachgedacht.«

Sie sah ihn mit großen Augen an. Wollte er die Kate für immer verlassen? Insgeheim hatte sie Angst, dass es ihn eines Tages zurück in seine Heimat zog.

»Ella, würdest du meine Frau werden wollen?«

Ella brauchte eine Weile, bis ihr die Bedeutung seiner Worte bewusst wurde.

»Ella, ich weiß, dass du mich vielleicht nicht so liebst wie … Aber so, wie wir hier zusammenleben, sind wir ja schon eine kleine Familie. Ich … ich habe dich wirklich sehr gern … und Alexander natürlich auch. Ich … ich würde ihn wie meinen Sohn … wie unser Kind behandeln.«

Ella lächelte ihn liebevoll an. »Das weiß ich, Jakob. Das weiß ich doch. Ich bin mir nur nicht sicher …«

»Ich möchte einfach ein Zuhause haben. Wir … es ist doch schon so, dass …«

Ella schob ihre Hände über den Tisch und berührte seinen Arm. »Jakob, ich würde mich sehr freuen, deine Frau zu werden. Ich mag dich auch, und sicher weißt du das. Mit der Liebe gib mir etwas Zeit … aber ja, ich möchte deine Frau werden.«

22

Laboe, im Mai 2019

… nun haben wir auch wieder ein Schiff. Die Serena. *Ich vermisse die Zeit im Hotel, und ich vermisse die Freundschaft mit Heinrich. Doch hier in der Kate fühle ich mich wieder frei. Viel zu lange habe ich im Schatten der Familie Konrad gelebt. Es ist schwer, aus der Ferne mit ansehen zu müssen, wie Lucia im Hotel schaltet und waltet. Wie froh bin ich, dass ich ihr Alexander nicht überlassen musste! Er ist ein so artiges und fröhliches Kind. Jakob ist ihm gänzlich verfallen und kümmert sich sehr liebevoll um ihn. Ich habe gut daran getan, ihn zu heiraten, er ist ein anständiger Mann.*

Es war spät in der Nacht, als Kathrin das Tagebuch zur Seite legte. Ihr Herz klopfte wie wild. Alexander. Alexander Frieben war ihr Urgroßvater. Und die *Serena* das Schiff ihres Großvaters. Ellas Geschichte war also auch ihre Geschichte, die Geschichte ihrer Familie. Vor Aufregung musste sie sich aufsetzen. Nur dass Alexander Frieben gar nicht das Kind von Jakob und Ella Frieben gewesen war. Kathrin überlegte fieberhaft, ob sie in ihrer Familie schon einmal irgendeinen Hinweis erhascht hatte, dass man um diesen Umstand gewusst hatte. Sie konnte sich aber nicht daran erinnern. Ihr Großvater hatte nie viel über seine

Eltern gesprochen. Wusste er vielleicht nicht, dass … Kathrin schluckte. Vielleicht wäre es besser gewesen, die alten Tagebücher gar nicht zu lesen. Sie schob die Kladde zurück in die Plastikmappe und verschloss diese dann sorgsam. Nachdenklich ließ sie sich auf die Kissen zurücksinken.

Am nächsten Morgen machte sie sich ganz früh auf den Weg nach Laboe. Sie hatte ihre Kamera dabei und ging zu Fuß. Nebel waberte noch über den Feldern. Hier und da flogen Vögel auf. Es war still, und wenn Kathrin den Atem anhielt, hörte sie sogar das Meer rauschen. Sie folgte dem Pfad zum Naturstrand hinunter. Bei dem Gedanken, dass vor gut hundert Jahren die junge Ella genau an diesem Strand Bernstein gesucht hatte, lief ihr ein Schauer über den Rücken. Nachdem sie jetzt wusste, dass Ella, die Kate und sie selbst miteinander verknüpft waren, fühlte sich ihr Aufenthalt in Laboe noch einmal ganz anders an. Sie war sich ihrer Wurzeln immer bewusst gewesen, dass sie aber so tief in den sandigen Boden reichten, das hatte sie nicht geahnt.

Sie schoss einige Fotos vom Meer. Die Sonne ging gerade erst auf, und am Horizont war noch ein leichter Silberstreif zu sehen. Dann ging sie weiter. Als sie am U-Boot- und am Ehrenmal vorbei war, richtete sie ihren Blick auf die Strandpromenade. Wo mochte früher das *Hotel Konrad* gestanden haben? Wahrscheinlich am damaligen Weg, der inzwischen zu einer Straße ausgebaut worden war. Kathrin blieb stehen. Ihr Geist spielte ihr einen Streich, und sie sah vor ihrem inneren Auge, wie plötzlich die neuen Häuser verschwanden und das alte Gebäude wieder auftauchte. Und sie sah Ella, die vom Hotel zum Strand ging, kurz innehielt, aufs Meer hinausblickte und an ihr vorbeieilte.

Kathrin überlief eine Gänsehaut. Rasch machte sie ein paar Fotos von den Häusern an der Straße und ging weiter. Am Ende des Strands von Laboe, kurz vor dem Hafen, lag der Fähranleger der Fördeschiffe. Diese fuhren wie Busse auf der Förde hin und her, und man konnte entweder bis Kiel oder aber an einer der vielen Zwischenstationen zu- oder aussteigen. Kathrin hatte diesen Nahverkehr früher oft genutzt, um nach Kiel zu kommen. Auch diesmal entdeckte sie mehrere Schulkinder, die auf das Boot warteten.

Sie verließ den Strand und ging noch einige Schritte weiter in Richtung Hafen. Im Schutz der Bäume blieb sie stehen. Auf den Booten herrschte schon reger Betrieb, und die Fischer richteten ihre Netze. Sie waren in der Nacht draußen gewesen und hatten ihren Fang bereits gelöscht. In den Morgenstunden galt es, alles wieder zu ordnen, zu säubern und für die nächste Ausfahrt vorzubereiten.

Kathrin hielt nach den größeren Schiffen Ausschau und entdeckte im hinteren Teil, in der Nähe des Parkplatzes, das Schiff von Kais Familie. Im gleichen Moment überlief es sie kalt und heiß. Da war er … Kai. Er trug eine grüne Latzhose, darunter einen blauen Seemannspulli, ganz so wie früher, und auf dem Kopf eine dieser typischen Wollmützen der Schiffersleute. Mit einem Eimer und einem Abzieher ging er über Deck und reinigte die Fenster. Seine Bewegungen waren routiniert, denn das gehörte zu seinen alltäglichen Pflichten, wie Kathrin wusste. Fast schämte sie sich, ihn zu beobachten, doch die Heimlichkeit schenkte ihr auch ein wenig Sicherheit. Sicherheit für den Fall, dass sie ihm eines Tages doch wieder gegenüberstand. Dann wäre der Schock nicht ganz so groß. Sie lehnte sich an einen

Baum und konnte den Blick nicht abwenden. Er sah immer noch gut aus, auch wenn er ein paar Jahre älter geworden war. Sein stoppeliger Bart war immer etwas dunkler gewesen als sein Haar. Aber inzwischen schien er insgesamt leicht grau geworden zu sein.

Als er mit den Fenstern fertig war, stellte er den Eimer ab, stemmte die Hände in die Hüften und sah sich zufrieden um. Ein anderer Schiffer ging auf einem der Stege zu den Booten und grüßte Kai. Der hob die Hand und nickte. Dann, einen kurzen Moment lang, spähte er genau dorthin, wo Kathrin stand. Sie zuckte zurück und verbarg sich hinter dem Baum. Es war unwahrscheinlich, dass er sie gesehen oder gar erkannt hatte. Dennoch ging sie jetzt schnurstracks in die andere Richtung davon. Sie fühlte sich ertappt, musste aber auch lächeln.

Der Ort erwachte langsam zum Leben. Kleine Transporter lieferten Waren in die Cafés und Restaurants. Überall wurde geräumt und geputzt, während sich die ersten Touristen zum Strand begaben.

An diesem Tag hatte Kathrin das Rathaus zum Ziel. Zum einen hoffte sie, dort interessante Unterlagen für ihren Artikel zu finden, zum anderen, auch etwas über das alte *Hotel Konrad* zu erfahren. Die Gemeindeverwaltung von Laboe war in einem älteren dreistöckigen Backsteinbau untergebracht, der im hinteren Bereich nahtlos an neuere Bebauungen anschloss. Eine Hausecke war zu einem Türmchen geformt, und zur überdachten Eingangstür führten einige Stufen hinauf. Kathrin hoffte, dass schon geöffnet war. Sie hatte Glück.

Im Innern des Gebäudes traf sie auf eine dunkelhaarige Frau. »Guten Morgen, kann ich Ihnen helfen?«

»Guten Morgen. Ja, ich …«

»Kathrin! Kathrin Broecker? Mensch, dich habe ich ja ewig nicht gesehen.« Die Frau strahlte Kathrin an.

Kathrin brauchte einen Augenblick, bis sie die Frau erkannte. »Steffi? Steffi Klus?«

»Heidemann, ich habe geheiratet.« Die Frau lachte und streckte Kathrin die Hand hin. »Hallo, wie geht's dir?«

Jetzt lächelte Kathrin auch. Steffi war mit ihr zur Schule gegangen. Offenbar war es eine irrige Annahme, in ihrem Heimatort umherschlendern zu können, ohne an jeder Ecke Bekannte zu treffen.

»Danke, mir geht's gut. Ich komme aus Hamburg und möchte einen Artikel über die Ostseebäder schreiben, natürlich auch über Laboe. Ich habe gehofft, noch ein paar alte Unterlagen über den Ort zu finden. Eine Karte, zum Beispiel …«

»Wie schön, du schreibst also immer noch. Ach, wie habe ich dich früher immer beneidet! So ein cooler Job. Aber … hier ist es auch nicht schlecht.« Steffi zwinkerte Kathrin zu und lächelte. »Wir haben im Keller ein recht großes Archiv. Da kannst du dich gern umsehen. Komm, ich bringe dich hin!«

Steffi führte Kathrin ins Untergeschoss des Rathauses. Im Keller gab es einen großen Raum, der voller Kartons stand, die allerdings besser geordnet waren als die von Herrn Schönau vom Heimatverein.

»Du musst dich nur bitte in die Besucherliste eintragen. Du weißt schon … falls doch mal was verschwindet …«

»Ja klar, kein Problem.«

»Ich glaube, einige der alten Karten findest du dort hinten. Wenn du etwas Bestimmtes suchst, aus dem Grundbuch oder so … da ist das meiste natürlich beim Grundbuchamt in Plön.«

»Plön?«

»Ja, dort ist das zuständige Amtsgericht.«

»Na, ich sehe erst mal nach, ob ich hier etwas finde. Ich will ja auch kein Grundstück kaufen.« Kathrin lachte. »Nur mal schauen, ob ich noch etwas Nettes, Altes für meinen Bildteil finde.«

»Bitte, der Raum gehört dir. Wir haben oben im Besucherraum einen Kaffeeautomaten, wenn du nachher noch Lust hast. Ich sitze in Zimmer drei.«

»Prima, danke. Bis dann!«

Kathrin studierte die Aktenzeichen auf den Kartons. Die Ziffern und Buchstaben sagten ihr nicht viel, also ging sie nach den Jahreszahlen. Da war aber meist in den Fünfzigerjahren Schluss. Zudem war die Gemeinde Laboe vor gut elf Jahren dem Amt Probstei angeschlossen worden. Vielleicht hatte man da auch noch etwas eingelagert. Kathrin streifte weiter an den Regalen entlang. Plötzlich bemerkte sie auf einem Tisch eine sehr große Mappe. Die sah vielversprechend aus. In der Tat enthielt sie ein paar alte Landkarten, sorgfältig in Plastik eingeschweißt. Neugierig untersuchte sie das Material. Ziemlich weit hinten fand sie tatsächlich einen alten Ortsplan. Sie sah auf das Datum. 1950. Das war fast schon zu spät. Sie beugte sich über das Blatt und versuchte, sich zu orientieren. Vom Oberdorf, das auf den Karten immer gut zu erkennen war, fuhr sie mit dem Finger die Straßen entlang. Einige gab es noch immer, andere waren der Bebauung zum Opfer gefallen. Dann kam sie zur Promenade an die Stelle, wo sie das Hotel vermutet hatte. Außer einem Grundstück mit einer Flurbezeichnung war dort aber nichts verzeichnet. Sie runzelte die Stirn. Dann kehrte sie zu den Aktenkartons zurück. Ganz oben im Regal standen noch welche aus dem Jahr 1950. Sie reckte sich und zog sie heraus. Eine kleine Staubwolke rieselte auf sie herab. Sie wusste nicht genau, wonach sie suchen sollte. In den Akten waren überwiegend Anträge an die Gemeinde zu finden. Zudem ließen sich die Schriften teilweise nur schwer entziffern. Hier und da hatte man schon mit der Maschine getippt, aber die meisten Listen oder längeren Texte waren von Hand verfasst. Kathrin blätterte und blätterte, in der stillen Hoffnung, zufällig auf etwas Brauchbares zu stoßen.

Plötzlich hielt sie inne. Auf einem Blatt war die gleiche Nummer des Flurstücks vermerkt, die sie eben auf der Karte gelesen hatte. Sie gab sich Mühe, den Eintrag zu entziffern. 17.04.1952. *Ankauf des Grundstücks* … Dann war die Flurstücknummer zu lesen. … *durch die Verwaltung für den Betrag von dreitausend Deutsche Mark.*

Kathrin sah sich die Unterschriften an. Dort stand der Name Marlene Voss. Den Namen kannte sie nicht. Enttäuscht schloss sie die Akte. Für ihren Artikel gab es hier offenbar nichts Interessantes, da nirgends Bilder zu finden waren. Aber sie hatte durch den netten alten Herrn des Heimatvereins ja einiges an Material bekommen.

Sie verzichtete auf einen Automatenkaffee, verabschiedete sich aber noch dankend von Steffi. Dann verließ sie das Rathaus und machte sich auf den Weg zu Luigi.

»Guten Morgen! Du bist ja immer noch da.« Er grinste sie fröhlich an.

Kathrin lachte, während sie sich an einen der Tische

setzte. »Ja, ich fühle mich schon fast wieder wie zu Hause. Wie immer also, bitte.«

»Gern, kommt gleich.«

Sie streckte die Beine aus und atmete die frische Meeresluft. Unten am Strand hatte eine Sportgruppe Matten in den Sand gelegt, und die Teilnehmer vollführten die seltsamsten Bewegungen. War das Gymnastik oder Yoga? Belustigt beobachtete Kathrin das skurrile Treiben.

Sie trank ihren Caffè Latte und machte von der Terrasse aus noch ein paar Fotos vom Strand und den Strandkörben im Vormittagslicht. Dann wanderte sie zurück nach Stein. Sie musste ja auch noch die letzten Seiten des Tagebuchs lesen.

Wenig später saß sie auf der Bettkante im Rosenzimmer und schlug die letzten Seiten von Ellas Tagebuch auf. Es waren nicht mehr viele, und sie hoffte, noch etwas Brauchbares zu finden.

23

Laboe, im Sommer 1924

… wir lebten in angenehmem Gleichmaß. Jakob arbeitete als Fischer und verdiente gut, ich kümmerte mich um Alexander, der prächtig heranwuchs, und verkaufte wie jeden Sommer Schmuck an die Badegäste. Zum letzten Herbst nahm dies allerdings seltsame Formen an, da das Geld einfach keinen Wert mehr hatte. Ich konnte für einen kleinen Anhänger fünf Millionen Mark verlangen, und einige Wochen später bekam ich dafür nicht mal mehr eine Briefmarke auf dem Postamt. Dann gab es aber neues Geld. Das war wieder wertvoll, und man musste es nicht mehr in Körben herumtragen.

Jakob ist mir wirklich ein guter Mann, und ich empfinde inzwischen eine tiefe Liebe für ihn. Leider sind uns anscheinend aber keine eigenen Kinder vergönnt. Ich hätte so gern ein Geschwisterchen für Alexander gehabt.

Lucia hat das Hotel in ein sehr frivoles Haus verwandelt. Ihr Ruf eilt ihr inzwischen voraus, und der Bürgermeister ist gar nicht mehr gut auf sie zu sprechen. Sofie hat auch gekündigt und inzwischen eine kleine Familie gegründet. Die neuen Mädchen, die

dort angestellt sind, kennt niemand, sie kommen aus der Stadt. Man erzählt sich aber, dass sie nicht nur für die Zimmer zuständig sind. Eine soll sogar abends für die Gäste tanzen. Die Musik erklingt immer noch laut zum Strand herüber, wenn die Gäste bis in die Nacht hinein auf der Terrasse feiern. Ich gehe oft zum Strand, denn wenn das Wetter gut ist, freuen sich die Gäste über meine kleinen Andenken.
Und plötzlich war sie wieder da …
Ich dachte, mich trifft der Schlag, als Anni vor mir stand.

»Guten Tag. Was kosten denn die hübschen Anhänger?«

Ella hatte gar nicht genau hingesehen, denn Alexander, den sie im Auge behalten hatte, buddelte ganz in der Nähe im Sand.

»Gnädige Frau, diesen hier kann ich Ihnen …«

Plötzlich lachte die Frau. Verwirrt hob Ella den Blick.

»Ella!«

Ella schlug sich die Hand vor den Mund. »Meine Güte, Annemarie!«, schrie sie entgeistert. »Ich dachte … du bist in Amerika.«

Auf dem kurzen Haar trug Anni einen Hut mit tiefer Krempe. Dazu eine dünne Jacke über einer weißen Bluse und eine blaue Hose. Um ihren Hals hing immer noch der kleine Anhänger aus Bernstein.

»Wie gut, dass du mich nicht erkannt hast! Ich … wir … wir haben uns im *Hotel Konrad* eingebucht. Wir sind gerade angekommen. Mir ist zu Ohren gekommen, dass es hier recht wild zugeht, seit …«

»Ach, Anni, es tut mir so leid! Hast du meine Nachricht damals bekommen?« Betroffen senkte Ella den Blick, denn die Erinnerung an Heinrich war plötzlich wieder da.

»Ja, habe ich. Ich war tief erschüttert. Entschuldige bitte, dass ich mich nicht gemeldet habe. Ich hatte eine schwere Zeit. Mit Philipp gab es nur noch Streit, dann ist er mit einer anderen auf und davon. Mit meinen Anstellungen hatte ich ebenfalls Pech. Aber inzwischen …« Sie breitete die Arme aus. »… geht es mir wieder sehr gut.«

»Warum bist du hier?« Ella überfiel plötzliche Angst. War Anni gekommen, um ihr Kind zurückzufordern?

Anni bemerkte Ellas Zurückschrecken.

»Ist … das dein Kind?« Sie warf einen Blick in Richtung Hotel.

Ella schüttelte den Kopf und deutete auf den kleinen Jungen im Sand.

»O Gott!« Anni schlug sich die Hand vor den Mund. »Sie hat ihn also nicht behalten?«

»Nein, nach dem Unglück hat sie uns fortgeschickt. Sie wollte das Kind nicht mehr um sich haben.«

»Und du hast … all die Jahre? Er ist ein wunderschönes Kind.«

»Er ist brav und sehr klug. Mein Mann und ich …«

»Du hast einen Mann?«

»Ja, Jakob. Wir wohnen alle in unserer alten Kate. Es geht uns gut.«

»Oh, Ella, das freut mich so! Und ich bin dir zu großem Dank verpflichtet, dass du trotz allem zu dem Kind gehalten hast. Ich … keine Sorge, Ella! Ich mische mich nicht in euer Leben ein. Aber was diese Lucia im Hotel betrifft …«

»Hast du keine Angst, dass man dich erkennt?«

Anni zuckte mit den Achseln. »Albert meint, wir sollten es darauf ankommen lassen. Ich heiße jetzt Anna Voss. Falls mich jemand erkennt … ich weiß, dass dies wohl passieren wird … Im Jahr 1919 hatte ich einen Unfall. Ich konnte mich an nichts erinnern, und als man mich fand, brachte man mich nach Hamburg. Ella, ich trage schwer daran, dass unser gutes altes Haus in die Hände dieser Person gefallen ist. Ich hatte gehofft, Heinrich würde das Haus unserer Familie bis zu seinem Lebensende führen und dann … Wir hatten einen Plan. Leider ging er nicht in Erfüllung.«

»Mama! Mama, schau nur!« Alexander rannte auf die beiden Frauen zu und hielt Ella eine Muschel hin. Dann sah das Kind fragend zu Anni hinüber.

»Hallo, Alexander! Ich bin die Tante Anni.« Bei diesen Worten zitterte ihre Stimme.

»Hallo«, sagte Alexander und kehrte zu seinem Loch im Sand zurück.

Anni sah ihm nach. »Ella, du bist ihm eine gute Mutter.« Beide Frauen schwiegen für eine Weile. Dann straffte sich Anni. »Ich muss weiter … Albert wartet.« Sie drehte sich um und winkte einem Mann, der mit einem Kind auf dem Arm am Zaun zur Promenade stand.

»Ist das … dein …?« Ella deutete auf das Kind.

»Ja, wir haben vor zwei Jahren geheiratet. Albert hat mich sozusagen gerettet. Bis nach Amerika bin ich nie gekommen. Und er kennt meine ganze Geschichte. Alles … ich wollte keine Lügen mehr in meinem Leben. Außer …« Sie blickte noch einmal zu Alexander hinüber. »Aber das muss auch niemand wissen. Wir haben eine Tochter. Sie heißt Marlene, und wir nennen sie Lenchen.«

»Wie schön. Das freut mich.«

»Ella, wir sehen uns bald wieder.« Anni nickte und kehrte zu dem Mann zurück, der auf sie wartete.

Ella wusste nicht, was Anni vorhatte, aber egal, was es war, es würde Lucia sicher nicht gefallen.

In den nächsten Tagen blickte Ella immer wieder voller Angst und Neugier vom Strand aus zum Hotel hinüber. Doch es passierte nichts. Insgeheim hatte sie gehofft, Lucia mit wehenden Fahnen flüchten zu sehen. Dass dies ein alberner Wunsch war, wusste sie selbst.

Es vergingen fünf Tage, bis es eines Abends plötzlich an die Tür der Kate klopfte. Erschrocken sprang Jakob auf. Ella hatte ihm von ihrer Begegnung mit Anni erzählt. Auch er hatte sofort die Befürchtung geäußert, dass Anni ihnen ihren Sohn Alexander fortnehmen könnte. Vergeblich hatte ihn Ella zu beruhigen versucht.

Vor der Tür stand Anni mit ihrer Tochter Lenchen auf dem Arm, dahinter ihr Mann.

»Dürfen wir hineinkommen?«

»Ja, natürlich.« Ella zog Jakob zur Seite. »Jakob, keine Sorge!«

Anni betrat die Stube der kleinen Kate. Ihr Mann reichte Jakob die Hand. »Albert Voss, freut mich sehr.«

So viel Förmlichkeit war Jakob nicht gewöhnt. »Jakob Frieben.« Er nickte.

Anni sah sich um. Ihr Blick blieb an Ellas ehemaligem Alkoven hängen, der inzwischen Alexanders Schlafplatz geworden war, wie ein hölzernes Spielzeug verriet. Dann spähte sie in die Ecke am Ofen, wo früher Ellas Mutter geschlafen hatte. Inzwischen stand dort eine Anrichte.

»Setzt euch doch, bitte!« Ella stellte drei Stühle zurecht. Einen vierten besaßen sie nicht.

Jakob deutete an, dass er stehen bleiben wollte. Er stellte sich hinter Ella und legte ihr schützend eine Hand auf die Schulter.

Alexander, der auf einer Decke am Boden gespielt hatte, kam zu Ella und schmiegte sich an ihren Rock. »Die Tante?«, fragte er und musterte Anni mit großen Augen.

Ella musste lachen. »Ja, die Tante ist wieder da. Vielleicht … vielleicht möchtest du dem Lenchen deine Schiffe zeigen.«

Anni setzte ihre Tochter zu Alexander auf die Decke. Dieser hielt ihr gleich eins seiner kleinen Holzboote hin, und die kleine Marlene griff danach.

Versonnen betrachteten alle Erwachsenen das idyllische Bild. Für Anni und Ella hatte es eine noch tiefere Bedeutung als für die Männer.

Albert Voss räusperte sich. »Nun, wir haben es tatsächlich geschafft, dass Anna … Anni, wie man sie hier nennt …« Er schenkte seiner Frau ein liebevolles Lächeln. »… dass Anni das Hotel ihrer Familie zurückbekommt.«

»Oh, wirklich?« Ella konnte es kaum glauben und fasste über den Tisch hinweg nach Annis Händen.

Nun sprach Anni weiter. »Himmel, diese Lucia ist wirklich eine widerwärtige Person! Allerdings konnten wir einige Tage unerkannt im Hotel logieren. Ich war nur sehr aufgeregt. Aber Albert gelang es bald, die eine oder andere wichtige Beobachtung zu machen. Albert ist übrigens Anwalt, und zwar ein richtig guter! Wie diese Lucia mit den Mädchen umgegangen ist … das war schlimmer als im Hamburger Hafenviertel.«

Albert zuckte mit den Achseln. »Als Erstes bin ich zum Bürgermeister gegangen. Er war geradezu dankbar, dass sich jemand dieses Problems annimmt. Ich habe mit ihm besprochen, dass wir das ganze Treiben im *Hotel Konrad* zur Anzeige bringen, wenn Lucia nicht klein beigibt. So hatten wir immerhin schon etwas in der Hand.«

»Oh, ihr hättet ihr Gesicht sehen sollen, als ich mich ihr vorstellte«, fuhr Anni fort. »Um ein Haar wäre ich vorher schon enttarnt worden. Der alte Walter ist ja noch immer dort beschäftigt. Er hat mich ganz verstört angesehen, der Arme, mich aber nicht verraten. Jedenfalls haben Albert und ich Lucia angesprochen. Albert ließ ihr keine Zeit zum Luftholen und hielt ihr einen Vortrag über unerlaubte Prostitution und Missbrauch des Hotelgewerberechts. Dabei betonte er, dass ihre Familie in Berlin ihr Treiben sicher missbilligen würde, falls es bekannt würde. Und dann wies er noch darauf hin, dass vor ihr Annemarie Konrad stand, die keinesfalls gestorben war, sondern sich nur aus den väterlichen Fesseln befreit hatte und wieder zurückgekommen war. Bei der Erwähnung des Namens Annemarie Konrad blieb Lucia der Mund offen stehen. Da mein Bruder dieses unsägliche zweite Testament verschwinden ließ, lag nur noch die erste Version beim Familiennotar.« Triumphierend breitete Anni die Arme aus. »Da hat mein Bruder zum Glück einmal etwas richtig gemacht, denn vor euch steht die legitime Erbin des *Hotels Konrad.*«

Ella war im höchsten Maß verblüfft. »Und Lucia?«

»Sie geht. Die Gefahr, dass wir ihren Namen zusammen mit ihren Machenschaften öffentlich machen, war ihr dann doch wohl zu groß.«

Jetzt war es Anni, die Ellas Hände ergriff. »Aber ich

brauche Hilfe im Hotel. Es soll wieder genauso glanzvoll und gesittet zugehen wie früher.«

Ella lächelte. »Aber ich war doch nur das Dienstmädchen.«

»Nein.« Anni schüttelte den Kopf. »Du warst immer von unschätzbarem Wert für dieses Haus, und du warst meine Schwester. Meine Bernsteinschwester.«

24

Laboe, im Mai 2019

Marlene … Lenchen.

Kathrin stockte der Atem. Plötzlich hatte sie die Verbindung von Marlene Voss zu ihrer Familie. Doch wenn Alexander und Marlene Halbgeschwister gewesen waren … Ihr Großvater war doch nicht etwa der Sohn der beiden? Kathrin fuhr sich mit den Händen über das Gesicht. Ella und Annemarie hatten doch darum gewusst, sie hätten doch nicht zugelassen, dass … Plötzlich wurde ihr ganz flau im Magen. War dies das Geheimnis ihrer Familie und der Grund, warum es keine offensichtliche Verbindung zum alten Hotel gab? Hatte man es einfach totgeschwiegen? Ihr Großvater hatte sie gewarnt, die alten Geschichten ruhen zu lassen. Das schlechte Gewissen, dass ihre Neugier nun doch überwogen hatte, traf sie mit voller Wucht. Sie musste mit ihrem Großvater reden. Sie suchte nach ihrem Handy und sah auf die Uhr. Es war früher Abend. Rasch sprang sie vom Bett auf, griff vorsichtshalber nach der Plastikmappe mit dem Tagebuch und eilte aus dem Haus.

Keine zehn Minuten später parkte sie den Wagen vor dem Haus ihres Großvaters. Sie sah, dass in seiner Wohnung Licht brannte. Auf dem Weg zur Haustür versuchte sie, ihr wild klopfendes Herz zu beruhigen.

»Kathrin?« Er wirkte überrascht, als sie vor ihm stand. »Schön, dass du noch mal kommst. Ich habe mir gerade Abendbrot gemacht. Ist alles in Ordnung? Du siehst ein bisschen … aufgelöst aus.«

»Alles gut, Opa.« Kathrin beherrschte sich, nicht gleich mit der Tür ins Haus zu fallen. »Aber essen möchte ich nichts, danke.«

»Na, komm doch erst mal herein!« Er ließ sie in die Wohnung.

Kathrin ging ins Wohnzimmer und setzte sich aufs Sofa. Der Fernseher lief, und auf dem Tisch stand ein Teller mit zwei belegten Broten.

»Tee? Möchtest du einen Tee? Oder ein Bier?«

»Bier … Bier wäre super, Opa.« Vielleicht war das keine gute Wahl, weil sie mit dem Auto gekommen war, aber zur Not konnte sie zu Fuß nach Stein zurückkehren.

Er kam zu ihr, stellte ihr eine Flasche Bier auf den Tisch und setzte sich in seinen Sessel. Dann musterte er sie prüfend und seufzte. »Also … was ist los? Du siehst aus wie ein Huhn, das einen Fuchs gesehen hat. Deinem alten Großvater kannst du nichts vormachen. Kai? Hast du Kai getroffen?«

»Ja, aber diesmal geht es nicht um Kai.«

»Hm? Um wen dann?«

Kathrin legte die Mappe auf den Tisch. »Ich habe diese Mappe von Frau Strehmann bekommen. Sie wurde bei Bauarbeiten an der Kate entdeckt.«

»Eine Plastikmappe?«

»Nein … das, was drin ist. Und darüber müssen wir reden, Opa.«

Der Großvater lehnte sich im Sessel zurück und verschränkte die Arme vor der Brust. Dieses Verhalten warnte Kathrin, denn so sah er aus, wenn er sich zurückzog.

Kathrin versuchte, ruhig und sachlich zu sprechen. »In dieser Mappe befinden sich alte Unterlagen. Ein Tagebuch, um genau zu sein. Es stammt von Ella Frieben.«

Die Augen des Großvaters weiteten sich vor Überraschung.

»Du weißt, wer das ist?«, fragte Kathrin.

»Natürlich«, antwortete der alte Mann nur knapp.

Kathrin musterte ihn herausfordernd. Er breitete die Arme aus, legte sie auf die Seitenlehnen des Sessels und bewegte die Hände hin und her. Ganz klar, er war unsicher. Kathrin konnte ihn lesen wie ein offenes Buch.

»Kathrin, ich habe dir doch gesagt, man soll die alten Geschichten ruhen lassen.«

Er klang eher resigniert als wütend. Kathrin atmete auf.

»Ella Frieben ... Opa?«

Er stöhnte laut auf und fuhr sich mit einer Hand durch den Bart. »Ella Frieben war meine Großmutter.«

Kathrin musste sich vorsichtig an die heikle Frage herantasten. »Was weißt du noch über sie?«

»Ach, Mädchen ...«

»Opa, bitte!«

»Sie muss um das Jahr 1900 geboren sein. Ihre Eltern waren Fischer, daher auch die Kate unserer Familie. Sie ... sie hat als junges Mädchen wohl als Dienstmädchen in einem Hotel gearbeitet, dann aber meinen Großvater geheiratet, und die beiden lebten wieder von der Fischerei.«

»Mit der *Serena?*«

»Ja, der gute alte Kahn war sozusagen mein Erbe. Nur

dass er kaum noch schwimmen konnte.« Sein Gesicht hellte sich auf. »Ich habe ihn übrigens an Kai verkauft.«

»An Kai … na toll.« Kathrin verzog das Gesicht. Kai war gerade nicht so wichtig. Sie wusste, dass es jetzt knifflig wurde. »Und dein Vater?«

»Alexander Frieben. Geboren 1921. Gestorben 1927.« Er hob die Hände. »Worauf willst du hinaus, Kathrin?«

»Und deine Mutter?«

Er seufzte. »Wird das jetzt ein Verhör? Lenchen … Marlene Voss. Später genannt Frieben.«

Kathrin sah ihn überrascht an. »Du weißt …?«

Er lehnte sich vor. »Kathrin, ich weiß nicht, was du jetzt weißt, wegen dieses Tagebuchs. Aber ich weiß sehr wohl, dass meine Eltern hochanständige Menschen waren und mich liebevoll aufgezogen haben.«

»Alexander und Marlene waren …« Kathrin zögerte.

»Ja, Halbgeschwister. Ich weiß.« Er zuckte mit den Achseln. »Sie haben nie geheiratet.«

»Sie haben *nie …?* Wie … Moment!« Jetzt war Kathrin verwirrt.

Er zupfte sich wieder am Bart. »Nein, haben sie nicht. Wäre ja auch nicht gut gewesen. Sie haben zeit ihres Lebens zusammengelebt. Aber nicht so … wie … na, wie es sonst so üblich ist. Sie wussten ja, dass sie verwandt waren.«

»Sie wussten es?«

»Ja, natürlich.« Er lehnte sich wieder zurück. »Kathrin, ich bin 1944 geboren. Mitten im Krieg. Wir konnten alle froh sein, diese Zeit unbeschadet überstanden zu haben. Mein Großvater … Marlenes Vater … er ist gefallen. Es war ein Drama damals. Die Frauen allein mit den Kindern. Das war keine einfache Zeit.«

»Aber wenn sie es wussten … ich meine … du?«

Jetzt lachte er leise. »Das hat dir das Tagebuch wohl nicht verraten, hm?«

»Himmel … was, Opa?« Kathrin hob die Hände, plötzlich passte nichts mehr zusammen.

»Gut, ich weiß, du gibst sowieso keine Ruhe. Aber ich sage dir jetzt etwas. Ich erzähle es dir, und dann wirst du es wieder vergessen. Ich möchte nicht …« Warnend hob er einen Zeigefinger. »Ich möchte nicht, dass deine Mutter davon erfährt.«

»Mama? Was hat sie damit zu tun?«

»Nichts. Und das soll auch so bleiben, versprochen?«

»Gut, versprochen.«

Er musterte sie mit prüfendem Blick. »Gut.« Wieder beugte er sich vor. »Ich war nicht das Kind von Alexander Frieben. Er war nicht mein leiblicher Vater.«

Kathrin schüttelte den Kopf und fuhr sich mit einer Hand über das Gesicht. »Nicht?«

»Nein. Meine Eltern … also Lenchen und Alexander sind zusammen hier aufgewachsen. Später erfuhren sie, dass sie beide die Kinder von Annemarie Konrad waren, spätere Voss. Aber der Krieg … sie waren wie Bruder und Schwester, eben Freunde. Gute Freunde. Und da hält man in der Not zusammen. So kam es dann … Lenchen nahm später dann auch den Namen Frieben an. Nach dem Krieg hat es doch kaum jemanden interessiert, wer oder wie … Man war einfach nur froh, am Leben zu sein.«

»Und dein leiblicher Vater?«

»Willst du das wirklich wissen?«

»Ja. Ich muss die ganze Wahrheit erfahren.«

»Kathrin, das ist längst Geschichte.«

»Opa, bitte!«

»Gut, aber kein Wort! Zu niemandem.«

Kathrin hob die Hand und kreuzte die Finger.

»Der Name meines leiblichen Vaters war Paul Gruenter.«

Kathrin dachte nach, zuckte dann aber mit den Achseln.

Ihr Großvater wedelte mit der Hand. »Du hast doch so ein Internetdings auf deinem Telefon. Guck mal nach!«

»Du meinst … ich soll den Namen eingeben?«

»Ja … mach schon!«

Kathrin tippte den Namen in die Internetsuche ihres Telefons ein. *Paul Gruenter.* Es erschienen Ergebnisse. Zweiter Weltkrieg. Konzentrationslager. Kathrin las und zog scharf die Luft ein. »Oh!«

»Kathrin, er war kein Nazi. Was er getan hat, hat er noch in dem Glauben getan, es diene einem guten Zweck. Meine Eltern … also Alexander und Marlene halfen ihm hier in Laboe. Aber … die Geschichte ist etwas länger.«

Kathrin war entgeistert. »Verdammt, Opa! Dein leiblicher Vater hat KZs gebaut?«

»Nein. Hat er nicht«, erklärte Josef Frieben in entschiedenem Ton. »Und genau deshalb … genau wegen deiner Reaktion … ist es besser, wenn niemand von ihm erfährt.«

»Ja, aber … hier steht es doch … die Lager wurden errichtet nach den Plänen von Paul Gruenter.«

»Nach den Plänen, ja. Es waren alte Lager, in denen anfangs polnische Erntehelfer untergebracht waren. Man wollte sie umbauen zu … Auffanglagern für Umsiedlungen. Nicht zu dem … was letztendlich daraus wurde. Mein leiblicher Vater hat für die Nazis einige dieser Lager kartiert und geplant. Er ahnte nicht, wozu sie später umfunktioniert wurden. Glaub mir! Das war auch der Grund ...« Er brach ab.

Kathrin wartete geduldig.

»Also gut, ganz von vorn. Meine Mutter Marlene oder Lenchen lebte damals im Haus ihrer Eltern, im *Hotel Konrad*. Davon hast du sicher gelesen. Was ab Mitte der Dreißigerjahre im Land los war, das weiß man ja. Überall hingen die roten Hakenkreuzfahnen. Laboe konnte sich davon auch nicht freisprechen. Am 30. Mai 1936 war sogar Hitler hier, um das Marine-Ehrenmal einzuweihen. Natürlich machten auch die Braunröcke gern in Laboe Urlaub, und so waren die Hotels gut besucht.«

»Echt? Hitler war hier?«

Ihr Großvater nickte. »Dann brach der Krieg aus. Und nun erzähle ich dir, was mein Vater mir erzählt hat. Wie es war ...« Er lehnte sich in seinem Sessel zurück und schlug die Beine übereinander.

25

Die Stimme des Großvaters katapultierte Kathrin zurück in eine andere Zeit.

»Es war der 1. September 1939, als mein Vater im Haus seiner Eltern diesen verhängnisvollen Satz hörte. *Seit fünf Uhr fünfundvierzig wird jetzt zurückgeschossen!*

Er hatte mit angesehen, wie seine Eltern fassungslos auf das Radio starrten. Sein Vater hatte sich unwillkürlich an die Wange gefasst, wo noch die Narbe des Ersten Weltkriegs zu sehen gewesen war. Seine Mutter hatte sich nur die Hand vor den Mund geschlagen und die Augen weit aufgerissen.

›Ich laufe schnell zum Hotel und sehe nach, was dort los ist‹, hatte er gesagt, denn er wollte unbedingt zu Marlene. Eilig war er durch den Ort gelaufen, in dem eine unheimliche Stille geherrscht hatte.«

Josef Frieben schwieg kurz, bevor er weitersprach. »Ich glaube, dass alle, die sich noch an den Ersten Weltkrieg erinnerten, schreckliche Angst hatten. Denn nun ging es wieder los. Aber jetzt weiter …

An diesen ersten Tag hatte sich mein Vater besonders gut erinnern können. Er war um die Terrasse gebogen und hatte das Hotel über den Kücheneingang betreten. Frag mich nicht, wieso. Vielleicht aus Gewohnheit, weil seine Mutter dies immer schon so getan hatte.

›Morgen, Trudi.‹ Er hatte die Köchin noch gegrüßt, die für Marlene und ihn so oft Pudding gekocht hatte, als sie noch klein gewesen waren. Er wusste sogar noch, was es an dem Tag im Hotel zum Essen gegeben hatte. Ich weiß, solche Erlebnisse brennen sich besonders tief ein.

Er war in der Eingangshalle angekommen. Dort stand eine Gästegruppe und debattierte leise. Fragend hatte er zum Portier hinübergesehen. Der deutete auf einen der Salons. Das Hotel war damals ein ziemlich nobler Kasten.

In dem Raum war es voll gewesen. Er rieche noch die stickige Luft, hat er erzählt. Es schien, als hätte sich das ganze Hotel hier versammelt.

Marlene stand neben ihren Eltern. Alexander trat damals neben sie.

›Hast du es auch gehört?‹, hatte ihm das Mädchen zugeraunt. Er konnte sich daran erinnern, dass sie mit ihren sechzehn Jahren gut einen Kopf kleiner gewesen war als er.

Marlenes Vater Albert hatte ihm zugenickt. Albert Voss war wohl ein sehr anständiger Mann. Mein Vater hat immer nur gut über ihn geredet.

›Onkel Albert‹, hatte er ihn zurückgegrüßt.

Er wusste damals noch nicht, warum er Marlenes Eltern Onkel und Tante nannte, obwohl sie nicht verwandt waren. Aber er wusste, dass ihre Mütter schon seit jeher gut befreundet waren. Marlene und er waren gemeinsam aufgewachsen. Als Kinder waren sie über den Strand getollt oder hatten in den Dünen Verstecken gespielt.«

Kathrin lächelte. »Ja, so wächst hier wohl jedes Kind auf.«

»Ja, schade, dass es das Hotel später nicht mehr gab. Das Haus war für Alexander immer wie ein großer Märchenpalast, in dem es tausend Geheimnisse zu entdecken gab. Marlene hingegen liebte es, in der kleinen Kate der Friebens zu sitzen, das Kätzchen auf dem Schoß zu streicheln und die Füße an den warmen Ofen zu halten.«

»O ja, genau wie ich früher. Weißt du noch? Der dicke Kater Oskar, der immer stundenlang auf meinem Schoß lag, bis meine Beine ganz taub waren?«

»Natürlich! Zum Mäusefangen war der viel zu faul.« Der Großvater lächelte. »Auf jeden Fall war Onkel Albert neben Alexander getreten und hatte ihm die Hand auf die Schulter gelegt. ›Steig mal auf den Dachboden! Hinten in der letzten Kammer liegen die Fahnen. Ich denke, heute ist ein Tag dafür.‹

Alexander hatte genickt und sich gesputet. Alsbald kam er mit zwei großen roten Fahnen wieder, lief damit vor das Hotel und knüpfte sie an die Masten. Gerade als er sie hochzog, trat Onkel Albert mit einigen Männern auf die Eingangstreppe. Alexander zog kräftig, und schon flatterte die erste Fahne am Mast.

Die Männer auf der Treppe strafften sich und streckten die Arme zum Hitlergruß. Mein Vater sagte, da sei es ihm kalt den Rücken hinuntergelaufen. Eigentlich scherte er sich nicht viel um Politik, vor allem nicht damals, mit seinen neunzehn Jahren. Er fand schnelle Autos toll und liebte alles Technische. Ich glaube, da sind sich Jungs immer schon ähnlich.«

Kathrin nickte. Auch Kai war als junger Kerl so gewesen.

»Alexander war nicht dumm. So konnte er schon ganz

allein den Motor der *Serena* warten und auch kleine Schäden reparieren. Das Schiff war wichtig für seine Familie, das wusste er. Doch das Fieber, das sich in den letzten Jahren im Land ausgebreitet hatte, hatte auch Laboe nicht verschont. Mit den anderen Jungen aus dem Dorf hatte er das Grüßen des Führers geübt und 1939, als dieser höchstpersönlich das beschauliche Laboe besucht hatte, stolz auf dem Kutter seiner Eltern gestanden und den Arm in die Luft gereckt.

Er mochte den Zusammenhalt der Burschen und dass man sich in der Gruppe untereinander messen konnte. Marlene war natürlich im Bund Deutscher Mädel. Auch sie mochte den Zusammenhalt und nahm gern an den Versammlungen teil. Leider sahen sich die beiden dadurch nicht mehr jeden Tag. Da war Alexander wohl schon zum ersten Mal ein bisschen eifersüchtig.

Marlene war wie eine kleine Schwester für ihn, und natürlich hatte er ein Auge darauf, wo sie war und was sie tat. Wenn sie kichernd mit ihren Freundinnen davonging … das mochte er gar nicht.

Auch Marlene kam an jenem Tag nach draußen auf die Straße. Aus der Stille war plötzlich Jubel geworden. Junge Männer klopften sich gegenseitig auf die Schultern und grüßten die Fahnen am Straßenrand. Irgendwo waren Autohupen zu hören. Nur die Älteren wie Tante Anni und Onkel Albert oder seine Eltern, die freuten sich nicht.«

»Nicht verwunderlich.« Kathrin nahm einen großen Schluck aus der Bierflasche.

»Nein, die wussten ja, wie schlimm die Lage im Land werden konnte. Bald erfuhr auch Alexander, was Krieg bedeutete. Statt einfach zum Krämer zu gehen, musste er fortan mit Einheitskarten für Lebensmittel zurechtkommen. Seine Mutter fühlte sich an schlechte Zeiten erinnert, und gemeinsam mit dem Vater weckte sie für den Eigenbedarf alles ein, was das Jahr über im Garten geerntet wurde. Das haben selbst meine Eltern später noch beibehalten. Es wurde regelrecht gehamstert, obwohl man doch alles im Supermarkt kaufen konnte.«

»Mama kocht immer noch viel ein. Es schmeckt ja auch köstlich. Aber ich glaube, es ist etwas anderes, wenn man es aus Freude tut und nicht befürchten muss, dass der Keller irgendwann leer ist und man nichts mehr zu essen hat.«

»Da hast du wohl recht. Als dann aus Laboe die ersten Männer eingezogen wurden und Onkel Albert einer der Ersten war, der auf einen der Lastwagen stieg, beurteilte mein Vater Alexander mit seinen jungen Jahren den Krieg auch nicht mehr positiv.

Er versicherte Marlene zwar mit eindringlichen Worten, dass ihr Vater bald wieder zurückkehren werde, und auch Tante Anni versuchte er noch hoffnungsvoll zu stimmen, doch seine Mutter Ella schüttelte nur den Kopf und bangte fortan jeden Tag, dass auch ihr Mann einberufen würde.«

»Die hatten es ja auch schon mitgemacht. Ich habe es im Tagebuch gelesen. Ella hat ewig auf die Rückkehr ihres Vaters gewartet, aber er kam nie zurück.«

»Ja, es ist traurig, wenn jemand geht und nicht wiederkommt.«

Kathrin verstand den Seitenhieb und verzog das Gesicht. »Jetzt bin ich ja hier. Kann ich mir noch eine Flasche Bier holen?«

»Klar. Der Kasten steht in der Küche.«

Kathrin besorgte sich ein weiteres Bier und setzte sich wieder aufs Sofa. »Und wie ging es weiter?«

»Meine Großmutter hat ihren Sohn mehrmals beschworen. ›Alexander, damals haben wir gefeiert und Blumen geschwenkt, als die Männer freiwillig in den Krieg zogen. Und was war? Kaum einer kam zurück. Mein Vater blieb verschollen. Niemand, niemand möchte das noch einmal mitmachen.‹

Alexander hatte durchaus Verständnis für diese Ansicht. Aber diesmal sei es doch etwas anderes, meinte er. Zumindest sah man das im Kino und las es jeden Tag in der Zeitung. Die deutschen Soldaten marschierten von Sieg zu Sieg. Es gab doch kaum Verluste für das Vaterland. Man weiß ja, wie die Propaganda damals vorging.«

»Ja, schlimm.« Kathrin nickte nachdenklich.

»Im Winter neununddreißig/vierzig wurde es sehr ruhig in Laboe. Es muss sich angefühlt haben wie das Warten auf irgendetwas Schreckliches. Doch zunächst kamen im Frühjahr die Gäste wieder. Überwiegend natürlich Parteimitglieder. Tante Anni versuchte, den Betrieb des Hotels trotz der Rationierungen aufrechtzuerhalten. Marlene half ihrer Mutter, seit der Vater fort war. Alexander besuchte das Hotel auch immer öfter, denn die Herren von der Partei feierten manchmal ziemlich wild. Alexander war hochgewachsen, strohblond und hatte ein breites Kreuz von der Arbeit auf dem Fischkutter. Zudem sah er wohl ein bisschen älter aus, als er wirklich war. So gesellte er sich an manchem Abend zu den Männern, auch weil er neugierig war, was so geredet wurde. Übertrieben sie es aber mit dem Besäufnis, sorgte Alexander dafür, dass die Frauen im

Haus keinen Ärger bekamen, und schaffte die trinkfreudigen Kerle auf ihre Zimmer.

Nicht nur einmal musste er sich auch höflich zwischen Marlene und aufdringliche Verehrer stellen. Er verstand es durchaus, dass die Männer die Erfolge ihres Führers feiern wollten, aber dazu mussten sie das Mädchen nicht gleich angrapschen.«

»Da ändern sich diese Typen aber auch nie.« Kathrin trank aus ihrer Flasche.

»Im zweiten Kriegsjahr wurde auch Alexanders Vater Jakob einberufen. Seine Mutter versank in tiefe Niedergeschlagenheit.

›Pass gut auf sie auf, Junge!‹, hatte sein Vater beim Abschied zu ihm gesagt, und Alexander hatte in seinen Augen einen Ausdruck von Sorge gesehen, den er nie vergaß. Zumindest klang seine Stimme ganz heiser, als er mir davon erzählte. Er hatte es geschworen, und so tat er sein Bestes, um seine Mutter vor dem Krieg zu schützen. Seinen Vater sah er nie wieder.

Ab neunzehnhundertzweiundvierzig hagelte es Bomben auf die deutschen Städte. Auch in Laboe waren nachts die Flieger und die Sirenen aus Kiel zu hören. Man hörte die Explosionen im Wasser der Förde, und man sah am Himmel den Feuerschein der Brände. Doch in den Dörfern war man noch halbwegs sicher. Dies wussten auch die Menschen aus den Städten, und wer es sich leisten konnte, versuchte zu entkommen. Man kann sich das heute ja gar nicht mehr vorstellen. Vierzig Minuten Fliegerangriff, und danach waren halbe Städte zerstört, Menschen ums Leben gekommen und Hunderttausende plötzlich obdachlos.«

Kathrin nickte. »Die Blindgänger sind ja heute noch überall zu finden. In Hamburg werden die Dinger immer wieder auf irgendwelchen Baustellen entdeckt und dann mühevoll entschärft. Ganz schrecklich. Ich mag gar nicht darüber nachdenken, was da noch alles in der Erde liegt.«

»Ja, das ist kein schöner Gedanke. Damals war dann aber dieser Paul Gruenter nach Laboe gekommen, und für meinen Vater veränderte sich so einiges, vor allem das Verhältnis zu Marlene.«

»Oh … oh …«

»Ja, aus Liebe verhalten sich Menschen manchmal sehr seltsam.« Aus den Augenwinkeln warf er seiner Enkelin einen langen Blick zu.

»›Schau, Alexander, der junge Mann dort hinten am Fenster! Er ist sehr nett. Paul Gruenter heißt er‹, hatte Marlene eines Tages zu ihm gesagt.

Der Mann sah nicht aus wie ein Soldat oder ein Offizier. Er trug Zivil. ›Ist er ein Ausgebombter?‹, hatte er gefragt. Marlene hatte nur fröhlich mit den Schultern gezuckt. ›Das weiß ich noch nicht‹, hatte sie geantwortet. ›Ich glaube nicht, aber ich werde es herausfinden.‹

Paul Gruenter wurde zum Dauergast im *Hotel Konrad*. Alexander musste mit ansehen, wie verliebt Marlene war, und das nagte an ihm. Selbst seine Mutter merkte etwas. ›Lass das Mädchen!‹, beschwor sie ihn. ›Du kannst nichts ändern, wenn es Liebe ist. Sei ihr weiterhin ein guter Freund, sonst stürzt du euch beide noch ins Unglück.‹ Alexander gab sich Mühe, doch wenn er sah, wie Marlene diesen Mann anhimmelte und wie die beiden fast unbemerkt kleine Zärtlichkeiten austauschten, trieb ihn diese Beobachtung schier zur Verzweiflung. Doch noch immer bemühte er sich, nett zu Paul Gruenter zu sein, Marlene zuliebe.«

»O ja, darüber braucht mir keiner was zu erzählen!« Inzwischen spürte Kathrin die Wirkung des Biers schon etwas. »Ich hätte Kai und diese Frau damals auch …«

»Da bist du lieber stiften gegangen.«

»Opa, anderes Thema! Bitte erzähl weiter!«

»Also, wo waren wir? 1945 muss es gewesen sein. Inzwischen zogen immer mehr Flüchtlingstrecks durch das Land. Im Hafen von Laboe trafen unzählige Boote aus dem Osten ein. Fischer, die ihr ganzes Hab und Gut geladen hatten, und meist auch noch so viele Menschen, wie auf dem Boot Platz gefunden hatten. In Laboe wurde es immer chaotischer. Die Menschen konnten nicht alle untergebracht werden, es sorgte aber auch niemand dafür, dass sie weiterzogen. Wie Strandgut kampierten die in den Dünen, nisteten sich in den Ställen der Bauern ein, und immer wieder versuchten sie, in den Hotels unterzukommen.«

»Das muss schlimm gewesen sein.«

»Ja, aber ohne diese Menschen sähe es heute hier vielleicht anders aus. Die Großeltern deiner Freundin Nicole, zum Beispiel. Die sind aus Ostpreußen gekommen. Allerdings über Land, die hatten sogar noch Pferde dabei.«

»Ja, das erklärt einiges. Hat Nicole mir auch mal erzählt.«

»Die jungen Leute wie Alexander und Marlene versuchten trotzdem, eine gewisse Normalität zu wahren. Marlene und Paul kamen sich immer näher. Paul wurde allerdings irgendwie seltsam. Marlene war das in ihrer Verliebtheit bisher wohl kaum aufgefallen. Aber Alexander hatte bemerkt, wie Paul sich immer mehr zurückzog, so als hätte er Angst vor irgendetwas.

Eines Tages war Paul dann zu Alexander gekommen. Alexander hatte im ersten Moment wohl ernsthaft überlegt, ob er Paul die Fresse polieren sollte. Doch Paul hatte von Alexanders Eifersucht gar nichts bemerkt. Gut, im Nachhinein betrachtet, hatte er auch andere Sorgen. Er bat Alexander um Hilfe. Alexander sollte etwas für ihn tun. An diesem Tag erleichterte er sein Gewissen und übergab Alexander das Kartenmaterial. Paul war unwissentlich in etwas hineingeraten, was er so nicht gewollt hatte. Ja, er hatte die Lager geplant. Aber dass daraus dann KZs entstehen würden, das hatte er nicht geahnt. Er hatte geglaubt, etwas Gutes für die vielen Menschen zu tun, die später im Osten siedeln sollten. Hitler hat ja große Pläne gehabt. Seine Reden klingen einem heute noch im Ohr. Wie so viele andere war Paul darauf reingefallen.«

Kathrins Großvater rieb sich die Augen. »Er bat Alexander, die Karten zu verstecken, sie so bald wie möglich mit auf See zu nehmen und weit draußen ins Meer zu werfen, damit sie endgültig entsorgt wären. Und er bat Alexander um noch etwas. Wenn ihm etwas zustoßen sollte, möge sich Alexander um Marlene kümmern.« Josef Frieben machte eine Pause. »Ich glaube, Marlene hat nie erfahren, was Paul wirklich vor und in der ersten Kriegszeit gemacht hat. Aber Paul hatte wohl eine Vorahnung gehabt, denn letztendlich traf es dann auch Laboe noch. Die Nähe zu Kiel und zum Marinehafen … jedenfalls wurde die ganze Förde angegriffen. Dann erwischte es leider auch das *Hotel Konrad*. In der verhängnisvollen Nacht hatte wohl niemand mit einem Angriff gerechnet. Außerdem gab es hier auch nicht allerorts Bunker wie in Hamburg oder in anderen Großstädten. Es muss ein Inferno gewesen sein. Das Hotel brannte im Nu. Alexander konnte Marlene und Paul retten. Tante Anni kam in den Flammen um.

Alexanders Mutter war untröstlich, nahm Marlene aber natürlich in ihrer Kate auf. Und als wären die Angriffe nicht genug gewesen, durchkämmte die SS regelmäßig alle Orte. Man befürchtete, unter den Evakuierten könnten Spione oder Deserteure sein. Und genau dies wurde Paul zum Verhängnis. Nachdem ihm bewusst geworden war, wofür seine Pläne missbraucht wurden, hatte er sich in Laboe versteckt. Doch man fand ihn und führte ihn ab. Zu dieser Zeit war Marlene schon schwanger mit mir. Natürlich halfen ihr Alexander und seine Mutter, aber sie blieb gezeichnet von dieser Zeit. Nach dem Krieg suchte sie noch nach Paul, obwohl Alexander es ihr strikt verboten hatte. Letztendlich war es wohl so, dass dem Paul eins der Lager dann selbst zum Verhängnis wurde.«

Betroffen senkte Kathrin den Kopf. »Gott, wie schrecklich!«

»Ja, und genau deshalb habe ich die Geschichte nie erzählt. Paul wurde zwar – und das sogar bis heute – mit der Planung der Lager in Verbindung gebracht. Dass er aber weiß Gott nicht ahnte, wofür sie später genutzt wurden, das verschweigt man. Dann wurde er ja sogar selbst verhaftet, weil er seine Arbeit abgebrochen und weitere Pläne vernichtet hatte. Hätten die Nazis diese auch noch umgesetzt, wären noch viele weitere KZs entstanden.«

26

Jetzt wusste Kathrin, dass das *Hotel Konrad* den Flammen zum Opfer gefallen war, und das machte sie erst einmal sprachlos.

Ihr Großvater holte tief Luft. »So, jetzt weißt du alles.«

»Niemand erfährt etwas von mir«, versprach ihm seine Enkelin. »Aber sag, hat dein Vater die Karten wirklich vernichtet? Ich meine … jetzt sind diese Tagebücher aufgetaucht … nicht …« Kathrin schauderte. »Nicht auszudenken, was passieren würde, wenn die jemand findet und mit unserer Familie in Verbindung bringt.«

Der Großvater zuckte mit den Achseln. »Ich bin eigentlich davon ausgegangen, dass er die Karten wirklich irgendwo ins Meer geworfen hat.«

»Hat er dir das gesagt?«

»Nein, hat er nicht, soweit ich mich erinnere. Das Geheimnis sei bei Neptun sicher«, meinte er.

»Neptun …«

»Kathrin, mehr weiß ich nicht, und es ist lange her. Im Grunde … im Grunde hätte ich wohl ruhiger gelebt, wenn sie mich einfach in dem Glauben gelassen hätten, dass sie meine Eltern waren.«

Kathrin nickte und musste ihm zustimmen. Wer wurde

schon gern mit Kriegsverbrechen in Verbindung gebracht? Sie brauchte jetzt frische Luft, und auch ihr Großvater sah müde aus. »Opa, es tut mir leid, wenn ich dich ausgequetscht habe, aber es war mir wirklich wichtig. Ich hatte so viele Puzzleteile, die nicht zusammenpassten. Jetzt … jetzt ist ein vollständiges Bild daraus geworden.«

Liebevoll lächelte er Kathrin an. »Du bist eben eine Journalistin.« Dann winkte er ab. »Schon gut. Es tat gut, die Sache loszuwerden. Aber du selbst hast wenig mit den alten Geschichten zu tun. Deine Mutter wurde 1961 geboren. Ich glaube, sie wäre nicht glücklich gewesen, wenn ich ihr alles erzählt hätte, was du jetzt weißt. Sie kannte Lenchen als ihre Großmutter, und das war gut so. Mein Vater verstarb ja leider zu früh. Und ich habe mein eigenes Glück gefunden, damals mit Mia. Ach, ich vermisse sie!«

Kathrin stand auf. Inzwischen hatte sie ihre Flasche Bier geleert. Das Auto ließ sie wohl besser stehen.

»Dann gehe ich jetzt. Danke, dass du mir alles erzählt hast. Und es tut mir leid, dass ich so gebohrt habe. Ach so … die Frau auf dem Bild?«

»Das war Marlenes Mutter Annemarie. Allerdings ist der Anhänger, den du von deiner Großmutter bekommen hast, von meiner Großmutter Ella. Sie hat ihn damals Marlene gegeben und die dann an meine Frau.« Bei diesen Worten huschte ein liebevolles Lächeln über sein Gesicht.

»Oma Mia?«

»Genau, deine Oma Mia. Sie hat dich sehr lieb gehabt. Schade, dass ihr nicht mehr Zeit miteinander verbringen konntet.«

»Also doch ein Familienerbstück?«

»Ja, und sicher ein ganz besonderes.«

Kathrin ging zur Tür. »Schlaf gut, Opa.«

»Du auch, und komm gut nach Hause.«

Kathrin zog ihre Jacke enger um den Körper. Inzwischen war es dunkel geworden, und die Straßenlaternen beleuchteten den Weg nur schwach. Sie grübelte über die Karten nach, die Paul an Alexander übergeben hatte. Hoffentlich buddelten die Stehmanns die nicht bei der nächsten Renovierung aus. Aber angeblich waren sie ja bei Neptun.

Kathrin ging weiter, und plötzlich traf es sie wie ein Schlag. »Mist!«, entfuhr es ihr. Die *Serena!* Alexander Frieben hatte die Karten von Paul nicht in der Kate oder sonst wo versteckt und auch nicht zu Neptun ins Meer geworfen, sondern dort versteckt, wo niemand sie finden geschweige denn nach ihnen suchen würde. Kathrin machte auf dem Absatz kehrt und rannte in Richtung Hafen. Sie war sich nicht sicher, aber sie musste nachsehen. Diese Karten – sofern sie noch existierten – mussten ein für alle Mal vernichtet werden.

Kathrin lief die Stege ab. Wenn das Boot jetzt Kai gehörte, musste es hier irgendwo liegen. Er hatte es sicher wieder zu Wasser gebracht.

Am letzten Steg fand sie die *Serena*. Obwohl es inzwischen fast dunkel war, erkannte sie die weiße Reling sofort. Das Boot kam ihr größer vor als in ihren Erinnerungen. Vorsichtig stieg sie vom Steg an Deck. An einem vorstehenden Brett stieß sie sich das Schienbein an und fluchte leise. Dann suchte sie die Luke, die unter Deck führte. Es war stockdunkel im Bauch des Schiffs. Sie zog ihr Handy aus der Tasche und schaltete die Taschenlampe ein.

Unter Deck befand sich ein niedriger Raum. Zuletzt war sie als Kind hier gewesen. Es war die Messe des Schiffs.

Vor ihr standen ein schmaler Tisch und links und rechts davon je eine Bank. Alles fest verbaut, um auch bei heftigem Seegang nicht umzufallen. Das Bootsinnere war komplett renoviert worden. Da hatte Kai ganze Arbeit geleistet. Sie leuchtete über den Tisch. Da war er – Neptun. An die Wand der Messe gemalt. Mit einem Bein kniete sich Kathrin auf eine der Bänke, um besser sehen zu können. Neptun schien keine Schönheitskur bekommen zu haben, die Farbe des alten Bildes war rissig. Plötzlich polterte es hinter ihr. Vor Schreck ließ sie das Handy fallen. Gleich darauf blendete sie ein heller Lichtkegel. »Was wollen Sie hier?« Es war Kais Stimme.

»Kai, ich bin es!« Kathrin hielt sich die Hand vor die Augen.

»Kathrin? Bist du irre? Was schleichst du hier herum?«

Der Lichtkegel erlosch. Eine Sekunde später ging über ihrem Kopf eine Lampe an. »Ich hätte dir fast einen über den Kopf gezogen!« Kai stand vor ihr, barfuß in Shorts und T-Shirt. In der einen Hand die Taschenlampe, in der anderen einen Handfeger.

Kathrin musste lachen. »Damit?«

Er hielt den Handfeger hoch, betrachtete ihn verdutzt und legte ihn weg. »Also, was schleichst du nachts auf meinem Boot rum, hm?«

Kathrin bückte sich nach ihrem Telefon und setzte sich dann einfach auf die Bank am Tisch. »Ich habe Neptun gesucht.«

»Bist du betrunken, oder was?« Kai musterte sie voller Misstrauen. »Mir ist ja zu Ohren gekommen, dass du wieder hier bist … und … ich hätte mich gefreut, dich zu treffen … aber hier und jetzt?«

»Was machst *du* eigentlich hier? So?« Sie deutete auf seine nackten Füße.

»Ich wohne hier.«

»Hier? Auf dem Schiff?«

»Ja, hier auf dem Schiff.«

»Okay. Tut … tut mir leid, dass ich … eingebrochen bin. Ich hatte ja keine Ahnung, dass du auch da bist.«

»Schade.«

»Schade, was?«

»Na ja, anscheinend bist du nicht meinetwegen gekommen.«

Kathrin musste prustend lachen. »Nein. Eigentlich nicht. Aber jetzt, da wir uns so *zufällig* treffen … Kai … die Geschichte ist aber länger.«

Er zuckte mit den Achseln. »Ich habe Zeit.«

Kai zauberte zwei weitere Bierflaschen hervor, und Kathrin erzählte ihm die Geschichte. Wobei sie sie etwas veränderte, denn sie hatte ihrem Großvater ja versprochen, niemandem von seinem echten Vater zu erzählen. Sie erklärte es so, dass sie für ihren Artikel recherchiert habe und dabei einigen Familiengeheimnissen auf die Spur gekommen sei. Ein guter Freund habe ihren Urgroßvater einst um Hilfe gebeten, und deswegen sei sie letztendlich auf der *Serena* gelandet.

Als sie fertig war, betrachtete Kai das Wandbild mit erstaunter Miene. »Und jetzt hattest du die Eingebung, dass die alten Karten auf der *Serena* versteckt wurden.«

Kathrin hob die Schultern.

Kai fuhr mit der Hand über das alte Bild an der Wand. »Ich habe hier ja eigentlich alles renoviert. War ganz schön der Wurm drin in dem alten Kutter.« Doch plötzlich hielt er inne und klopfte mit zwei Fingern an die Holzwand. »Hm?« Er klopfte noch einmal. Es hörte sich hohl an. Plötzlich schlug er so heftig mit der Faust gegen die Wand, dass Kathrin erschrak. Das Holz splitterte und gab den Blick auf einen Hohlraum frei. »Da hol mich doch …« Er stand auf und griff in das Loch in der Wand. Zum Vorschein kam eine Papierrolle, die er auf den Tisch legte.

Kathrin starrte auf den Fund.

»Und jetzt?« Kai setzte sich wieder.

»Ich … ich weiß nicht. So weit war mein Plan noch nicht gediehen.«

Kai grinste. »Kein Plan ist gut. Pass auf! Ich sage dir, was wir machen. Wir trinken noch ein Bier und dann vielleicht einen starken Kaffee. Wir können uns ja noch ein bisschen unterhalten …« Bei diesen Worten sah er ihr unverwandt in die Augen.

Kathrin spürte ein Flattern im Magen. »Gut … und dann …«

»Dann fahren wir morgen früh oder vielleicht schon bald mit der *Serena* raus und schmeißen die Dinger wirklich in Neptuns Reich. Wie einst versprochen. Dann sind sie weg.«

Kathrin nickte. »Guter Plan.«

»Danach muss ich dich leider dazu verdonnern, mir zu helfen, das Loch wieder zu schließen. Sieht ja nicht so hübsch aus.«

Kathrin hob die Hände. »Alles klar! Kein Problem.«

Er musterte sie prüfend. »Gut, und zur Strafe, weil ich fast einen Herzinfarkt bekommen habe, als ich einen Eindringling vermutete, gehst du heute Abend mit mir essen.«

Kathrin tat so, als wolle sie ablehnen.

Er deutete mit dem Finger auf sie. »Ich kann dich auch wegen Einbruchs und Vandalismus anzeigen.«

»Na gut, gehen wir essen. Versprochen.«

»Und wehe, du haust wieder ab!«

»Nein. Keine Sorge, diesmal haue ich nicht wieder ab.« Kathrin schenkte ihm ein ehrliches Lächeln. »Diesmal bleibe ich.«

Epilog

Hamburg, Anfang Juni 2019

Du siehst richtig gut erholt aus.« Julia strahlte über das ganze Gesicht.

»Bin ich auch. Es war schön, mal wieder daheim zu sein.« Kathrin legte ihre Unterlagen auf einen von Felix' Papierstapeln. »Hier ist der erste Artikel. Ich hoffe, du kannst mit den Bildern etwas anfangen.«

Felix griff nach der Mappe und warf einen Blick hinein. »Ja, sieht gut aus. Das kriege ich hin.«

»Fein. Ich freue mich darauf.«

Als sich Kathrin gesetzt hatte, beugte sich Julia zu ihr vor. »Und sonst so?«

»Wie … und sonst so?«

»Na, hast du sonst noch etwas erlebt an der Ostsee?«

Kathrin zuckte mit den Achseln. »Nö.«

»Ach, du bist eine Spaßbremse!«

»Hm. Frag mich in drei Wochen noch mal!« Kathrin musste lachen.

»Wieso?«

»Ich habe noch mal Urlaub eingereicht. Hat mir so gut gefallen, ich verlängere ein bisschen.«

»Aha, und wohin geht es jetzt?«

Kathrin stand wieder auf. »Noch mal an die Ostsee.

Für meine Artikel muss ich ja noch ein paar Orte abklappern.«

»Und da fährst du jetzt überall hin?« Julia schüttelte den Kopf.

»Ja, fahre ich, und zwar mit einem Boot. Da hat sich was ergeben … und von der Seeseite aus kenne ich das alles noch gar nicht.«

»Mit einem Boot? Ich verstehe nicht …«

»Tschau, Julia, wir sehen uns in drei Wochen wieder.«

»Kathrin? Kathrin!«

Mit beschwingten Schritten verließ Kathrin die Redaktion. Sie wusste noch nicht, wohin diese Reise sie führen würde. Auf jeden Fall aber nicht zurück in die Vergangenheit.